「貴方、調子に乗らないことです。
ここは王国随一の魔術師が集う場所。
多少腕に覚えがあるからと、
通用するような場所ではない」
「なるほど鋭い意見をありがとう。
お前が俺の相手をするのか？」
チェリ
第一宮廷魔術師団の
エース的存在。
生真面目な性格だが、
プライドが高く上昇志
向が強すぎる一面も。
元・世界1位の
サブキャラ育成日記4
～廃プレイヤー、異世界を攻略中！～

ウィンフィルド
水と土の精霊。
先読みの能力に長け、
軍師としても有能な頭脳派。
性格は、マイペース。
シルビア・
ヴァージニア
騎士爵家の次女。
下っ端の女騎士で、
正義感が強く
生真面目だがややぽんこつ。
魔弓術師タイプ。
エコ・
リーフレット
ちっちゃな猫獣人。見た目に反
して力持ち。いつもニコニコ元
気いっぱい。筋肉僧侶タイプ。
最終決戦に向け、
それぞれの戦いの幕が
切って落とされる!!

あんこ
暗黒狼の魔人。
「黒炎狼」の突然変異種
「暗黒狼」が進化した姿。
えげつないほど強力な魔術と、
大槍でさえ軽々と扱う
怪力の持ち主。
アンゴルモア
四大元素を支配する精霊の大王で、
唯一“雷属性”の精霊。
性別も年齢も不詳の存在。
目立ちたがり屋で、性格は悪いが
セカンドのことは主として認めている。
セカンド
（佐藤七郎）
突如、ネトゲそっくりの異世界へ転生。
元の世界では、人生の全てを賭けて
ネトゲの世界ランキング一位を
維持し続けていた。
異世界に来ても「世界一位」を
目指し奔走中。
オールラウンダータイプ。

口絵・本文イラスト
まろ

装丁
coil

contents

moto sekai ichii no
sabukyara ikusei nikki

プロローグ　謁見《えっけん》、判決……え？

世界一位。ああ、なんと心躍る響きか。

俺がかつて目指し続け、防衛し続け、失い、そして今、再び取り戻さんとしている場所。

VRMMORPG『メヴィウス・オンライン』略して「メヴィオン」は、俺の人生そのものだ。

ネットゲームが無理矢理に形を変えて現実となったようなこの世界へ転生した俺は、ありがたいことに、人生をやり直す機会を得た。

何をするかって、決まっている。目指すは世界一位、ただそれだけだ。

進捗《しんちょく》は実に順調である。魔弓術師の後衛シルビアに、筋肉僧侶《そうりょ》の前衛エコ、鍛冶《かじ》師のユカリを仲間にして、爆速かつ安全に経験値と大金を稼ぎ、すったもんだの末に激レアの精霊大王アンゴルモアを召喚、こいつを活用し約四か月かけて、「なんとしてもテイムしたい魔人ランキング」ぶっちぎりの第一位である暗黒狼《あんこくおおかみ》の魔人「あんこ」のテイムに成功した。その他にも、王都郊外に馬鹿みたいに広い大豪邸を購入したり、奴隷《どれい》の使用人を大勢雇ったり、友人の第二王子マイン・キャスタルが次期国王になれるように精霊界一の頭脳と謳《うた》われている軍師「ウィンフィルド」を召喚して政争へと首を突っ込もうとしたり、第一宮廷魔術師団特別臨時講師となって王国中枢へ侵入しようと企《たくら》んだりと、まさにやりたい放題やっている。

これは世界一位を目指すにあたって少々寄り道かとも思ったが、世界一位となるその第一歩「タイトル制覇」のためには必要なことでもあった。話は単純、ここキャスタル王国にて年に二回開催される〝タイトル戦〟、これが帝国の侵略の末になくなってしまうと、困るのだ。

それだけではない。ユカリの元主人である女公爵ルシア・アイシーン。彼女は帝国の狗《いぬ》であるバル・モロー宰相の陰謀によって殺された。俺に《洗脳魔術》を遺《のこ》して。更には、我がファーステスト家の執事キュベロも、恐らくは宰相の陰謀によって、元いた義賊のチームを虐殺されている。

敵はもうハッキリとわかっていた。バル・モロー宰相と、ジャルム第三騎士団長、ホワイト第一王妃と、クラウス第一王子。所謂《いわゆる》「第一王子派」の四人の打倒こそが、王国の存続に繋《つな》がる。

さあ、始めようではないか。政争という名の遊戯《ゲーム》を。

……………ただ、その前に。今夜は、ユカリの部屋にお呼ばれしていた。付与装備のご褒美を聞いてみたら、耳まで真っ赤《まっか》にした彼女からそんな回答が返ってきたのだ。

俺はいつにも増して気合を入れている。マインたちとの作戦会議の帰り道、薬局で「魚形の魔物の浮き袋」をこっそり購入し、準備は万端。浮かれた状態のまま晩メシを食べて、ふわふわ気分で長風呂《ぶろ》して、うっきうきでスキップしながらユカリの部屋を訪ねた。いざ、決戦の刻《とき》——。

「むっ、珍しいな。ユカリは寝坊か？」

朝食時、リビングに集まったのは三人。そこにユカリの姿はなかった。

シルビアは「寝坊のようだな」と一人納得して、すっくと立ち上がる。

「仕方がない、私が作るか」

「つくれるの？」

「うむ。作れる」

朝食係はシルビアに決定した。エコが若干不安そうな顔でその背中を見送る。そして、俺の方へ顔を向けて「だいじょぶかな」というような表情をしながら首を傾《かし》げた。

「ウー」

俺は適当になんらかの音声を発しておいた。言葉らしい言葉を返す元気がない。

「せかんど、つかれてる？」

「……死ぬほど疲れてる」

そう、俺は疲れ切っていた。やつは強敵だった。万全の態勢で挑み、手を替え品を替え飽和攻撃を仕掛け、持久戦に次ぐ持久戦、しかし何度でも蘇《よみがえ》るあの無尽蔵の体力と底の見えないエロスにこちらがだんだんと押され始め、一進一退の攻防、ポーションのドーピングも殆《ほとん》ど意味をなさず、最終手段の《変身》を使う始末。そこまでしてなんとか勝てた。あんことの死闘でもここまで疲れることはなかったのに……恐ろしやダークエルフ。

一つ勉強になったのは、夜の総合格闘技においてステータスはそれほど関係ないということ。これはマズイ。早急に攻略法を編み出して研究しなければ、俺が負ける日は近いだろう。

エコは口をポケーっと開けてフンフンと小さく頷《うなず》き、「そうなんだ……」と一人納得するように呟《つぶや》く。何がそうなんだろう。

「おーい、できたぞー。持っていけー」

早っ。所要時間は十分足らずだ。キッチンの前までゾンビのように歩いていくと、そこには焼いた白パンが六枚と大皿にてんこ盛りの肉野菜炒《いた》めが置いてあった。なかなかに異色の取り合わせである、が、なかなかに美味《おい》しそうでもある。

やたら豪奢《ごうしゃ》なテーブルの真ん中にドーンと置いて、各自トングで皿に取って、こんがりもちふわなパンに載っけてかぶりつく。

「おっ。うん、美味しい」

いいじゃないか。いかにも男の料理って感じの大味だが、勢いにまかせてモリモリ食える。こういうのでいいんだよ、こういうので。シンプル・イズ・ベスト。家庭の朝食は主食と主菜の素朴なタッグで、飽きないうちに一気にかき込むのが吉だ。

「おいしーかも！」

「かもってなんだ、かもって」

シルビアはエコにツッコみつつも、どこか安堵《あんど》したような顔で笑っていた。

その後、俺たちがちょうど食い終わる頃《ころ》、リビングにユカリが現れた。珍しく照れた様子で寝坊を謝り、今日の予定を俺に伝えようと手帳を開く。その横顔には少々の疲れが見てとれた。

「ユカリ、今日は休んでろ。エコも休んでていいぞ」

「いえ、そのような」

「予定は昨日《きのう》ウィンフィルドから聞いている。今日は臨時講師として国王に謁見して、それから職場見学だ。シルビアは第三騎士団に出向くと言っていたな？　ウィンフィルドは王都で何かやるってさ。ほら、大した用事はない」

「はあ、そう仰《おっしゃ》るなら。しかしご主人様、これだけは確《しか》とお伝えしておきます。王への謁見は大した用事です」

「なるほど」

「……いやなるほどではなく」

俺は冗談だと笑って席を立った。すると、その瞬間を見計らったかのようにキュベロが現れ、一礼して口を開く。

「馬車のご用意は既に」

凄《すご》いな、無駄が一切ない。本当は少しゆっくりしてから行こうと思っていたが、ここは流れに乗っておこう。馬車の中でもゆっくりできなくはないだろうしな。

「ユカリ、あいつ出してくれ」

「畏《かしこ》まりました」

間髪を容《い》れずにユカリの《精霊召喚》が発動し、ウィンフィルドが喚《よ》び出された。相変わらず眠そうな目をしている中性的な容姿の女だ。精霊は性別を自在に選べるらしいが、彼女は俺と出会って女に決めたと言っていた。

「やっほー。じゃ、行こっか」

「おう。さくさく行こう」

俺はウィンフィルドとシルビアを連れ、キュベロの後を付いていった。「おやすみーっ！」と休暇にはしゃいでるんだかこれから寝るんだか紛《まぎ》らわしいエコと、若干だが足元の覚束《おぼつか》ないユカリに見送られて、ヴァニラ湖畔の大きな豪邸を出る。

馬車の中に乗り込むのはウィンフィルドを含めて四人。俺が最初に乗り込み、一番奥の席に座る。次にシルビアが乗り込んできて、一瞬の逡巡《しゅんじゅん》の後、俺の向かい側に座った。ウィンフィルドはというと、迷わずシルビアの隣。結果、キュベロは俺の隣に座ることとなった。

「あ、そうだキュベロ。お前の元いたチーム〝R６《リームスマ・シックス》〟の生き残りを探しているんだが、何か知ってることはないか？」

馬車が出発して間もなく、会話がなくなったので、適当に話を振ってみる。

「生き残り……そう、ですね。弟分にビサイドという男がいます」

「舎弟か」

「はい、といっても私より年上ですが。確か、二十九だったかと」

「ふーん」

「……まさか、セカンド様」

「ああ、捜索する。昨日ユカリに頼んでおいた。なんでも万能メイド隊に専門の部隊があるらしい。あいつ自信満々な顔してたからな、すぐに見つかると思うぞ」

捜索の件について伝える。キュベロは「ありがたき幸せ」と座った姿勢から土下座のようにして頭を下げた。俺は慌てて頭を上げさせて、そのR６のメンバーを〝生き証人〟として利用する作戦についても伝える。すると、キュベロは更に深く頭を下げて口を開いた。

「待ちに待った復讐《ふくしゅう》の機会、これ以上の話が御座いましょうか。このキュベロ感謝に堪えません」

「そうか。まあ、感謝するならウィンフィルドにな。こいつの立案した作戦だ」

「はい。ウィンフィルド様、このような活躍の場をご用意いただき、誠にありがたく存じ――」

「待って、待って。そもそも、私は、復讐とか、どうでもいい。私は、セカンドさんにとっての、最善を考えて、そうしただけ」

「それ即《すなわ》ち、お気遣いいただけたのだと、私はそう思うのですが……」

「まあ、感謝したければ、勝手にして、って感じだね」

ウィンフィルドはなげやりに言う。対してキュベロはそれを許可だと思ったのか、一方的に感謝の言葉をつらつらと述べていた。こいつ良いやつなんだけど、時たま真面目《まじめ》すぎるなあ。

「ところで、シルビア。お前ってまだ第三騎士団と関わりあんの？」

「うむ、恐らく問題ないぞ。私自身すっかり忘れていたが、ウィンフィルドに報告へ行っておけと言われてな。今日は第三騎士団への報告も兼ねている」

なんだそりゃ。

「シルビアさん、二年契約、でしょ？」

「ああ、確かそうなっているはずだ。セカンド殿の護衛、という名目の監視。任期は二年となあーはいはい、なんか思い出してきたぞ。そういえばシルビアには第三騎士団から「セカンドを口説き落として騎士団に引き込め」という指示が出ているんだった。ここのところずっと第三騎士団からの接触は皆無だったので完全に忘れていた。

「第三騎士団と、シルビアさんとの関係を利用すれば、義賊弾圧についての、公文書と、その原本の在り処《か》のヒントが、わかる。かも」

なるほど。だからウィンフィルドはわざわざ今日に合わせてシルビアを報告に行かせるわけだな。突如として謁見《えっけん》の場に登場した第一宮廷魔術師団特別臨時講師の男、う～ん実に怪しさ満点。そんな男の情報を得ようとするならば、以前から護衛の任に出している第三騎士団所属のちょっと抜けてる正義大好き下っ端女騎士なんてお誂《あつら》え向《む》きだ。ここで第三騎士団に味方するような行動を取っておけば、見事に二重スパイの完成である。

つまり、これから俺とシルビアは王国の中枢とも呼べる人たちを面と向かって騙《だま》しに行くわけだ。そう考えると大した用事だな。あっちを騙しこっちを騙し、果ては洗脳して、一国の政治をまるっと変えようとしている。これはその記念すべき第一歩ということか。

「待てよ……なあウィンフィルド、宰相を直接洗脳するってのはどうだ？」

不意に思い浮かんだアイデア。それができれば苦労しないだろうとは思うが、聞かずにはいられなかった。

俺の単純すぎる案を聞いたウィンフィルドは「そうしたいけどねー」と前置きしてから口を開く。

「すっごい、警戒してるよ。女公爵の件が、あるから。もしかしたら、既に対策してるかも、ね」

「あぁ」

ルシア・アイシーン女公爵を陥れたのは宰相本人、しかもその理由が「洗脳魔術を恐れて」だったな。そりゃ警戒して当然か。うーん、対策するとしたら……MGR《魔術防御力》をガン上げするか、魔術防御系の効果があるアクセサリーでも装備するかだな。宰相の場合は後者だろうか。

「じゃあ気絶させて素っ裸にひん剥《む》いてから洗脳するとかどうだ？」

「それは、装備で対策されてた可能性、だね。装備だけなら、それでいいけど」

「けど？」

「問題は、洗脳の解き方を対策されてた場合、かな」

「！」

うわぁ、やられた。盲点だった。

「それに、宰相を洗脳しても、結局は、今と似たようなことをしなきゃだから。だったら、いっそ宰相を無視して、最初から民衆に働きかけた方が、効率良いなって」

「……仰る通りで」

流石《さすが》っすウィンフィルドさん。作戦に抜かりはないご様子である。こりゃ面倒臭がって近道しようとすると余計なリスクを背負うことになりそうだ。

「間もなく到着いたします」

窓から景色《けしき》を見て、キュベロが一言。そこで全員の会話はなくなった。あとは各々、やるべきことをやるだけである。

王宮に到着すると、第二王子付きのメイドが俺を待ち構えていた。そしていきなり謁見の間の前まで通される。そこでマインと合流した。

「……セカンドさん、緊張してる？」

「まさか」

「あははっ、ですよね」

少々の軽口を叩《たた》き合ってから、謁見の間に足を踏み入れる。国王らしき男が玉座に腰掛けているのが見えた。その横にはクラウス第一王子とホワイト第一王妃、バル・モロー宰相の姿もある。

俺はマインと共にバウェル国王の前まで歩み出ていって、頭を下げた。

「面を上げよ」

以前の俺なら、ここで頭を上げていたことだろう。だが俺には軍師様からの入れ知恵があるのだ。一度目の催促で頭を上げない方がいいよ、と。どうもこれがこの王への謁見のマナーらしい。

「よい、面を上げよ」

バウェルは第一声より少しほぐれた口調で、再び促した。俺とマインはゆっくり頭を上げる。

「その方が第一宮廷魔術師団の臨時講師か」

「はい、名をセカンドと申します」

俺の代わりにマインが答えた。バウェルは俺を品定めするように見つめる。

バウェルと目が合った。俺がゲームで知っている通りの、なんてことはないくすんだ金髪の中年。ただよく眠れていないのか、目の下に化粧で隠しきれないほどのクマができていた。

メヴィオンでは、国王バウェル・キャスタルは病に倒れ王位を退くことになる。だが、それはまだまだ先の話のはず。もしかすると、この世界では宰相が洗脳魔術を手に入れられなかったように、バウェルの病状にもなんらかの変化があるのかもしれない。

「そのセカンドとやらは一切の素性がわからぬ怪しい人物。宮廷魔術師団の講師に相応《ふさわ》しくはないかと存じます」

急に横槍《よこやり》が入る。案の定、それは宰相であった。

「オレも反対です、父上。この者は騎士団への勧誘を二度も断っております。王国に貢献せんとする意思を感じられない」

続いてクラウスも口を開く。こいつマジか。謁見の場で「オレ」とか「父上」とか、無学な俺ですら「それは流石に駄目だろ」とわかるレベルの失言だ。しかも誰《だれ》も注意していない。教育係は何をやっているのかね？

「まあ！　クラウスの勧誘を断ったのですか？　なんと失礼な輩《やから》！　この者を追い出しなさい！」

わかった、第一ハナタレ王子があんな感じになっちゃったのはこの第一アバズレ王妃のせいだ。

……と、ここで俺の傍《そば》に第一騎士団と思われる騎士が二人やってきた。これは、そういうことなのかな？　目にもの見せていいってことなのかな？　ちらりと横を見ると、マインは青い顔をして小刻みに首を横に振っていた。どうやら駄目らしい。ケッ、命拾いしたな。

「お待ちを。冒険者とは元来、素性などあってないようなもの。また地位や名誉に興味がなく、その上で優秀な者は、騎士団よりも冒険者としての稼ぎの方が魅力的なこともまた事実で御座いましょう。勧誘を断ったからと追い出すなど尊大に過ぎますぞ」

「なんですって！　ハイライイ大臣か」

おっ、あの人がハイライイ大臣か。分厚い丸眼鏡《めがね》をかけたバーコードっぽい頭のザ・管理職といった風貌《ふうぼう》のおじさんだ。ウィンフィルドからはあの丸眼鏡おじさんこそが第二王子派の筆頭であり、心強い味方と聞いている。

「騎士団より冒険者の方が稼げるからと勧誘を断ったのなら、今回は何故《なぜ》に宮廷魔術師団の臨時講師へと希望したのだ。ハイライ、申してみよ」

大臣の反論に宰相が切り返す。この二人、バチバチだな。

「セカンド殿はマイン王子と懇意であると聞きます。同じ学《まな》び舎《や》で過ごし、同じ釜《かま》の飯を食べ、時には魔術の試合をして高め合った仲だとか。今回の臨時講師の件も、ひとえに好誼《こうぎ》というものでしょう。二人が友人関係にあるということはクラウス王子もご存知のはずですが」

「私からも補足を。大臣の言に間違いはありません。今回、セカンドさんには私のたっての願いで無理を聞いてもらいました。しかしながら、彼以上に講師に適した存在を私は知りません。彼が講師を務めたならば、宮廷魔術師団は必ずや飛躍的な成長を遂げることでしょう」

ハイライ大臣は宰相の指摘に対してすらすらと返答する。そこへマインからの援護射撃。宰相はクラウスへと視線をやって事実を確認する。クラウスは苦虫《にがむし》を噛《か》み潰《つぶ》したような表情で小さく頷《うなず》いた。そして、宰相はついに口を噤《つぐ》んだ。

「セカンド殿の実績は王も既にご存知のはず。何卒《なにとぞ》ご一考を」

「彼の特別臨時講師就任を認めていただけないでしょうか。一か月で効果が見えなければ、私が全《すべ》ての責任を取ります。ですからどうか、認可をよろしくお願い申し上げます」

マインが頭を下げたので、俺も一緒になって頭を下げた。邪魔者トリオは今にも舌打ちしそうなくらいに顔を歪《ゆが》めている。しっかし、中性的なマインが一人称「私」で喋《しゃべ》っていると、もう本当に女にしか見えないな。

「面を上げよ。セカンドとやら、君に一つ聞きたいことがある」

とかなんとか関係のないことを考えていると、バウェルが唐突にそんなことを言った。聞きたいこととは、一体なんだろうか。

「半年以上前の話だ。君は大図書館で何をしていたのか。魔術学校の図書室で何をしていたのか。その後数回にわたりチームメンバーと共に大図書館を訪れ、何をしていたのか」

――ひやり、とする。王立大図書館で何をしていたか？　そりゃスキル本をチラ見して回っていたに決まってる。図書室では弐ノ型と参ノ型の魔導書をチラ見。その後の大図書館では三人にスキルを覚えさせていた。俺の攻略ｗｏｋｉばりの解説で通常の何倍もの習得スピードとなるように。

「報告は上がっている。私が思うに、君の強さの秘訣《ひけつ》はそこにあるのではないか？」

恐らく、バレている。俺がチラ見だけでスキルを覚えられることを。シルビアやエコやユカリが俺のゲーム的視点からのアドバイスによって異常なほど早くスキルを習得できていたことを。

「…………」

どうやって誤魔化《ごまか》そうか。それとも話してしまおうか。俺が悩んでいると、バウェルは口の端で笑いながら言った。

「よかろう。セカンド、君を第一宮廷魔術師団における特別臨時講師として認める。一か月後の成果を期待している」

……実に、あっさり。肩透かしを食らったような気分である。

バウェルのその一言で、謁見《えっけん》は瞬く間に終了した。邪魔者トリオは口々に俺とマインに対する呪詛《じゅそ》を吐きながら退場し、大臣は納得したように頷きながら眼鏡をクイッとさせて退場する。

最後の、俺に対するバウェルの言葉。あれはなんだったのか。「お前を監視しているぞ」と脅してきたのかとも思ったが、ちと違う気もする。秘訣を教えてほしかっただけ？　そんな馬鹿な。俺が悩む素振りを見せたから認可されたようにも感じる。だとしたら何故？　狙《ねら》いがわからない。

ただ、一つ言えることは。この世界の国王バウェルは、俺の知っている「利己的な拝金主義の王」とは少し違っているということ。根はそうなのかもしれないが、この世界では、以前のように物語の登場人物の如《ごと》く脚色されていない。少なくともこの謁見においては真面《まとも》な人物だった。

「よかったね、セカンドさん」

隣には嬉《うれ》しそうな顔のマイン。だが、俺はいまいち安心してその言葉に頷けなかった。

◇◇◇

「さて。私も、やることとやらないと、ね」

セカンドが王への謁見へ、シルビアが第三騎士団へと報告に向かっている間、ウィンフィルドはそんなことを呟《つぶや》きながら、王都ヴィンストンの中心部へと向かっていた。ただ、中心部といっても、暗くじめじめとした場所。光がさせば影ができる、当然のことだ。この煌《きら》びやかな王都ヴィンストンにも、裏があった。

ウィンフィルドは顔を仮面で隠し、体を外套《がいとう》で隠す。怪しいことこの上ない様相だが、場の雰囲気には合っていた。高身長ということもあり、まるで男のようである。そのため、柄の悪い男たちの巣くう路地裏でありながら、彼女に声をかけようという者は誰もいない。

「ねえ、ちょっと、話があるんだけど」

「あぁ？　誰だ？」

ウィンフィルドは路地裏の突き当たり、ホームレスのような恰好《かっこう》をしたみすぼらしい男に声をかけた。一見、その男は周囲のホームレスたちに溶け込んでいたが……彼女の目は誤魔化せない。

「ホームレスごっこ、楽しい？」

「…………場所を変えよう」

男は沈黙の後、冷や汗を垂らし、喉奥《のど》から絞り出すようにして言った。

男は焦る。そして考える。何故バレたのか、と。確かに危ない橋は幾度も渡っていた。数え切れないほどの修羅場を掻《か》い潜《くぐ》ってきた。今回もそうである。「ホームレスのフリをして『王立公文書館』職員の住む集合住宅のゴミ捨て場を漁《あさ》る」など、過去の修羅場に比べたら軽いものであった。

「君、記者でしょ？　ヴィンズ新聞、かな？」

「……だったらどうした」

男は更に焦る。ものの見事に言い当てられたからだ。ヴィンズ新聞社の新聞記者がこんな場所でこんな恰好で何をしているのか。関係者なら一目瞭然《いちもくりょうぜん》である。消されたって仕方がない、と。本人でさえそう思えた。ゆえに、男は恐れ慄《おのの》いているのだ。

そんな様子を見たウィンフィルドは、鼻で笑い、口を開く。

「良いネタが、あるんだよねぇ」

精霊界一の軍師による仕掛けが、いよいよ始まった。

こうして、盤上の駒《こま》たちは、それぞれが静かに動き出す。

駒がぶつかる時は、近い——。

第一章　胎動

国王への謁見の後、俺とマインは宮廷をぶらついた。

マインは俺との約束をしっかり覚えていたようで、宮廷の案内という名目で俺に〝肆《し》ノ型の魔導書〟を目にする機会を作ってくれたのだ。結果、俺はチラ見に成功する。実にありがたい。これで火・水・風・土と四属性の肆ノ型を苦もなく習得できた。

ひとまず、余っていた経験値で四属性全てを16級から5級まで上げておく。ちなみに雷属性はというと、既に壱ノ型から肆ノ型まで全て高段へと上げてある。伍《ご》ノ型については龍馬《りゅうま》・龍王《りゅうおう》のように必要経験値量がハンパではないので、初段で止めておいた。

そして、散歩の終点。王宮からほど近い場所にある宮廷魔術師の拠点へと、挨拶《あいさつ》に訪れた時、マインと共に訓練場に整列する宮廷魔術師たちの前に立って、そこで初めて気が付いた。

俺、微塵《みじん》も歓迎されてねえ。

そう、第一宮廷魔術師団の特別臨時講師になったはいいものの、だ。よくよく考えてみれば、ぽっと出の若造がいきなり講師など、エリート中のエリートである宮廷魔術師様方が素直に受け入れてくれるはずもないのである。

マインと一緒に来たのがマズかったか。第二王子のコネだと思われたに違いない。事実、コネだから始末が悪い。だからといって、マインがいなくなるのもマズそうだ。彼らは第二王子がいる手前、仕方なく整列しているといった風だ。マインがいなくなればすぐにでも解散しそうな雰囲気がある。「講師なんて必要ありません」とか今にも言い出しそう。

「セカンドさんです。これから一か月間、第一宮廷魔術師団の講師を務めてもらいます。以後、皆は彼の指示に従うように」

マインが俺を紹介すると、宮廷魔術師の皆さんは「はっ」と頷き返事をする。マインに対して返事をしているはずなのに俺を睨《にら》みつけるのはやめてほしいところだ。特に最前列右端の黒髪ボブカットの背の小さい女。もうこれでもかってくらい敵意が丸出しである。

「大丈夫そうだね。じゃあボクはもう行くね。セカンドさん頑張ってね」

「おい待て、これのどこが大丈夫なんだよ」

「……えへへっ」

「えへへじゃねえよ」

「セカンドさんならどうせ大丈夫だよ多分」

「……言うようになったなお前もな」

小声で言葉を交わし、訓練場を去ろうとするマインをなんとか引き留めんとする。その時、最前列の真ん中にいた赤毛でドーナツ状の髪型をした五十歳くらいのオッサンが口を開いた。

「殿下、お待ちを！　納得せぬ者が多すぎます。このままでは足並みが揃《そろ》わぬことは明らか。殿下から一つ、何か申していただきたい」

おお、このオッサン良い度胸だ。王子に対してこれだけ言えるってことは、なかなか地位が高く、そして信の置かれている人物だろう。多分この人が第一宮廷魔術師団の団長だな。

「ゼファー団長。それはボクではなく、団を取りまとめる貴方《あなた》と、反感を買っている本人が気にするところです。ボクが口を挟めば、団のためにならない。違いますか？」

「むぐっ……いや、しかし」

マインの正論がオッサンに突き刺さる。やっぱりこの人が団長だった。

……あれ？　というかマインのやつ、何気に俺をディスってない？

ちらりとマインを見やると「あ、やべっ」みたいな表情で顔を逸《そ》らされた。こいつ昨日《きのう》の学校でのサプライズをまだ根に持っているのかもしれない。

一方で宮廷魔術師たちは、納得したように頷いているやつがちらほら見て取れた。反感を買っているこの講師が悪いのだと、そう言いたいようだ。

俺は別に怒ってはいなかったが、その態度を見て怒るポーズを見せることに決めた。怒りの矛先は幸いにもここにいっぱい集っているので選《よ》り取り見取りである。

「よし、じゃあもうこうしよう。文句のあるやつは俺にかかってこい。何対一でもいいぞ」

「ちょっ、ダメですよっ！」

マインが慌てて止めに入る。だが止められない止まらない。

「ゼファー団長が一番強そうだな。歳《とし》いくつ？　俺は十七だ」

「儂《わし》は五十五だ」

「そうか。じゃあ、その五十五年がどれだけぬるい時間だったか特別に教えてやろう」

「……面白いな、小僧。ハハ、面白い。ハハハッ！」

団長のオッサンは、笑ってはいるがその額に青筋を立てていた。かなりイラついているご様子だ。こりゃあ、結果は見えてんなぁ……。

「私がやりますよ、団長」

と、そこへ空気の読めない女が入ってきた。よく見ると、先ほど俺を睨みつけていた背の低いボブカットの女だった。

「儂が売られた喧嘩《けんか》だ、儂が買う」

「しかし団長がおいそれと私闘をされては団の規律に関わります。団長が行うようなことではありません。それも、殿下の御前で」

「……確かに、そうか」

「その点、私ならば単なる実習と内外も納得するでしょう」

「わかった。チェリ、お前が行け」

「はい」

どうやら俺の相手はチェリとかいう女になったようだ。オッサンは漢気《おとこぎ》のあるやつだと思っていたが、違った。残念である。

「貴方、調子に乗らないことです。ここは王国随一の魔術師が集う場所。多少腕に覚えがあるからと、通用するような場所ではない」

チェリは偉そうに啖呵《たんか》を切る。そういうことを言えば言うほど負けフラグがビンビンになると気付いていないのか？

……よし、そうだな。ここはいっちょ、講師らしく講義と洒落込《しやれこ》もう。世界一位への道からはちょいと外れた寄り道になるが、これもキャスタル王国存続に必要なことだと割り切ってしっかりやろうと思う。キャスタル王国が侵略されればタイトル戦の開催もなくなるかもしれんのだ、これは世界一位を目指す俺にとっちゃ死活問題である。

ん、待てよ。そう考えるとだ。こいつらに講義や実習をして一か月後に成果を出すってのも、言わばタイトル戦の一環なのでは？　おお、なんかめっちゃヤル気出てきた。

「なるほど鋭い意見をありがとう。お前が俺の相手をするのか？」

「……ええ、そうです。覚悟をしておいた方がいいですよ。いくら神童や天才などと謳《うた》われようと、ここではただの一般人以下になりますから」

「自己紹介？」

「いちいちムカつきますね、貴方のことですよ。私は序列上位です」

「フーン……ところで、井の中の蛙《かわず》って知ってるか？」

「ええ」

「お前のことだよ」

「…………ッ！」

「あーあー怒るな怒るな。怒れば怒るだけ弱くなるぞ」

コンマ何秒さえ惜しいＰｖＰ《プレイヤー・バーサス・プレイヤー》において、感情ってのは無駄でしかない。ああしよう、こうしよう、と考えることすら無駄だ。日頃《ひごろ》の鍛錬や過去の経験から「思考をショートカット」して動かなければならない。つまり、感情を表に出している時点で話にならないんだよ。

「今、お前は多分こんなことを思っているんだろう？　どうしてこんな若い男が講師なんて。私でさえ宮廷魔術師になるので精一杯なのに。きっと第二王子のコネに違いない。そんなやつに教えを乞《こ》うなんてプライドが許せない。それになんだこの男の態度は。舐《な》めやがって。気に食わない、気に食わない、気に食わない」

「……へえ、よくおわかりですね。その通りです」

「舐められて悔しいのかな？　チェリちゃん」

「ッ……いえ、別に。それとその呼び方やめてもらっていいですか」

「世の中にはな、舐めていい場合と駄目な場合がある。前者は舐められる方が悪い、後者は舐める方が悪い。お前らは明確に前者だ。何が宮廷魔術師だよ。揃いも揃って手出し一つできやしねえ」

「貴方ッ……！」

「ほら、数十秒前に教えたことすらできていない。怒るなって言ってんだよ。言葉わかる？」

チェリちゃんはぷるぷる震えて怒っている。マインが「やりすぎですよ！」と肘《ひじ》で小突いてきた。

「講義のつもりなんだけど」と返すと「はぁ？」という顔をされる。

「チェリ？　あの、これ持ってきたんだけど……やめた方が」

「……どうも、アイリー」

すると、アイリーと呼ばれた女がチェリちゃんに何かを手渡した。この無駄な時間はこれの到着を待っていたってことか？　一体なんだろう。大きさからしてアクセサリーかな。

「さあ、この〝対局冠〟を使って対局しましょう。逃げることは許しませんよ」

チェリちゃんは、自信満々の顔で、俺に対局冠を渡しながらそう言った。逃げることは許さない、と。大真面目《まじめ》に。

…………………。

「んぶっ、ぶっはっはっははははっ‼」

「な、何がおかしいんですか！」

思わず、俺は腹を抱えて笑った。

「っははははは、いや、だって、いひひっ！」

こんなん笑うなって方が無理だ。

「はー、笑った。いやあ、凄《すご》いなお前ら」

「だから、何がです。馬鹿にしてるんですか？」

「ああ。お前ら、いつもコレで訓練してんのか？」

「ッ、ええそうです。まあ貴方には関係のないことですが」

「……凄いな。凄《すさ》まじいわ」

本当に凄い。俺は「何対一でもいいからかかってこい」と言ったんだ。なのに、だらだらと喋《しゃべ》っている間も、抱腹絶倒中の隙だらけの俺に対しても、誰《だれ》も攻撃してこなかった。その後も、訓練場を見渡すフリをしてあえて背中を向けてみたのだが、誰も何もしてこない。

「はぁっ」

俺は溜《た》め息《いき》を一つ強めに吐《つ》いて、口を開いた。

「自信満々の顔で、言うことは対局？　逃げることは許さない？　ふざけんなよ。平和ボケもいい加減にしろ。こん中でマシなのは二人だけだ。ゼファー団長とアイリーさん、二人以外は論外だ」

団長のオッサンは常に警戒を怠っていなかった。恐らく俺との戦闘を良しとせず傍観に徹したのだろうが、いつでも迎撃できるくらいの集中はしているように見えた。つまりは、対局など考えの中になかったと言える。また、対局冠を持ってきたアイリーさんは「こういうことじゃないんじゃ……」という困惑とともにチェリちゃんへと手渡していた。戦意は感じられなかったが、要点は理解しているだろう。チェリちゃんは尽《ことごと》くダメダメで逆に好感が持てる。それ以外の皆は「どうせ対局だろう」「俺には関係ない」とでも思っていたのか、完全に日和《ひよ》っていた。棒立ちで俺とチェリちゃんの様子をただ見ているだけの生モノである。気に食わない。

だが、その気に食わないやつらを一か月間で目に見えるレベルまで成長させるのが今の俺に与えられた仕事だ。やると決めたんだ、とことんやってやる。折角だからメチャメチャ強い魔術師集団にしてやろうじゃねえかお前ら。よかったね。

「いいか、対局ってのは全《すべ》てが仮想のものだ。攻撃が当たっても痛くないし、死ぬことはないし、回復の必要もないし、手軽で、便利で、何度でもできる。お前らはこれが良い訓練になると思ってんのかもしれんが、そりゃ大きな間違いだ」

メヴィオンの世界では、死亡にペナルティがあった。具体的には、死亡する度にステータスの一部が僅《わず》かに下がるのだ。一般のプレイヤーには大したことではないが、トップランカーには痛すぎるほどのダメージとなる。ゆえに、この世界とはまた違った意味で、皆は死亡を恐れていた。その緊張感が、実に大切だった。

「必ず油断が生まれる。絶対に何処《どこ》かで甘えが出る。どうせ痛くないし一撃くらい受けてもいいか。どうせ死なないしちょっとなら無理してもいいか。ど、どうせが意識の奥底に棲《す》みつく。そして、手軽に何度もできるがゆえに、戦闘はどうしても粗くなる。そんなことはないと、そう思うだろうが、無意識にそうなっていることに、お前らは気付けていない」

何か反論が来るかと思っていたが、意外なことに全員が黙って聞いていた。じゃあ最後まで喋らせてもらおう。

「問題はな、いざ下手《へた》すりゃ死ぬとなった時だ。攻撃を受けると痛くなった時だ。俺は知っている。対局に慣れ切ったやつは、十中八九が臆病《おくびょう》になる。攻め時に上手《うま》く攻め切れず、受け時に躱《かわ》すことばかり考える。それがもしほんの僅かな一瞬の癖だったとしても、見逃してくれない猛者《もさ》は何人もいるぞ」

ちらりとチェリちゃんを見ると、ぶすっとした表情で斜め下の地面を見つめていた。本心では俺が正しいと思ったが気に食わないのでとりあえず不満顔をしてみた、という感じである。

「対局ってのは、実験的に遊んで使うものだ。実戦形式で使うものじゃない。よく覚えとけ。じゃないと恥をかくことになる。売られた喧嘩を買うのにトランプを持ち出すやつがいるか？」

　ワハハと数人の笑い声が聞こえた。少しだけ暖まった空気。もっとウケると思っていたが、まあ今日のところはこんなものかなあ。

「じゃあ、今日の講義はここまで。明日また来る」

「な、待ちなさい！　貴方の実力がまだわかっていません！」

　言いたいことだけ言ってマインと一緒に帰ろうとすると、チェリちゃんが呼び止めてきた。実力、なるほど。自分より弱い人に教わるのは嫌だとかいう阿呆《あほ》みたいな発想か、もしくは宗教上の理由か。それとも単に俺のことが気に食わないのか。うん、気に食わないだけのような気がしてきた。

「…………」

　俺は今後のことも考慮して、どうせならド派手に恰好《かっこう》付けようと思い、何か良いパフォーマンスはないかと思案する。

　ふと、手に持っていたままの対局冠が目に付いた。よし、これだ。

「ほっ」

　対局冠を誰もいない方向へと天高く放り投げる。そしてすかさず《雷属性・肆ノ型》を準備して、落下中の対局冠に座標を合わせていく。

「貴方、何をやって――」

　チェリちゃんがツッコミを入れようとしたその瞬間。

　パッ――という音さえ聞こえそうなほどの眩《まばゆ》い閃光《せんこう》が辺りを照らし、その直後に地面を揺らすほどの轟音《ごうおん》が鳴り響いた。誰もが耳を塞《ふさ》ぎ、何が起きたのかと恐慌する。

《雷属性・肆ノ型》は、〝落雷〟の範囲攻撃魔術。決定した座標の一定範囲内にいる対象へ強力な雷属性のダメージを与える。どれほど強力かと言えば、それは一発一発が参ノ型に匹敵する。範囲内に五体の魔物がいれば、一度で参ノ型五発分。お買い得パックみたいな魔術である。

「……か、雷が、落ちた……？」

俺は未《いま》だ俺の魔術だと気付いていないチェリちゃんたちに背を向けて「また明日～」と一言、困惑するマインを連れて訓練場を後にした。

廊下をしばらく歩いた後、マインは恐る恐るといった風に口を開く。

「あれは、セカンドさんが？」

「おう」

「雷の魔術なんて、見たことも聞いたこともないよ……」

まあそうだろうな。俺も「プレイヤー用の雷属性魔術」についてはそうだった。精霊大王アンゴルモアを召喚した際に何故《なぜ》か自動的に獲得したことで初めて知ったスキルだ。恐らく、この世界のオリジナルだと思われる。

「…………ん？　待って。雷属性、雷属性……えっと、何処かで……」

ふと、ぶつぶつ呟《つぶや》き始めるマイン。そして数秒後、「もしや」という顔でこちらを向いた。

「セカンドさん。精霊大王……って、知ってる？」

知っているのかマイン！　召喚術の本か何かに書いてあったのか？　流石《さすが》、首席なだけはある。

俺は折角だからと、《精霊召喚》でアンゴルモアを喚《よ》び出して、本人に自己紹介させることにした。

ギュルルルッと、虚空から虹色《にじいろ》のねじれが生じ、そこから回転とともにブワリと舞い降りるようにして具現するのは、やたら仰々しい恰好の中性的な美人。

「――我が名はアンゴルモア。我こそが四大元素を支配する唯一無二の存在、精霊大王である」

「…………………」

マインは一拍置いて「わひゃっ⁉」と驚き、腰を抜かしてその場にへたり込んだ。マインの大声に青い顔をして駆け寄ったメイドは、アンゴルモアを見て目を丸くしながらも、マインの補助をしてなんとか立ち上がらせる。しまったな、サプライズが過ぎたようだ。

「すまんすまん」

「すまんじゃないよ、もー……心臓が止まるかと思った」

胸を押さえてジトーっとした目でこちらを見るマイン。頬《ほお》を赤く染めて、呼吸が少しだけ荒い。まるで俺がセクハラしたみたいな構図である。

「でも、とんでもないね！　まさか精霊大王様を使役してるなんて……いや、とんでもないで済ましていい話じゃないよ。魔術も召喚術も一流って、セカンドさんは一体何になるつもりなの？」

「世界一位だ。弓術も剣術も超一流だぞ。それ以外も行く行くは、な」

「我がセカンドは世界一の男よ。そして我は精霊界一の大王。即《すなわ》ち我らは森羅万象の覇者である」

「……呆《あき》れるしかないけれど、セカンドさんが味方で良かったとだけは心底思うよ」

「ちなみに精霊界一の軍師も我がセカンドに相当お熱でな。精霊界では我がセカンドの話ばかりしておったわ。あれほどの大賢を手懐《てなず》けるとは我がセカンドも隅に置けぬ」

初耳だ。というか、それは浮いた話ではなく「こんな強いカード手に入れたんだー」みたいな自慢の類の気がする。

「軍師？　あ、ウィンフィルドさん……えっ、あの方も精霊なんですか⁉」

「うむ」

「あれ、言ってなかったっけ」

「聞いてないですよ！　もー……」

久しぶりに会ってからというものマインは驚きっぱなしである。俺の友人をこんなに驚かせ続けるなんて許せねえ。一体どこのどいつだ。全くけしからんやつだな。

「じゃあ、もうこっちは盤石ですね。これ以上ない布陣だと思いますよ」

「ん？　どういうことだ？」

「軍師が精霊なんでしょ？　使役者が特定されない限り、暗殺されようがないじゃないですか。軍師の弱点をきっちりと克服しちゃってます。そして戦力にはセカンドさんがいるし、精霊大王様までいるし。ボクの思い浮かぶ理想の更に上の上を行ってますね」

なるほど暗殺か。そう考えると、確かにウィンフィルドは軍師としての理想形態だ。精霊だから戦闘力は言わずもがな平均的な人間よりあるだろうし、食事も睡眠もとらないからな。

「貴様、気に入ったぞ。我がセカンドの盟友として認めよう」

「あ、ありがとうございます」

王子相手に貴様って……流石はアンゴルモア。マインも何故か嬉《うれ》しそうにしているし。

「ただ、いくら盤石だからって、武力だけで勝ったとしても民衆は納得しないからな」

「そうですね。民あっての国ですから。ボクがしっかりしなくちゃ」

「いや、お前がしっかりするのは国王に内定してからだ。それまでは俺たちに任せておけばいい」

「……はい？」

「お前の言う盤石な状態を存分に活《い》かして、真綿で首を絞めるようにじわじわと帝国の狗《いぬ》どもとそれに乗せられた馬鹿どもを追い詰めてやる。そして一網打尽にして帝国に生きたまま帰れないようにしてやる。そのうえ二度とキャスタル王国に生きたまま入れないようにしてやる……主にウィンフィルドが」

「いいんですかねそれ……というかセカンドさんがやるんじゃないんですね」

「今回の政争においては、俺はウィンフィルドの駒だからな」

「そんなに嬉しそうに自分のことを駒って言う人、ボク初めて見ましたよ……」

その後しばらくマインとだらだら雑談して、日が暮れる頃《ころ》に宮廷を出た。

明日からはいよいよ講師として本格的に活動しなければならない。講義のプランでも練っておくか。と、そんなことを考えながらキュベロが待っているはずの馬車まで歩く。

しかし、そこには馬車どころかキュベロの姿すらなかった。

ただ、その代わりと言ってはなんだが、そこには――。

「……シルビア？」

「う、うむ。遅かったではないか、セカンド殿。待ちくたびれたぞ」

若干の緊張が窺《うかが》える、着飾ったシルビアの姿があった。私服姿は随分と久々に見たが、やはり元が美人だからか相当に似合っている。

そして、シルビアは頬を朱に染めながら喋り始めた。

「ほら、約束したではないか。精霊チケットの……わ、忘れてしまったか？」

「いや覚えてるが。休日に買い物と言ってなかったか？」

「これから忙しくなるだろう。少しでいいんだ、付き合ってくれ。適当に店を覗《のぞ》いてから、ゆ、夕食でもどうだ？」

「うん、良いな。実に良い。昔を思い出すな」

「うむ。とは言っても半年ほど前だが……なんだか遠い昔のような気もするな」

彼女がどこかぎこちなかったのは最初だけ。その後は、他愛のない会話をして、腹から笑い合って、面白おかしく買い物して、昔のように宿屋一階の酒場で楽しく酒を飲んだ。

やっぱり、シルビアとはこんな感じの男友達のような付き合いが向いている。

……と、そう思っていたのだが。

二人で飲んでいるうちにだんだんと良い雰囲気になり、シルビアの猛烈なアピールが炸裂《さくれつ》しまくり、あれよあれよという間に、俺たちは、宿屋の二階へとその場所を移すことになった——

初めて見たシルビアの体は凄《すご》いの一言に尽きた。腹筋はほんのり六つに割れ、四肢はきゅっと引き締まり、かといって出るところはむちっと出ていて、柔らかいところはぷにっと柔らかい。その均整のとれた体は、まるで一流のアスリートのようだと感じた。ステータスが体に表れるのか、それとも体がステータスに表れるのか、もしくは全くもって関係ないのか。いまいちよくわからないが、どちらにせよ体は鍛えた方が良いと俺がそう考え始めるくらいには美しいものであった。

素直に感想を伝えると、シルビアは「セカンド殿の方が美しい」と言う。特に鏡を見る習慣がなかったから気付かなかったが、どうやら俺の体も似たような状態らしい。まあ鍛える以上に厳しいことを散々やってきたのでそうなっていてもおかしくはないだろう。食生活もユカリによって完全に管理されているため、もしかしたら俺たち全員アスリートみたいな体が自然とできあがっていっているのかもしれない。

◇◇◇

「おはよう」

翌朝、目が覚めると、すぐ隣にシルビアがいた。「うむ」とはにかんだように朝の挨拶《あいさつ》を返す彼女は、やはり美しかった。

不意に昨夜のことが思い出される。とんでもなく情熱的だったユカリとは打って変わって、シルビアはただ抱き合っているだけで満ち足りてしまうような乙女チックな少女だった。ユカリとの死闘によって疲労困憊《こんぱい》だった俺にとっては嬉しい誤算であり、お陰で十分な余裕を持って彼女を可愛《かわい》がることができた。

シルビアと一階に降りて、共に朝食をとる。不思議なことに、ユカリからチーム限定通信は届いていなかった。恐らくは、ユカリとシルビアとの間で何か談合のようなものがあったのだろう。いくら一夫多妻制が認められている国とはいえ、こればかりは知らぬが仏である。

「セカンド殿。そういえば昨日《きのう》、第三騎士団と接触したぞ」

「おお。どうだった？」

「小躍りして喜んでいた。騎士団が今最も欲している情報はまさにそれだ、と」

「裏切りを疑われてはいないか？」

「どうだろうな。ただ日頃の行いは相当良かったからな」

「シルビアが裏切ったとなりゃあ……俺なら人間不信になりそうだ」

「おいやめろ。私はセカンド殿の騎士だ。裏切るわけがないぞ！」

それに、セカンド殿を敵に回すことほど恐ろしいことはないからな、と呟く。ご名答だと思う。

「これからは第三騎士団へと定期的に報告へ上がることになっている。そこでこちらが有利になるような情報を小出しにしていけとウィンフィルドは言っていた。また、それと並行して――」

「公文書と原本の捜索、か」

「うむ。まあ、捜索と言うよりは情報収集だな。第三騎士団から直接得られる情報は大きい。なんせR6《リームスマ・シックス》と協定を結んだ当事者たちだからな」

「絶対に何かを隠しているな。もしくは、隠すように言われている」

「それを明るみに出すのが、私たちの先立っての目標というところか」

シルビアはやる気満々のようだ。それもそのはず、正義大好きな彼女のことである、今回の仕事はやり甲斐《がい》の塊と言っても過言ではないだろう。

「じゃ、俺はそろそろ出勤だ」

生涯で出勤という言葉を使う日が来るとは思わなかったが、事実、俺は今、第一宮廷魔術師団の特別臨時講師として働いている。これは出勤で間違いないでしょうよ。

宿と食事の料金を支払って、宿屋を出る。シルビアが「行ってらっしゃい」と言って顔を真っ赤《まか》にしながらちゅーしてくれた。

超、行ってきます――。


「今日は皆さんの普段の訓練風景を見せてもらいまーす」

訓練場に着くや否や、俺はそう宣言して、その場にどっかと腰を下ろした。

第一宮廷魔術師団の皆さんは整列したまま動き出す気配がない。団長の指示待ちか、それとも俺の指示に従うつもりは毛ほどもないのか。恐らくそのどちらもだろう。

俺がどうしたもんかと座りながら考えていると、二人の男女がこちらに歩み寄ってきた。ゼファー団長とチェリちゃんだ。

「ふざけるのもいい加減にしてください」

相変わらず敵意丸出しのチェリちゃんは、俺のことを睨《にら》みながら罵《ののし》ってくる。

「普段どんなことやってんのか知らないんだもん。指摘しようがないじゃない？」

「だもん、じゃありません。指摘していただかなくて結構です」

「それは困る」

「どうぞ困ってください」

「――いや、待て。チェリ」

チェリちゃんとあーだこーだ言い合っていると、ゼファー団長が口を挟んできた。険しい顔をしているが、文句を言ってやろうという顔ではない。この人なら話がわかりそうだ。

「小僧。昨日、去り際に使ったあの魔術。あれは雷属性・参ノ型で間違いないか？」

「肆ノ型だね」

「……で、あるか」

いきなり小僧呼ばわりで質問してきたかと思ったら、今度は頷《うなず》いたまま考える人になりやがった。なんなんだこの人……。

「肆ノ型？　嘘《うそ》も大概にしてください。雷属性なんて魔術が存在するわけありませんし、こんな人が肆ノ型を使えるわけもありません」

「あ、あのぉ……」

ぶーぶーとディスり続けるチェリちゃんの後ろから、恐る恐るといった風に女性が一人現れた。

彼女は確かアイリーさんだったか？　焦げ茶のセミロングに垂れ目の優しそうな顔、普通&普通な見た目である。真面な人という印象だったが、彼女も俺に文句を言いに来たのだろうか？　だとしたらショックだ。俺は少々の覚悟をして彼女の言葉に耳を傾けた。

「セカンドさん……サインいただいてもいいですか？」

　ガクッとずっこける。今ここでこのタイミングで？　なんだそりゃあ。

「いいけどなんで？」

「妹が魔術学校にいて、それで、あの、セカンドさんの大ファンなんです。昨日家でセカンドさんのことを話したら、もう、狂喜乱舞しちゃって……絶対にサイン貰《もら》ってきてーって」

「ああ、そういう」

　俺はあえて冷淡に振る舞ったが、実を言えばメチャクチャ嬉しかった。

　前世で世界一位だった頃は、サイン・握手・写真なんて日常茶飯事。彼らの求める「最強の世界一位像」を崩さぬように対応するのはなかなかに骨だったが、この世界に来てからはとんと忘れていた苦労だった。あの世界一位の栄光が一瞬でもここに蘇《よみがえ》ったようで、得も言われぬ感慨が湧《わ》き出てくる。

「名前はなんという？」

「あっ、はい。アロマです」

　彼女の持ってきたサイン色紙に、慣れた手つきでｓｅｖｅｎと書こうとして……寸前で、セカンドに修正する。あぶないあぶない。書き上がりは「世界一位の男セカンド」となった。これでは言い過ぎかと思い、世界一位の前に「いずれ」と書き足す。そして最後に「アロマへ」と書いて、ふと思い立ち、その上に「アイリー&」も書き足してみる。

「はい、どうぞ」

俺はアイリーさんへ色紙を手渡して、ニコッと笑った。笑顔というのはこういう時のためにあるのだ。「サインを～」と言ってきた段階で笑ってしまえば、それは味消しである。むしろ最初は冷たく対応するべきなのだ。そうしてギャップを演出する。滅多に笑わないからこそ時たま見せる笑顔の価値が上がるのだと、俺は前世のファンサービスでそう学んだ。

「あ、あり、ありがと、ございますっ」

アイリーさんは頬《ほお》を赤くしてぺこぺこと頭を下げながら去っていった。どうやらクリティカルヒットしたようだ。

その時、ふと気付く。彼女の周囲で、羨《うらや》ましそうな視線を送る女性団員の姿がちらほらと見て取れた。なるほど、全く歓迎されていないと思っていたが、ごく一部の人たちは俺に好意的みたいだ。ありがたい。その代わりに、男性団員からの支持はしばらく得られそうにないが。

「…………」

そんな俺の様子を白い目で見つめるチェリちゃん。ちょっと見た目が良いからって実力もないのに調子に乗って……ってな感じだろうか。彼女はわかりやすくて良いなあ。

……やはり、講師としてスムーズに活動するには、彼ら彼女らが嫌に気にする実力とやらをこれでもかと見せつけた方が良いのかもしれない。昨日のあれで理解してもらえないのなら、もう四大属性の伍ノ型をぶっ放しまくるくらいしか思い付かないが。

と、俺がそんなことを考えていたら、ゼファー団長がおもむろに口を開いた。

「わかった。儂《わし》が指示を出そう」

「団長⁉」

「チェリ。この小僧の実力は本物だ。いい加減、認めるのはお前の方だ」

「そんなっ……」

チェリちゃんは味方だと思っていた団長に突き放されて愕然《がくぜん》とする。ガーンという効果音が聞こえてきそうな顔である。

「これより平常通り訓練を行う！　講師殿が訪れた際は質問への応答を優先するよう！　では、訓練を開始せよ！」

団長の一声で、それまでやる気のなさそうだった第一宮廷魔術師団の皆がきびきびと動き出す。それはチェリちゃんも同様であった。流石《さすが》は団長、団においてはその命令は絶対なんだな。

しかし小僧と呼んだり講師殿と呼んだり、団長も一苦労だな。きっと昨日の俺の暴言をまだ根に持っているんだろう。確かに言い過ぎた気もするが、事実っちゃあ事実だから今のところ撤回するつもりもない。その天狗《てんぐ》の鼻がへし折れてからなら謝ってもいいだろう。


……で、数時間後。単刀直入に言おう。

「だめだこりゃ」

宮廷魔術師団。王国屈指の魔術師がどれだけのもんかってのを、俺も少しは期待していたんだ。

昨日《きのう》の時点で殆《ほとん》ど答えは出ていたが、それでも万が一、億が一ということもあるから。

それがどうよ。「お遊戯会かな？」というのが、正直な感想だ。

「宮廷魔術師ってのは戦争に駆り出されることもあるんだろ？」

「そうだ」

「魔術師で固まって動くのか？　それともばらばらに動くのか？」

「殲滅《せんめつ》、遊撃、援護、補助。全《すべ》てこなす」

「テキトーってこと？」

「違う。戦況に応じて形を変える」

「ああ、だからか……」

彼らの訓練は、合図によって隊列を組んだり散ったり配置を変えたりと、そういったものがメインだった。「この合図ならこの陣形でこの魔術を使う」という戦法を何種類も頭に叩《たた》き込《こ》み、いざ戦場でそれをやろうというのだ。馬鹿馬鹿しいったらない。

「肝心の魔術はどうしてる？」

「個人でやらせている」

「は？」

「得意とする魔術は十人十色。足並み揃《そろ》えて訓練はできん」

「いやいやそういうことではなく。魔物は狩りに行かないのか？」

「ぬ、経験鍛錬か。週に一度、鉱山や大森林へと狩りに出かけている」

「へっ……？　そんだけ？」

「そうだが……何か問題があるのか？」

オイオイオイ、マジかこいつら。レジャー感覚か？　休日に鹿でも狩りに行くわけじゃないんだから。強い魔物をどれだけたくさん狩れるかがスキルの強さに直結するんだぞ？

「どうしてもっと経験値を稼ぎに行かないんだ？」

「危険だ。反対意見も多い。それに予算の都合もある。また今のところあまり必要性がない。ゆえに、経験鍛錬は個人の裁量に任せている」

あ、なるほど。経験値稼ぎを強制すると〝ブラック〟になるわけね。納得……と言いたいところだが、違う。平和ボケもいいところだ。お前ら仮にも軍人だろ、一般企業とは違うんだよ。もっとお前らの大好きな実力を上げることにやる気を出せ。

「念のため聞くが、最後に戦争をしたのはいつだ？」

「……二十二年前だ」

「OKわかった。もう何も喋《しゃべ》るな」

ここにいるやつらが殆どガキの頃《ころ》じゃねーか。チェリちゃんとかまだ生まれてすらいないだろ。そりゃやる気も出ねーわ。

「抜本的な改革が必要そうだ」

前世のメヴィオンには〝チーム戦〟という対戦ゲームがあった。チーム対チームで戦争ごっこができるのだが、これがまた奥が深い。剣術師・弓術師・槍術《そうじゅつ》師・魔術師など、それぞれ運用に一長一短のある兵科をバランス良く組み込み、綿密な戦略を立てて試合に臨まなければ勝てないのだ。大手のチーム同士のチーム戦ともなれば、まるで本物の戦争のようだった。大勢のプレイヤーたちが広大なフィールドでぶつかり合う様は圧巻の一言である。

俺は個人における世界一位の方で忙しかったためチーム戦に関しては素人《しろうと》なのだが、それなりに知識はある。いずれは俺も最強のチームを組んで、チーム戦でも世界一位になろうと画策していたからだ。まあ、その夢は叶《かな》わず終わったが。そんな俺のニワカ知識から見ても、この第一宮廷魔術師団の訓練方法は「おかしい」と一目でわかった。

そもそもの前提がおかしいのだ。殲滅・遊撃・援護・補助の全てをこなすから戦況に応じて形を変える――聞こえは良いが、それは、言ってしまえば、魔術師の仕事ではない。

魔術師とは「広範囲に高火力で攻撃を行う中距離兵」である。ハマった時の威力はでかいが、剣術師などの近距離兵の突撃には全くと言っていいほど対応できず、弓術師などの遠距離兵からの狙撃でも容易に崩れてしまう。つまり「火力的には一人か二人で十分」であり「壁役などの近距離兵による護衛が必須《ひっす》」なのだ。

魔術師ばかりで殲滅隊を組ませて集団行動させても、敵の近距離兵の突撃で一瞬にして総崩れ。かといって遊撃させれば、壁役がいないので弓兵からの集中砲火を受けて終わり。援護といっても、メイン火力となる肆ノ型や伍ノ型は広範囲のため、緻密《ちみつ》な連携が取れていないと味方を巻き込んでしまう。補助的運用は確かに便利だが、それは魔術師としては勿体《もったい》ない使い方と言える。

それがわかっていないのか、はたまたわかっていてどうにもできない理由があるのか。何故《なぜ》にこれほど陣形ばかり訓練するのか疑問でしかない。

そこで、俺はふと思い出した。チェリちゃんの言葉だ。「こんな人が肆ノ型を使えるわけがありません」と、彼女は確かにそう言っていた。

…………まさか。

「なあ、正直に挙手してくれ。この中で肆ノ型を使える者は？　どの属性でも構わない」

ぽつ、ぽつ、と。二百人中二十人程度が手を挙げる。うっわぁ……。

「……伍ノ型は？」

今度はゼファー団長しか挙手しない。マジかよ⁉

チーム戦において魔術師を魔術師として効果的に用いるには、肆ノ型・伍ノ型が必須である。それも、四大属性の壱ノ型〜伍ノ型全てを高段まで上げ切った〝ＩＮＴ魔人〟が理想とされている。魔術師の強みは「広範囲への高火力攻撃」――それができない魔術師などお荷物でしかない。

……現状、この第一宮廷魔術師団は、チーム戦では使い物にならない新兵の寄せ集めだ。

きっと敵国の魔術師も同レベルの集団で、つい二十二年前まで子供の喧嘩《けんか》みたいな戦争をしてきたのだろうが、俺が講師をやる以上は泥仕合なんて認められない。

かといって、じゃあ、何か。こいつら一人一人に肆ノ型を教えて回るってか？　馬鹿言え、そこまで面倒は見きれない。なんとかして、こいつらをこのまま運用できる方法を模索するしかない。

そう、なんとか、なんとかして…………。

「なんとかなるかァ！　俺もう帰る！」

「こ、小僧！　何処へ行く！」

「また明日来る！」

◇◇◇

「――動くな」

不意にかけられた声、首筋にあてられた冷たい感触に、おいらの体は硬直した。完璧《かんぺき》なタイミング。そのまま殺されても、声一つ出せなかったに違《ちげ》ぇねえ。

「な、なんですかい？　あっしに何かご用でも？」

哀れな貧困者を演じる。ここは〝カメル教会〟の裏。ボロのローブで顔を隠していても目立たねえ。見つかるはずもない。と、そう思っていたんだが……。

「おおっとぉ！」

不意に拘束が緩んだ。あえてドタバタと前方に逃げ出し、振り返る。

黒衣で全身を隠し、闇《やみ》に紛れる影。男とも女ともわからん濁った声に、一瞬たりとも隙のない立ち姿。こいつは――〝暗殺者《プロ》〟か。

「チッ……なんじゃワレェ。何処のモンじゃ。おいらの正体わかっとったんか」

もう偽る必要はなくなった。おいらはフードを外し、視界を良好にする。

「やはり。ビサイド様ですね」

「それがどうしたんじゃ、ボケェ」

「キュベロ様がお待ちです」

「――ッ‼」

久しく耳にしとらんかった名前。そして、一日たりとも忘れたことのねえ名前。我らＲ６《リームスマ・シックス》の若頭、そう、カシラの名前じゃ。

「カ、カシラは生きとんのか！」

いや、待て。おいらを誘い出すための罠《わな》かもしれん。

「カシラは何処におる」

「私たちの拠点に」

「拠点？　……ッ」

一歩踏み出そうとすると、おいらの行く手を遮るように糸が張った。【糸操術】か、こら厄介だ。

「……何モンじゃあ、自分」

「セカンド・ファーステスト様に仕えるメイド十傑はイヴが率いる暗殺隊その一人。暗殺者ゆえ、顔・声・名を明かすことはできません。申し訳ございません」

「おいおい、暗殺者さんが主人の名前を明かしてもええんかい」

「我々のご主人様はこれしきでどうにかなるほど軟弱なお方ではありませぬゆえ」

「ほぉー」

「それに、隠す必要もありませんので」

「ん？　そりゃどういう――んガッ⁉」

背後からの衝撃に、おいらの意識は遠のいていく。暗殺者は一人じゃなかったんか、そうか、そりゃそうよな……ああ、カシラ、どうか生きていてくだせえ。

◇◇◇

「ご主人様、こちらヴィンズ新聞の朝刊です」

「んー、さんきう」

俺は朝メシをもっしゃもっしゃと頬張《ほおば》って食べながら、ユカリから渡された朝刊をなんとはなしに受け取った。それにしても、なんで新聞？　とは思った。俺には新聞を読む習慣などない。まあ、朝の回らない頭で考えても仕方がないので、とりあえず一面を開いて読んでみる。

「んぼぶぅっ――‼」

スープがモロに気管に入り、そこから間欠泉のようにして口の外に噴き出た。

ゲホゲホとむせる俺。「うわあ大惨事だな！」と驚くだけで特に何もしないシルビア。その傍らで何故か楽しそうに笑うエコ。ユカリは飛び散った魚介のスープをタオルで拭《ふ》いてくれるのかと思いきや、俺の股間《こかん》ばかりを集中的に拭《ぬぐ》う。若干わかってはいたがドスケベエルフだよな、こいつ。

「セカンド殿。何が書いてあったんだ？」

「あー、私が説明する、よ」

一体いつの間に召喚されたのか、ウィンフィルドがしれっとリビングに現れた。

彼女は新聞をテーブルの中心に広げて、その内容を解説するように喋り出す。

「見出しはこうなってる、ね。『騎士団協定違反か、義賊弾圧めぐる疑惑』って」

「うむ。なんとなく意味はわかるが……」

「今回の新聞は、騎士団が義賊弾圧に関わる何かを隠してる、ってことさえわかってもらえれば、オッケー」

「それは第一や第二・第三騎士団関係なく、か?」

「うん。まずは、騎士団に対する疑念を、ひいては第一王子派に対する疑念を、民衆に抱かせる。明日か明後日《あさって》の新聞で、何があったのか、詳しく明かす。情報は小出しで、反復的に、より印象付けられるように、手を替え品を替え。基本だね」

キャッチーな疑惑を出せば、気になった民衆が情報を欲しがる。飢えたところへ情報を餌付けのように与えていくわけだな。元より第一騎士団による義賊の徹底弾圧に疑念を抱いていた層も少なくないだろうし、右と左で必ず意見は対立し合うので、情報を出せば出すほど炎上しまくり拡散されると。しかも協定違反疑惑の後は、R6の生き残りによる証言、公文書の開示請求、更には改ざん疑惑にその証拠まで控えている。完璧な筋書きだなマジで。

「……なあ、この情報流したのって」

「そだよー、私。セカンドさん、褒めてくれてもいいんだ、よ?」

「ベリベリナイス、ウィンフィルド。バッチグー!」

「えー、なんか、おざなり……まあ、いいや」

ウィンフィルドは不満そうな顔で抗議するものの、一瞬で妥協した。

「あ、シルビアさん。今日、第三騎士団に、呼び出されると思うから。そしたら、こう言うんだよ。あの男なら何か知っているかもしれない、って」

「セカンド殿が何か知っていそうな風に匂わせるということか？」

「そうそう。路地裏で柄の悪い男と話してた、とか。理由を聞かれたら、そんな感じで、いいよ」

「うむ、承知した」

「セカンドさんは、宮廷内で、動けるように、しといてね。あと、追い出されないようにも、ね」

「前者に関しては任せておけ。後者に関してはまあとりあえず頑張る」

あの使えない宮廷魔術師たちを使えないまま使えるようにする、というトンチみたいな難題が待っているがな。まあ、一晩考えてなんとか解答は用意できた。上手《うま》くいくかどうかはわからないが。

「――ご歓談中、失礼いたします」

と、そこへ、珍しく執事のキュベロではなくメイドが現れた。ユカリは彼女の姿を見て「早かったですね」と呟《つぶや》く。なんだなんだ？

「R６のメンバー、ビサイド様を使用人邸にて確保しております。如何《いかが》いたしましょう」

「おお、頼んでいたあれか。本当に早かったな。ベリナイス！」

「……も、勿体ないお言葉です」

メイドは照れるように俯《うつむ》いた。ということは彼女が捕まえてきたのか。ユカリは「調査のプロ」

と言っていたが……うーん、そんな風には見えない。何処にでもいそうなごく普通の女の子だ。人は見かけによらないな。

「俺とキュベロで、今すぐ会いに行く。準備を頼む」

「畏《かしこ》まりました」

そうとだけ指示を出して、俺は朝メシをかき込んだ。ウィンフィルドは「いよいよって感じだね」となんだか楽しそうな様子である。

そして、数分後。俺とキュベロは、使用人邸の地下室にて、生き証人と対面を果たした。

「カシラあああああッ！　よくぞ、よくぞご無事でェッ！」

うるさっ……というのが第一印象。第二印象は、顔怖っ、だった。

流石《さすが》は義賊、弱きを助け強きを挫《くじ》く侠気《きょうき》溢《あふ》れる生き様が、これでもかと言わんばかりに顔に出ている。騎士団によって牙《きば》を折られ群れを散り散りにされても、その眼力は研いだナイフのような鋭さだ。骨ばった顔とオールバックの黒髪も迫力満点である。

「ビサイド。あの地獄の中、よく生き抜いてくれた。私はお前を誇りに思う」

「身に余る言葉です！　おいらなんか、生きてようが死んでようが関係あらへん！　カシラ！　あんたが生きてるってぇことが、R6にとってデカイんじゃ！　R6再生も夢じゃあねえ！」

「違う。お前たちが命懸けで逃がしてくれたからこそ、私はここにいる。そして、あの地獄を知るお前が生きていてくれたことが、我らR6にとって、私のご主人様にとって大きな力となる」

「ん……？　ご主人……ですかい？」

「セカンド・ファーステスト様。お前も、私と同じく、この御《お》名前を決して軽んじてはならない」

「…………そうか、あの暗殺者」

キュベロから俺の名を聞いたビサイドは、何やら呟いてから立ち上がった。視線は俺の方を向いている。

「ビサイド！　変な気は起こすな――」

「いや構わない。覚悟あってのものだろう。お前の舎弟らしくていいじゃないか。お前に似て少しヤンチャなところがあるんだ」

「……お恥ずかしい限りです」

睨《にら》み合う俺とビサイド。止めに入ったキュベロは、俺の言葉に少しだけ顔を赤くして身を引いた。

「失礼を承知で……いっちょ試させてくだせぇ」

ビサイドは首をコキコキと鳴らしながら近づいてくる。構えらしい構えもない。こいつ、相当に喧嘩慣れしてるな。メヴィオンじゃない場所で遭遇したらまず間違いなく勝てないだろう。

「すまんが、喧嘩にはならないぞ」

だが、ここはメヴィオン。どう足掻《あが》いてもネットゲームである。一対一で向かい合えば、それは喧嘩ではなくＰｖＰ《プレイヤー・バーサス・プレイヤー》だ。ステータス差は容易には覆らないし、習得スキルの数やそのランクの差も大きい。そして何より、ＰＳ《プレイヤースキル》の差は絶大。

「――――シィッ！」

ビサイドの右ストレート。まずは小手調べ、とでも言わんばかりの《歩兵体術》だ。初動をじっくり観察してからでも余裕で回避できるほどの拳《こぶし》の遅さ。おいおい、ナメプかよ……。

「おおっ、こいつを躱《かわ》しますかい！」

「…………」

ビサイドは調子に乗っている。そんな様子を見て、キュベロは頭を抱えた。

そう、それだけはやっちゃあ駄目だった。「敬愛する若頭の主人がどれだけ強いか試してみたい」という気持ちならまだ理解できる。だが、いくら力試しの喧嘩とはいえ、世界一位を舐《な》めてかかるのだけは……大悪手だ。

俺は少々むかっ腹が立った。なので、少しビビらせてやろうと、無言で《精霊召喚》する。

「（アンゴルモア、憑依《ひょうい》）」

「（御意）」

念話で即座に《精霊憑依》を命じる。瞬間、アンゴルモアは虹色《にじいろ》の光となって俺と一体化した。

「な、なんじゃあ、そりゃあ……ッ!!」

「なっ……!?」

ビサイドだけでなくキュベロも驚いている。そうか、見せるのは初めてだったか。

「これは精霊憑依という。九段で全ステータスが４・５倍される」

「く、九段……!?」

「４・５……倍……」

単純に考えても、どっこいどっこいの相手がいきなり自分の4・5倍強くなるということ。絶望的な差である。キュベロは以前俺に一発殴られたことから俺の純ステータスの高さもある程度は予想がついているはずだ。そこから4・5倍となると、どれほど差が開いたのか想像もつかないレベルだろう。青い顔をするのもわかる。

「チッ……やったらァッ！　これしきでビビるわきゃあるかい！」

が、忘れていた。こいつはキュベロの舎弟。どれだけ差があろうと、それをものともせず立ち向かってくるような男であった。

ガツン――と。俺のアゴに《銀将体術》が直撃する。

「い、いでででででッ!?」

声を出したのはビサイドの方だった。右手を押さえて地面にひっくり返っている。俺はというと、びくともしていない。ビサイドのSTRと俺のVIT《防御力》に差があり過ぎたため、ビサイドの攻撃がちっとも通らず、行き場を失ったダメージが全部その拳の方へと返っていったのだろう。

「あーあー馬鹿野郎が」

俺は仕方なしにビサイドの右手へ《回復・小》を発動した。打撲程度ならこれで治る。

「……す、すんません。痛み入りやす」

ビサイドは立ち上がると、恥じ入るように深々と礼をした。完全に戦意喪失した様子だ。

そして何故《なぜ》か、その隣でキュベロまで頭を下げている。クソ真面目なキュベロのことだ、舎弟の失態は自分の失態とでも思っているんだろう。

「舐めんじゃねえぞ三下」

俺はアンゴルモアを《送還》しながら、とりあえず叱《しか》っておいた。二人は更に深く頭を下げる。

「一生、舐めたマネはしやせん。何卒《なにとぞ》、何卒、堪忍してつかぁさい」

「いえ、この件は若頭であり兄貴分である私の責任。私が落とし前をつけましょう。ビサイドには
ここで責任の取り方というものを学んでいただく」

ちょっと予想外の方向へ話が進んでいく。

「おい待て、話をでかくするな。もういいよ舐めないんなら」

「それでは筋が通りません！　セカンド様は我ら R6《リームスマ・シックス》再生の希望。私を拾い救ってくださっ
た大恩人。知らぬとはいえ牙を剥《む》いたとなれば、セカンド様が許しても私が許しません」

「そ、そう、だったんですかい。おいらはなんてことを……こうなったらもう、おいらの命《タマ》で」

「だから待て！　どいつもこいつも人の話を聞かねえ……ん？」

ふと気付く。もしやキュベロ、お前……そういうことか？

ちらりと表情を窺《うかが》うと、キュベロも丁度こちらを向いていた。ああ、やっぱりそういうことね。

「……わかった、ビサイド。責任を取るというのなら、一つ頼みたいことがある」

「頼みたいこと、ですかい……？」

「ああ」

キュベロの誘導でスムーズに行った。おかげさんで臨時講師の仕事に遅刻しなくて済みそうだ。

俺は心の中でキュベロに感謝を言いつつ、そんなことを考えながら口を開いた。

「お前には、民衆の前で証言を頼みたい」

「ああ。お前らが大活躍するにはそのくらいしかない」

宮廷付近、訓練場にほど近い会議室にて。現在行っているのは班長会議。第一宮廷魔術師団における各班の班長を集めて、今後の方針について決定する場である。

俺はそこで、昨夜考えたアイデアを話してみた。本当は〝弾幕〟と言いたかったが、砲撃戦のなさそうなこの世界で通じるかわからなかったので〝魔幕〟という単語を新たに作って説明する。

「――魔幕、だと？」

魔幕。まあ、つまりは弾幕のことである。クールタイムの短い魔術、すなわち壱ノ型を全員で撃ちまくって幕のように張り巡らせ、敵を圧倒する。攻撃にも防御にもなる、とても有名な戦術だ。

これは、とにかく「ばらまき続ける」ことが重要である。下手な鉄砲も数撃ちゃ当たるし、ある程度までなら質より量で対抗できるのだ。防御面では、敵の弓矢や魔術をかき消し、捨て身の突撃さえ撃墜ないし牽制《けんせい》できるすぐれものと言えるだろう。陸上ならば、だが。

「待て小僧。それでは威力が減り、殲滅《せんめつ》ができないではないか。遊撃も援護も補助も怪しいぞ」

「そりゃそうだよ。肆ノ型すら覚えてないやつらが大半だ。ならもう全《すべ》て諦《あきら》めるしかない。それにな、殲滅とかそもそも必要ないし、魔術師の仕事じゃない」

「どういうことだ？」

「お前、仮にも戦争経験者だろうが。死者より負傷者を増やすってのは、戦争のセオリーだろ」

「む……なるほど」

そこまで言ってゼファー団長はやっと気が付いた。前回の戦争から二十二年、相当に焼きが回ったんだろう。ちなみにドヤ顔で戦争を語っている俺だが、全て〝チーム戦〟の知識である。現代日本人でおまけに引きこもり廃ネトゲプレイヤーの俺が戦争経験者なわけがない。

「死者より負傷者を？　どういうことですか？」

「チェリちゃんにはちょっと難しかったかなー？」

「貴方には聞いていません」

「む、儂《わし》か。つまり、敵兵を殺してしまえばそれまで。あえて負傷兵として残すことで、敵に負担を強いることができる。移動、治療、介護。必ず人員が割かれ、相応の金がかかるということだ」

「なるほど納得しました。ありがとうございます団長。では魔術師の仕事ではないというのは？」

「……それは、すまん。儂にはわからぬ」

団長にギブアップされたチェリちゃんは、心底嫌そうな顔でこっちを向いた。

「ンン〜？」

「くっ……」

「ナニカナ？」

「……教えて、もらえないでしょうか」

「しょうがないなあ、いいよ」

悔しそうに申し出るチェリちゃん。彼女をいじるのは実に楽しい。シルビア以来の逸材だと思う。

「魔術師ってのは本来、〝高火力広範囲中距離攻撃兵〟だ。高ランクの肆ノ型や伍ノ型のたった一発で敵陣に大穴をあけたりできちゃう、すげぇポテンシャルの高い兵なのよ」

「矛盾していませんか？　だったら尚更《なおさら》、その魔幕とやらの方が魔術師の仕事ではないように思うのですが？」

「お前らが、俺が今言った通りの魔術師ならな。お前らの中に高ランクの肆ノ型や伍ノ型を使えるやつは何人いる？」

「……使えるのは約二十人。高ランクとなると少ないですね。私は水属性・肆ノ型が七段ですが」

「えっ、マジで？」

意外だ。七段、かなりの高ランクである。

「ええ。どうです、恐れ入ったでしょう？」

「ちなみに他は？」

「水属性は壱ノ型から参ノ型まで全て九段です」

「いいね。他は？」

「風属性なら、参ノ型までそこそこ。その他は特に」

「我が団においては、水属性でチェリの右に出る者はおらん」

ドヤ顔のチェリちゃんと、誇らしげな団長。いやいやいや……。

「他の属性は、壱ノ型すら上げていないのか？」

「ええ。それより伸びのある属性を優先した方が良いに決まっていますから」

「覚えてはいるんだろ？」

「もちろんです。ただ、壱ノ型だけ上げたところで――――」

「話にならん。魔術師志望なのに、どうして一辺倒に上げてんだ？」

「……はい？　貴方こそ何を言っているんですか？」

「いや、全属性満遍なく上げるのは魔術師として常識だと思うんだが」

必要経験値量の少ない壱ノ型から順に全属性を上げていけば、ＩＮＴの絶対量を効率良く上げることができる。一属性だけ全て九段にした場合と、四属性全て九段にした場合とでは、単純計算でＩＮＴの差が四倍にもなるのだ。ゆえに、序盤から魔術師として火力を出したいのなら、絶対に満遍なく上げた方が良い。特に肆ノ型や伍ノ型は必要経験値量が多いため、そこを上げにかかる頃《ころ》までには壱弐参を全て高段まで上げておきたいところである。

「馬鹿ですか、貴方。正反対です。皆それぞれ得意属性があるんですから、それを集中して上げた方が良いに決まっています。苦手属性に時間をかけるなんて無駄でしかありません。まあ中には全属性得意な人もいるにはいるでしょうが、何十万人に一人ってところでしょう」

「――――！」

得意属性……その発想はなかった。そうか、魔導書をチラ見しただけで覚えられる俺みたいなやつが特殊なだけで、皆はきちんと魔術学校に通うなりなんなりして時間をかけて魔術を覚えたんだよな。その時間のかかり具合に大きな個人差があるってわけか。となると、下手《へた》すりゃ不得意な属性の弐ノ型を覚えるのに十年以上かかるような人もいるかもしれない。そこまで酷《ひど》いのなら、得意属性だけを頑張ろうって気になっても無理ないな。

しっかし、どうしてそんなにも個人差が生じてしまうのか。何か見過ごせない理由がありそうだ。

魔術の行使は理解の深さが重要――ふと、魔術学校で初日に受けた授業の内容を思い出した。なかなかに核心っぽいが……いや、駄目だわからん。今度ウィンえもんに聞いてみることにしよう。

そんなことより、このままではマズいぞ。今はなんとかしてこいつらの幻想をぶち壊さなければ。

「よし、じゃあチェリちゃんの言うその常識を取っ払うところから始めよう」

「え？」

俺は椅子から立ち上がり、アイリーさんに「対局冠持ってきて」と頼んだ。アイリーさんは「はいっ」と良い返事をして駆けていく。

それから、場所を訓練場に移した。目的は「壱ノ型一発分の威力をチェリちゃんと俺とで比較する」こと。これで恐らく彼らの常識はプライドもろとも崩れ去るだろう。

ゆえに、〝対局冠〟を使用する。設定は「ＤＰＳ表示機能ＯＮ」のみ。俺が一番よく使う設定だ。

ＤＰＳとは「Ｄａｍａｇｅ Ｐｅｒ Ｓｅｃｏｎｄ」、つまり一秒あたりのダメージ量を意味する。本来は一定時間内の連続攻撃において秒間ダメージを割り出してその概《おおむ》ねの火力を測定したい場合などに用いるが、今回は魔術一発分のダメージを測るために用いるので、計測時間を一秒に設定した。

秒間に一発しか攻撃がないのなら、結局、表示されるＤＰＳはその一発分のダメージだけとなるという寸法だ。一秒間に一発の攻撃を一秒で割れば、その攻撃分のダメージがそのまま表示される。

だったら今回は「ダメージ表示機能ON」でいいじゃないかと思うだろうが、それだと攻撃が当たったと同時に表示されるため、攻撃エフェクトが邪魔で少し見にくいのである。ゆえに、少し遅れて表示されるDPS表示機能を選んだ。

「対局冠は害悪なのではなかったのですか?」

「こういう使い方ならむしろ歓迎だな」

「はあ。どういう使い方でしょう」

俺は対局冠の片方をゼファー団長に、もう片方をチェリちゃんに持たせる。

「団長は棒立ちね。チェリちゃんは水属性壱ノ型で団長を攻撃しろ」

「儂は的か……」

「なるほど、わかりました」

全てが仮想なので、痛みは一切ない。ゆえに気兼ねなく生身の人間が的の役をできる。

「行きますよ」

衆人環視の中、チェリちゃんの掛け声とともに対局が開始される。

向かい合って間もなく、チェリちゃんの《水属性・壱ノ型》九段が発動されると、バスケットボール大の水の塊が渦を巻きながら団長の頭部を目がけて飛んでいった。

バシャァッと命中する。クリティカルなし。遅れて、団長の真上に「DPS:873」と表示された。

「まあ、こんなものです」

チェリちゃんは何故か胸を張る。ボブカットの黒髪にストンとした体形が相まって、俺にはもはやこけしにしか見えない。

「こけしみたいだなお前」

「誰《だれ》がこけしですかっ！」

通じた。この世界にもあるんだな、こけし。

「可愛《かわい》いと思うけど、こけし」

「うるさいです。黙っていてください」

怒られた。

「じゃあ、次は俺と団長で。お前ら、しっかりＤＰＳを見ておけ」

「また儂が的か……」

団長をなんだと思うておる、とかなんとか言っているゼファー団長を無視して向かい合う。

そして、対局開始。チェリちゃんと同様に、俺も《水属性・壱ノ型》を発動する。ランクは同じく九段。しかし、彼女と比べると明らかに——

「……うわっ」

誰かが声をあげた。そう、チェリちゃんの壱ノ型より明らかに小さい。ソフトボールほどの大きさである。メヴィオンの【魔術】は、使用者のＩＮＴが高ければ高いほど発動エフェクトがコンパクトになる特徴がある。何故《なぜ》か。一説では、ＰｖＰ《プレイヤー・バーサス・プレイヤー》において魔術発動時に相手のＩＮＴをある程度看破できるようにするための仕様、と言われている。また、エフェクトが小さくなることで視界の邪魔が減り、扱いやすくなる。逆に、相手は躱《かわ》しにくくなる。

まあ、つまり、「魔術が小さい＝威力がでかい」ということ。ゆえに、その仕様を知っている者から驚きの声があがったのだろう。

「行くよー」

気の抜けた声でわざわざ合図をする。大したことないよ、という風に。だが、内心は違った。

これでもくらいやがれ、と。思いっ切り《水属性・壱ノ型》をぶっ放す。

……この一発で、これから出る数字で、お前らがどんだけ浅いところで粋がっていたのかっつーことを嫌と言うほどわからせてやる。

たかが壱ノ型。どうせ大した威力なんて出ないだろうと、そう思ってんだろ？　これは、今の今までお前らが宮廷魔術師という地位に胡坐《あぐら》をかいて基礎をないがしろにしてきた結果だ。せいぜい悔しがれ。そして改めろ。俺の目の前で「他属性の壱ノ型も九段まで上げます」と誓え。

人生かかってんだぞ。エンジョイ勢じゃねえんだ、甘えんな。常にガチ勢たれ。それでも王国随一の魔術師かよ。命を賭《か》けて戦うんだろうが――魔術で戦うんだろうが！

「ぬわあッ⁉」

着弾。団長は後方に数メートル吹き飛ばされ、地面に倒れた。そして、ＤＰＳが表示される。

一瞬の静寂……直後、どよめきが起こった。

誰もが驚いたんだ。そして自分の目を疑ったに違いない。しかし、表示された数字は、無慈悲にも、俺と彼らとの差を突きつける。偽りようのない事実として。

「DPS：4693」――と。

◇◇◇

「な、何を……したんです……？」

「何をもクソもないよ。言ったでしょうが。魔術師ってのは、このくらいのダメージが出ないと話にならんってさぁ」

「…………」

絶句される。【魔術】スキルを満遍なく上げるメリットがこれほどとは思っていなかったんだろう。そして、本物の魔術師とは如何《いか》にレベルの高い存在なのかを思い知らされ、宮廷魔術師の自分が魔術師にすらなれていないことを自覚したんだ。

「四大属性は壱・弐・参ノ型全《すべ》て九段だ。肆ノ型は一律5級。雷属性は壱・弐・参ノ型が九段、肆ノ型が七段、伍ノ型は初段。これだけで壱ノ型の威力はここまで上がる」

ハッキリとした数字を見せてから語る。これ以上ない説得力だ。誰もが黙って聞いていた。

「お前らも他の属性の壱ノ型を全て九段まで上げろ。最優先事項だ」

「……それで、ダメージはどれほど上がるんです？」

「概ね1・5倍。弐ノ型が追い付いてくりゃ2倍。参ノ型まで行けりゃ3倍だ」

「それは、確かに、大きい……ですね」

納得せざるを得ない。チェリちゃんはいつもの悔しがる態度すら忘れ、閉口して腕を組む。

「そういうことだ、騙《だま》されたと思って壱ノ型を上げまくれ。苦手属性の壱ノ型をどうしても覚えられないってやつは、俺が教えてやるから後日魔導書を持って俺のところに来い」

そう指示を出すと、第一宮廷魔術師の皆は「はい」と返事をしてくれた。声はバラバラであったが、今まで半ば無視されていたことを考えると大きな進歩と言える。

「で、だ。スキルを満遍なく九段まで上げるには何が必要か。わかるだろ？」

「経験鍛錬、か」

「その通りだ」

俺の問いかけにゼファー団長が苦虫《にがむし》を噛《か》み潰《つぶ》したような顔で答える。たかが経験値稼ぎに何故そんな顔をするのか。恐らく、それが「手っ取り早い成長方法」とわかっていながら、組織のしがらみか何か知らないが上手《うま》く遂行できていなかったのだろう。危険・予算・意欲の問題を取り除くには、団長一人だけでは難しい。

だが……多分、今回は上手くいく。「自分も頑張ればあれだけのダメージを出せる」とわかれば、絶対にやる気が出る。ネットゲームとはそういうものだ。下位プレイヤーは上位プレイヤーに憧《あこが》れて行動を起こす。そのための〝簡単なやり方〟さえわかってしまえば、後はこつこつと作業をこなすだけである。

「危険は俺の指示に従ってくれるなら大丈夫だ。予算についてはマインに話を通しておく。意欲は、まあこの様子なら申し分ないだろう。あとはいつ行くかだ」

皆、うずうずとしていた。壱ノ型くらいなら大した苦もなく上げられる、と。そうして簡単な努力を積み重ね、楽して〝あのダメージ〟まで辿《たど》り着《つ》こうとしている。単純なやつらだ。

一度目にしてしまったあの鮮烈な光景への憧れには、絶対に抗《あらが》えない。俺がかつて初心者だった頃《ころ》、世界一位になりたいと強く思ったように、こいつらもあのダメージを自分で出したいと強く思っている。そうして飢えている目の前に、その方法が無償で配膳《はいぜん》されたんだ。手を伸ばさないやつなんていない。

「理想は、全員、壱ノ型全属性九段。そして戦場で魔幕を張る。一発一発が敵軍の倍近く威力のある壱ノ型を雨のように降り注がせて、敵をハチの巣にしてやる。どうだ？　第一宮廷魔術師団は、精鋭中の精鋭となるぞ。誰も近づけない。突撃も許さない。弓矢さえ撃ち落とす。既存の戦術の全てを塗り替える存在となるだろう」

少しばかり誇張した演説。だが、効果は抜群だった。己のプライドや地位など何もかもを一時的に忘れた宮廷魔術師たちに「この講師の言っていることは本当かもしれない」と思わせ、期待させるのに十分な内容だろう。

「前人未到の挑戦だ。やってみないか？」

俺の最後の一押しに、ゼファー団長は決意の表情で頷《うなず》いた。

「では、今日の講義はこれまで。続報を待て」

◇◇◇

「ヴィンズ新聞めッ！」

第三騎士団長のジャルムは、自身の執務室にて一人激昂《げきこう》していた。朝刊を机に叩《たた》きつけ、その上へドスンと拳《こぶし》を振り下ろす。全身は震え、顔色は赤青紫と色とりどりに変わっていった。

何故それほどに怒っているのか。それは、新聞に書かれていたことが紛れもない事実であったから。それが明るみに出てしまえば、自身はおろか、第一騎士団も、宰相も、第一王子でさえ、ただでは済まない事態となる。ゆえに、こうして情報が公にされた今、乱心せずにはいられなかったのだ。

新聞を引き裂き、机を殴り、物を投げ、地団駄を踏んで尚《なお》、怒りは静まらない。そうしてしばらく暴れまわった結果、執務室はまるで嵐《あらし》が通り過ぎた後のように荒れ果ててしまう。

そんな状態の部屋へ、彼の部下が訪ねてきた。部下はぐちゃぐちゃの部屋を一瞥《いちべつ》し、「またか」というような顔をしてから口を開く。

「ジャルム団長。国王陛下がお呼びです」

「なんだと⁉」

――早い！　ジャルムはそれまでの怒りを瞬時に忘れ、今度は大いに焦り始めた。

恐らくは、国王の御前で釈明を求められる。答弁の主体となるのは第一騎士団だろうが、件《くだん》の公文書については第三騎士団の差配。もし追及が深くまで及べば、まず間違いなく公文書の開示を要求される。

「……すぐに行く」

ジャルムは部下に返答してから、必死に考えを巡らせる。

何とかして時間を稼がなければならない。何故なら。

「早急に改ざんしなければ……！」

義賊 R 6《リームスマ・シックス》と第二・第三騎士団間での協定に関する公文書は、まだ改ざんできていなかった。

第二王子派に改ざん前の公文書を確認されたら、第一王子派は窮地に立たされる。少なくとも、第三騎士団長であるジャルムは責任を取らされる。下手《へた》をすれば、トカゲの尻尾《しっぽ》切りとなるだろう。

それだけは避けなければ。その一心で、ジャルムは国王の呼び出しに応じた。

「その方らをこの場に招集したのは他でもない。今朝《けさ》のヴィンズ新聞の一面についてである。宰相、何か申してみよ」

バウェル王の御前に集められたのは、バル・モロー宰相、ハイライ大臣、第一騎士団長であるクラウス第一王子、第二騎士団長メンフィス、第三騎士団長ジャルムの五人。

話を公の場に出す前に、関係者のみで事実確認をしようという考えであった。

「はっ。事実無根で御座いますな。全く腹立たしい」

「そうか。クラウスはどうだ」

「協定違反など有り得ませぬ、父上。反政府勢力の弾圧は当然、そもそも協定など結ぶ必要のないものです。徹底して然《しか》るべきところに何故《なぜ》、協定などという話が出てきたのか……オレは理解に苦しみます」

クラウスは「停戦協定の存在すら知らない」といった風に、堂々と宣言する。それを「白々しい」と感じたのは二人。ハイライ大臣とメンフィス第二騎士団長であった。

「メンフィスはどうだ」

「は。自分は左様な協定が結ばれていたことについては、現時点では存じておりません。早急に第二騎士団内での調査に尽力いたす所存であります」

メンフィスは内心では確信していた。「自身の与《あずか》り知らぬところで協定違反はあった」と。ただ、証拠が足りなかった。

第二騎士団は、言わば陸軍。メンフィスは根っからの愛国者、帝国に尻尾《しっぽ》を振るなど我慢ならない軍人であった。すなわち第二王子派である。ゆえに、以前から第一王子派を追い詰めるため不正の情報を収集していたのだが、なかなか尻尾を掴《つか》めずにいた。

そんな中、スキャンダルという形で降って湧《わ》いたチャンス。逃す手はなかった。ここはあえて焦らず慎重に動き、確実に証拠を収集すべきだと判断したのである。

「ジャルムはどうだ」

「は、はい。私といたしましても寝耳に水といった話で御座いまして。私の認識では、第二・第三騎士団の弾圧隊で手を焼いていたところ、第一騎士団の加勢によって早期解決に至ることができた、と。そのように記憶しております。ええ」

ジャルム第三騎士団長は、否認することに決めた。限界まで否認し続け、公文書を開示するまでの時間を引き延ばす。その間に公文書を改ざんしてしまおうという腹積もりであった。

「ハイライ」

「は。皆様の顔色を見ていてよくわかりました。確かに協定違反はあったのでしょう」

「なんだと！　ハイライ貴様、我らを愚弄《ぐろう》するか！」

けろっと言ってのける大臣に、宰相が怒鳴りつける。

「待て。ハイライ、そう思った理由を話せ」

「私が疑惑をかけられた当事者ならば、身の潔白を証明するため義賊弾圧に関わる公文書の開示を自ら提案するでしょう。しかし誰《だれ》も言及しない。公文書に確認されてはならない事実が記されているのでは、と。単純な推察で御座います」

「なるほど公文書か」

バウェルは納得したように頷く。その様子を見て、宰相は顔をしかめ、ジャルムは顔面を蒼白《そうはく》にした。そこへ追撃とばかりに大臣が喋《しゃべ》りだす。

「もしもこの協定違反が事実であるならば。騎士団の、ひいては国政の危機でありましょう。大いなる見直しが必要です。反政府勢力の弾圧と銘打って、虐殺まがいの迫害を独断専行していたとなれば、それは国の破綻《はたん》で御座います。そのような悪逆非道な者どもが、キャスタル王国の政治の一端を担うことなど許されてはなりません」

「何故、虐殺などと言える！　反政府勢力の弾圧は当然だ！」

「ご存知ですかな、宰相。現在、王都ヴィンストンの貧困地区付近では窃盗や強盗などの犯罪が問題となっております。今まで抑止力となっていた義賊R６が消えた今、統率されていない小悪党が増加し、治安は以前より悪化したのですよ。このままでは義賊より質の悪い犯罪者集団《たち》が王都にのさばることになりますが……はて。あの時以来、弾圧隊は組まれておりません。これは怠慢では？」

「……当然、存じている。だが切りがないことも事実。しばらく経《た》った後、一網打尽にする予定であった。ゆえに虐殺などと言われる筋合いはない。撤回と謝罪を求める」

「いやはや、よく舌が回る。もしや二枚あるのでは？　私はね、義賊R６が貴方がたにとって政治的に邪魔だからという理由で弾圧したのではないかと懸念しているのですよ。R６は民衆の支持が非常に高かった。特に、帝国との歩み寄りに反対している層はR６に期待さえしていた。帝国との交易が進めば、貧富の差が更に広がることは火を見るより明らかでしょうから」

「それこそ事実無根だ！　出鱈目《でたらめ》を並べおって！　そうして我々を陥れて政権を握るつもりだろう！　王の御前で恥ずかしくないのか！」

「そちらこそ、それほど取り乱して恥ずかしくないのですか？　自白しているようなものですよ」

「言わせておけば貴様‼」

「よさぬか」

猛《たけ》る宰相と、冷静に煽《あお》り続ける大臣をバウェルの一言が止めた。二人はすぐさま閉口し、頭を下げる。そしてバウェルは、まるで彼らに判決を下すようにして沈黙を破った。

「どうやら単なる虚構ではないらしい。各自調査の後、詳細の報告を上げよ。私が直々に目を通し、必要とあらば公文書の開示を命ずる。場合によっては当事者に対し喚問を行う。以上だ」

——大波乱の幕が切って落とされた。


「ジャルムを呼び出せ」

バル・モロー宰相は存外にも冷静であった。彼の置かれている立場からして、今回のこの騒動は、ジャルム第三騎士団長のように焦って然るべき状況である。

しかし宰相は、むしろ感心さえしていた。「よくぞここを突いてきたものだ」——と。

彼が予想していた第一王子陣営の弱点は、クラウス第一王子やホワイト第一王妃にまつわる数多《あまた》の不祥事や、アイシーン公爵家取り潰しについての追及など、明らかに〝急所〟とわかる部分。ゆえに、それらについては対策も確《しっか》りとできていた。

だが、実際に突破口とされたのは、意外も意外「義賊弾圧」について。まさかそこを突いてこられるとは夢にも思っていなかった。

ただ、突かれてみれば……そこは驚くべきことに相当な急所であった。たったの一突きで、下手をすれば今までの苦労が全《すべ》て水泡に帰すほどの。

「……何者だ……」

宰相は見抜いていた。この巧妙すぎるやり口は、ハイライ大臣やマイン第二王子のものではないと。今までの政敵とは一線を画したトリッキーでクレバーな策略。何者かが裏に潜んでいると直感したのだ。では、それは何処の誰なのか。答えは数秒とかからずに浮かび出た。

「あの魔術師か……！」

第二王子周辺に起きた直近の変化と照らし合わせ判断する。第一宮廷魔術師団の特別臨時講師、セカンド・ファーステストという男。名前からして実に怪しさ満点であった。

「クソッ、情報が少ない」

ここにきて完全に無警戒だった人物がいきなり浮上したのだ。情報は少なくて当然である。

しかし宰相には後悔があった。第二王子派有力者の一人ポーラ・メメントの牙城《がじょう》とはいえ、今以上に王立魔術学校へスパイを送り込み情報網を厚くすることも可能であったし、冒険者界隈《かいわい》により多くの狗を放つことだってできたのだ。セカンドの情報は、得ようと思ってさえいれば、十分に得られたのである。だが、時既に遅し。後の悔いは先に立たない。

「失礼、遅くなりました」

「ジャルムか。話はわかっているな？」

「はい。例の物をいじくる算段についてで御座いましょう」

「わかっているならばよい。早急かつ慎重に行え。恐らく向こうは監視の目も徹底している」

「ええ。その代わり手段は選べません」

「表に出なければ問題ない。幾ら使っても構わん、完璧《かんぺき》にこなせ」

「……承知いたしました」

ジャルムのこめかみを一筋の汗が伝う。今朝から彼の胃は悲鳴をあげ続けていた。だがもう後戻りはできない。

「ところでジャルム。先日に第一宮廷魔術師団の臨時講師となった男の情報を調べられるか？」

「臨時講師、で御座いますか？」

「そうだ。今回の一件、その講師のセカンドという男が絡んでいる可能性が高い」

「なんですと……⁉」

ジャルムは驚きの顔を見せ、直後、ハッとする。セカンドという名に聞き覚えがあったのだ。

「……宰相閣下。その者でしたら、私にお任せを」

「何？　既に手を打っているというのか？」

「はい。我が第三騎士団の女を送り込んでおります」

「でかした！」

ここで、ジャルムという男の悪い部分が出た。渡りに船とばかりにウィンフィルドの仕掛けた罠《わな》へと飛びついてしまったのだ。その動機も「手柄を自分の物にしてやろう」という不純なもの。

「優秀な者を下に取り込んでは上の者の手柄とする」第三騎士団のやり方そのものを体現していた。

「ジャルムよ。禍《わざわい》を転じて福と為《な》そうではないか。彼奴《あやつ》についての情報収集、加えて文書の方、任せたぞ。場合によっては……」

「はい、お任せ下さい」

穢《けが》れた笑みを浮かべる彼らがどうしようもなく追い詰められるまで、もはや秒読みであった。

◇◇◇

「我らR6は騙《だま》された！　親分リームスマは手打ちを望み、その命を差し出して第二・第三騎士団と停戦協定を結んだ！　忘れもしねえ！　仲介者は第一騎士団！　協定は確かに結ばれた！　それがどうだ！　数日後にゃ、協定は無視され、第一騎士団までもが我々の弾圧に乗り出した！」

王都中央にある噴水の広場で、義賊R6の生き残りであるビサイドは声高に演説する。

その周囲に集まった千人を超えるだろう民衆は、その殆《ほとん》どが一言も声を発さず、ただひたすら彼の言葉に耳を傾けていた。

「今でも鮮明に覚えている。我らは、それまでの熾烈《しれつ》な弾圧によって失った仲間たちの亡骸《なきがら》を集め、葬式を開いていた。その場に……その場にッ！　やつらは！　花を踏《ふ》み潰《つぶ》し！　骸《むくろ》を蹴《け》り飛ばし！　家に火を放ち！　無抵抗の我らを奇襲した！」

ぐぐぐと拳《こぶし》を握りしめ、ビサイドは演説を続ける。

やっと、言えるのだ。全て明かせるのだ。国民にやつらの横暴を知ってもらうことができるのだ。今まで、不意に思い出してはその身を苦しめ続けてきた地獄のような光景は、この場に限り強力な武器へと変貌《へんぼう》する。戦いが終わるまで、この武器を振るい続けなければならない。彼は固く決意していた。だからこそ、彼の言葉は他の誰よりも真に迫る。

「奇襲隊の先頭にいたやつの顔は、ハッキリと覚えている！　クラウス・キャスタルだッ！　間違いじゃねえ！　クラウスだ！　クラウス第一騎士団長だ！　クラウス第一王子だ！　おいらは絶対にあいつを許さねえッ！」

民衆は俄《にわ》かに騒然とした。当然である。ビサイドの発言が嘘《うそ》であれ真《まこと》であれ、大問題だからだ。

それでも、ビサイドは演説をやめなかった。あの日、あの夜、何があったのか。自身が体験した地獄の時間を詳細に語った。どれほど酷《ひど》い目に遭ったのか、その怒りはどれほどのものなのか。彼の心の叫びとも言える血塗られた言葉の一つ一つを確りと聞き届けた民衆は、嫌というほど思い知った。そして彼らの中で、クラウス第一王子に対する疑念が倍々に増していく。

「ビサイド、もう十分だ」

「カシラ！　しかしまだ」

「時間が来たようだ」

しばらくして、キュベロが止めに入った。キュベロとしてもまだもう少し語らせてやりたいところであったが、第三騎士団がビサイドを第一王子に対する侮辱罪でしょっ引こうとすぐそこまで接近していたため、中止せざるを得なかった。

「……おいら、きちんと筋ぃ通せましたかい？」

広場から逃げる最中、ビサイドがそんなことを言った。

まるで「自分はこれから死ぬ」とでも予感しているかのような言葉に、キュベロは鼻で笑う。

「お前の演説がこの一回きりだとしても、やつらの城壁に穴があいたことは確かだ。あとは、民衆が勝手に穴を広げてくれる。殺されるまで演説しろなどと、セカンド様は仰《おつしや》っていないぞ」

「そうですかい……正直なところ、安心しやした。R《リームスマ・シックス》６の再興をこの目で見られねぇかと、覚悟ぉ決めかけておったんでね」

「セカンド様はR６再興、並びに僅《わず》かな可能性の残る生存者の捜索についても考えてくださるそうだ。捜索が少しでも難航するようならば軍師様に相談するとも仰っていた」

「……それ以上に心強い言葉、おいらぁ知りやせん」

「ああ、そう思う。セカンド様の侠気《きょうき》には涙が出る。ウィンフィルド様も、きっと飄々《ひょうひょう》と片手間で解決してくださるだろう」

「セカンド様と、あの姐御《あねご》にゃあ、足向けて寝られませんぜ……しっかし、なんとまあ恐ろしい絵を画《か》きますわい」

「それは私も同感だ」

逃げ去る二人の後ろでは、民衆と第三騎士団との間で諍《いさか》いが起こっていた。

早くも、と言うべきか。ビサイドの演説に感化された民衆が、第三騎士団を妨害したのだ。「ビサイドを捕まえさせてはならない」と、大勢がそう考え、危険を顧みず行動に移したのである。

ウィンフィルドは、こうなることを予想して「第三騎士団をギリギリまで引きつけて」とキュベロに指示を出していた。ゆえに、諍いは起きるべくして起きたのである。そして、民衆と第三騎士団との対立が進むほど、クラウス第一王子や第一騎士団への疑念はますます大きなものとなる。

加えて、ここで捕り逃したことで、第一王子陣営はビサイドに対し非常に手を出しづらくなった。時間が経てば経つほどビサイドの証言は広まり、民衆の感情は悪化し続けるからだ。かといってビサイドを黙らせなければ、言われたい放題、話は広まる一方。残る手段は暗殺くらいのものだろうが、それこそが最大の悪手、決して手を出してはいけない毒饅頭《どくまんじゅう》である。そう……第一王子陣営としては、ビサイドに演説を許してしまった時点で、実は既に詰んでいたのだ。

一体、何手前からこの局面を読んでいたのか。それは軍師のみぞ知る。

セカンドとウィンフィルド、この両人だけは絶対に敵に回してはならない……そんな当然のことを再確認した二人。キュベロは自分の主人とその軍師を心底誇らしく思い、ビサイドは身震いするほどの畏怖《いふ》を抱いた。

そうして、政争はいよいよ、中盤戦から終盤戦へと突入していく——

◇◇◇

「何故《なぜ》だ！　何故オレがこれほど叩《たた》かれるッ‼」

クラウス第一王子は、王宮の自室で癇癪《かんしゃく》を起こしていた。

ヴィンズ新聞は連日、義賊弾圧に関する疑惑を報じ続けている。他の新聞社も、ヴィンズ新聞に負けじと情報を掻《か》き集《あつ》めては騎士団の協定違反を疑う記事を出し続けていた。

中には遠回しに第一王子を批判するような記事や、公文書について言及するような記事、匿名で協定違反の真相が暴露されているような記事などもあった。

一方で、帝国の侵略政策によって王国へと密《ひそ》かに大量に送り込まれていた工作員たちは、第一王子を担ぎ上げている帝国の狗の筆頭バル・モロー宰相を支援すべく、第一王子を守るために小規模なデモを行ったり、新聞社を買収し第一王子陣営を擁護するような記事を出させたりと、工作活動に必死だった。その甲斐《かい》あってか、扇動された民衆が少なからず表に出てくる。ゆえに、王都の民は右と左に分かれて真っ向から対立した。

するとどうなるか。対立が続く限り、話は大きく広まり続けるのだ。第一騎士団による作為的協定違反疑惑は、第一王子派VS第二王子派の図式に置き換わり、最早《もはや》、双方引っ込みのつかないところまできていた。

「オレは反政府勢力を弾圧しただけだぞ！　協定違反などデマではないか！」

クラウスは、どうしても納得がいかない。何故なら、クラウス自身、R６との間に停戦協定が結ばれていたことなど知らなかったのだ。彼は単に「反政府勢力の弾圧」と宰相から聞かされたまま、意気揚々と出張っただけなのである。その結果こうも叩かれるとなると、クラウスとしてはもう何を信じていいのかわからないといった気持ちであった。

単なるデマでここまでの大騒ぎになっているのか、それとも、宰相に騙されたのか。クラウスには判断がつかない。現状、第一騎士団や第三騎士団からは「協定違反があった」という声は出ていない。当然、バル・モロー宰相やジャルム第三騎士団長が黙らせている。

しかし、メンフィス第二騎士団長による調査の結果、第二騎士団からはいくつかの声があがっていた。それは嘘か真かわからず、決定的な証拠にはならないが、それでも「声があがってしまった」ということで、話は更に大きくなる。

つまりは――公文書を出せ、と。

もしも、公文書にR６との協定について書かれていたならば。恐らく、クラウスは第一騎士団長として責任を取らされる。自身の関知しないところで勝手に行われた違反の責任を。

「クソォオオオッ！」

納得できるわけがなかった。この一件で、次期国王の座は間違いなく遠のくのだ。

そして、第一王子であるクラウスではなく、第二王子であるマインがその椅子に座することとなるのは、もはや明々白々。

「――クラウス！　ああ、クラウス！　可哀想《かわいそう》な子。貴方は何も悪くないわ」

不意にクラウスの部屋を訪れたのは、クラウスの実母、第一王妃ホワイトであった。ホワイトは、息を荒くして物に当たり散らすクラウスを見るや否や、駆け寄ってその背中を抱きしめる。

「貴方を悪く言う新聞は、私が黙らせるから安心なさい。誰《だれ》になんと言われようと、貴方は貴方のやり方で、王を目指すのよ」

「母上……今そのような行動を起こすと、更に悪く書かれてしまうのでは」

「更に書くようなら更に黙らせます。一体誰を侮辱しているのかわからせなくてはなりません！」

「……しかし」

「クラウス。貴方は次期国王になることだけを考えていればよいのです。ああ、しかしあの人は何をやっているのでしょう。自分の息子がこうも虐《いじ》められているというのに庇《かば》いすらしないなんて！」

「…………」

クラウスはホワイトのことが苦手であった。

政治を知らぬくせに権力だけはある迷惑な女……それが彼の母親に対する評価である。

彼は二十年の人生の中で、母親から本物の愛情を感じたことはなかった。ホワイトから出る言葉は全《すべ》てがお為ごかし。愛情という皮を被《かぶ》せた利己的な期待なのだ。「次期国王になれ」とは、会う度に囁《ささや》かれる言葉。「あの愛人の子にだけは負けてはならない」と、幼いころからそう刷り込まれていた。ゆえにクラウスは、国王の座に執着し、マインを異常なほど目の敵にする。

「少し、頭を冷やしてきます」

「そう？　そうね。気分を良くしてらっしゃい」

第一王子付きのメイドに「紅茶はまだかしら？」と催促をするホワイトを尻目《しりめ》に、自室から出たクラウスは、小さく溜《た》め息《いき》を吐く。「また居座るつもりか」と呟《つぶや》いて、なるべく遅く戻るため、豪《ごう》奢《しゃ》な廊下をゆっくりゆっくりと歩いた。

ふらふらと、クラウスは秋風に誘われるようにバルコニーへ出る。そこには、一人の美しい女性と、その侍女の姿があった。それは、彼がこのバルコニーへと足を運ぶ間のほんの一瞬、意識の奥底で薄《うっす》らと期待していた、その通りの人物。マインの実母、フロン第二王妃であった。

「これはこれはフロン・キャスタル第二王妃。こんなところで呑気《のんき》にティータイムですか。そちらは優雅でよろしいことだ」

口をついて出る嫌味たらしい攻撃的な言葉。そんなクラウスの様子を、フロンはまるで自分の子供の反抗期を見ているかのように優しく微笑《ほほえ》んで受け止めた。

「人は余裕を失った時にこそ余裕を必要としているのですよ。クラウス・キャスタル第一王子」

フロンはわざわざ椅子から立ち上がると、自分の向かい側の椅子を手ずから引いてクラウスを見やる。その笑顔がマインにそっくりで、クラウスは「チッ」と舌打ち一つ、不快になりながらもその椅子へと乱暴に腰を下ろした。

侍女によってティーカップに紅茶が注がれる。クラウスはそれに手を付けず、口を開く。

「なんの真似《まね》だ。オレと貴女《あなた》は敵同士。情けのつもりか？」

「それは今も昔も同じこと。貴方はいつもそう。何か辛《つら》いことがあると、こっそり私のところへやってきて、こっそり甘えてから帰るのです」

「な……ッ」

クラウスの顔が俄かに紅潮する。今まで自覚はなかったが、言われてみれば図星のような気がしたのだ。

「意地悪が過ぎましたね」

うふふと悪戯《いたずら》っ子のように笑うフロンは、やはりマインによく似ていた。クラウスは憎き愚弟の顔を思い出したことで、平静を取り戻す。

「メイドの前でオレを辱めて満足か？」

「彼女は貴方の剣術指南役である第二騎士団副団長ガラム殿の奥様ではないですか。貴方のことならどこんなに小さな頃《ころ》から知っています。今更何を恥ずかしがることがありましょう」

「ッ……やはりあの軟弱な臆病《おくびょう》者の母親というだけはある。なかなかに陰湿だ」

「子供とは、少し目を離した隙に、想像以上に成長しているものです。いつまでも軟弱で臆病だと思っていてはなりませんよ」

「貴女に言われずともわかっている！」

「そうでしょう。あの子には、良き出会いがあったようです」

「……チッ」

フロンの口からマインの話が出て、クラウスは機嫌を悪くする。「あいつよりオレの方が優れている」という考えがどうしても抜けない。ホワイト第一王妃の教育の賜物《たまもの》と言えるだろう。

「願わくは、貴方にも。私はそう思っていますよ」

「フン。オレは他人に影響されなければ強くなれないような軟弱者ではない。オレはオレのやり方であの愚弟を倒し、次期国王となる」

「……報われる方法は、国王になることだけではないというのに。そこに気付けないのは、やはり貴方の罪ではない」

夢を語るクラウスは、言葉に反して苦しそうな顔をしている。そんな彼の様子を幼い頃からもう何年も見続けてきたフロンは、悲しい目をして小さく呟いた。

「何を言っている？　オレに聞こえるように言え」

「そう遠くない未来、貴方は窮地に追い込まれるでしょう。そして、その身を以《もっ》て償わなければならない時が必ずきます。それでも……それでも、貴方は救われるべき心を持っている。大丈夫。他の誰が見放しても、私だけは貴方のその心を見つめ続けていますよ。それを忘れてはなりません」

「……だから、なんだ。次期国王を諦《あきら》めろとでも言うのか？」

鋭い目で聞き返すクラウスに、フロンは優しく微笑んで、言った。

「宰相は敵と思いなさい。貴方は貴方のやり方で次期国王を目指す、そうでしょう？」

◇◇◇

「可哀想になるくらい効果抜群だな」

ビサイドの演説から三日が経《た》った。食卓にずらりと並んだ各新聞社の朝刊の内容は、殆《ほとん》どが「第一騎士団叩き」である。中には擁護する記事を出しているところもあったが、王都へと調査に出ているメイド曰《いわ》く、売国奴の書いた新聞という評価で誰も見向きもしていないという。更にメイドづてに聞いたところ、王都の民衆の声は「反第一王子」一色らしい。

……嘘《うそ》の停戦協定を仕組んで奇襲したことが〝疑惑〟として取《と》り沙汰《ざた》されただけでこうなるんだから、政治って怖い。俺は心底そう思った。

「でもねー。こういう、大したことのない言い争いで、国政が空転してる時ほど、裏では、ヤバイこと起こってたりするんだよね」

俺の隣でウィンフィルドが呟く。主にお前の所業でそのくだらない言い争いがこうも巻き起こっているんだというツッコミはしないでおくことにする。

「ヤバイこと？」

「侵略、とか、第三勢力、とかかな」

「なるほど。チャンスっちゃあチャンスだもんな」

「そうそう」

「どうせお前のことだ、もう手を回してんだろ？」

「うん。もっか、そーさちゅー」

ウィンフィルドは「だから、ちゅー」と言ってキス顔でむーっと迫ってきた。長身の脱力系クール美女精霊がそんなことしてみろ、冗談でも本当にやりかねないぞ俺は。

直後、ヒュンッ――と《送還》される。どうやらユカリの逆鱗《げきりん》に触れちゃったようだ。

「ご主人様。本日は第一宮廷魔術師団とダンジョンのご予定でしたでしょう？　こんなところで油を売っている暇など御座いませんよ」

「おっと、そうだ。少し早めに出るんだった。あまりのんびりしていられないな」

今日は待ちに待った経験値稼ぎの日。ゼファー団長風に言うならば経験鍛錬の日である。

いや、二泊三日で行くから〝日〟ではないか。経験鍛錬〝旅行〟？　なんだか修学旅行みたいで年甲斐《としがい》もなくワクワクする。

「む、セカンド殿はまだゆっくりしていていいぞ。あと紅茶一杯くらいの時間は大丈夫だ。私は今のうちにエコの支度を手伝っておこう」

団員全員の安全をより確実なものとするために、今回はシルビアとエコも一緒に連れていく。丙等級ダンジョンと言えど、決して油断はしない。過剰戦力上等、備えあれば患いなし、万全を期して挑んだ方が良いに決まっている。

「エコ。準備するぞ。食事は終わりだ」

「んーんんー」

「ほら、貝殻を口から出せ。どれだけ口に入れてるんだ。そこまでして貝柱を食べようとするな」

「んー！」

「んーじゃない！　エコ！」

「んんーっ！」

「こら！　出しなさい！　出しなさい！」

「んむーっ！」

シルビアとエコの攻防は、俺の予想の三倍は長く続いた。最終的に口の外で他の貝殻を使って貝柱をこそぎ取り食べさせることでエコは満足した。

結局、遅刻ギリギリとなる。まあいつものことである。そうして、俺とシルビアとエコは、第一宮廷魔術師団の面々と合流し、経験鍛錬旅行へと出発した。

行き先は、商業都市レニャドー。丙等級ダンジョン「グルタム」である。

閑話一　イキヌキＪＯＵＲＮＥＹ

「セカンド殿。この色々と大変な時期に三日も王都から離れて大丈夫なのか？」

商業都市レニャドーへの道中、シルビアは不安げな顔で俺にそう聞いてきた。

確かに、俺も王都を離れるのは若干の不安があった。不在中にビサイドの命が狙《ねら》われる可能性や、宰相が何か仕掛けてくる可能性など、考え出せば切りがない。だが……。

「ウィンフィルド曰く〝姿焼き〟だそうだ」

「ほう」

「すがたやき？」

エコが小首を傾《かし》げる。

「牙《きば》も爪も全《すべ》てもがれて、体だけを丸ごと炙《あぶ》られている無残な状態のことだ。時間が経てば経つほど熱は回り、苦しみが増していく。攻めに転じようにも武器がない」

「つまりウィンフィルドは、焦《じ》らして焦らして、熱さのあまり無謀にも飛び出てきたところを一気に食おうと、そう考えているわけだな」

「だろうな。ま、だから何も心配せず息抜きしてこいってさ」

「軍師殿には全てお見通しか。敵《かな》わないな」

エコはよくわからなかったのか「おいしいの？」と聞いてきたので、俺は白目をむいてしゃくれながら「おいしくない」と即答した。傍《はた》から見ればアホの一言だが、エコにはバカウケだったので満足である。

……そうして、丸一日。なんとか暇を潰《つぶ》しながら、レニャドーへの移動を終えた。

到着後。俺たち三人と第一宮廷魔術師団の全員は、まず宿へのチェックインを済ませることにした。第二王子とランバージャック伯爵の名前をこれでもかと利用して、三日前に半ば無理を言う形で貸切予約した高級旅館である。

「なんですかこの旅館は……」

チェリちゃんは見るからに高そうな旅館をぽかんと見上げながらそんなことを呟いていた。

「伯爵の紹介だ。良いところだろう？」

「はあ。それで、貴方《あなた》の泊まる旅館を私たちに見せてどうするおつもりです？　自慢ですか？」

「ん？　お前たちもここに泊まるんだぞ？」

「え？」

「え？」

言っている意味がわからないといった風に沈黙した後、だんだんと理解してきたのかチェリちゃんは目を見開いて俺に詰め寄ってくる。

「こ、ここに二百人分の部屋を取ったのですか⁉」

「いや、貸切だけど」

「かしっ……！」

声を裏返して絶句するチェリちゃん。そんな俺たちのやりとりを聞いていたゼファー団長が、ズンズンとガニ股《また》でこちらへやってくる。

「こ、小僧！　こんな予算どこにもないぞ！　幾らかかると思っている！」

「宿の手配とか全部俺に任せるって言うたやんけ」

「常識というものがあるだろうが‼」

あーあ、怒られた。

「セカンド殿。まずいぞ」

シルビアが俺の耳元で囁《ささや》く。言わんとしていることはすぐにわかった。

後ろで隊列を組んで待たされている団員たちは、驚くチェリちゃんと怒る団長を見てゲッソリとしていた。そりゃそうだろう。一日中の移動ですっかり疲れ切った頃《ころ》、やっと休めると思った矢先にこれだ。嫌にもなる。明日は朝イチからグルタムダンジョンだというのに、士気だだ下がりだ。

「おーい、皆聞け！」

俺はふと思い立ち、隊列の前に歩み出て大声を上げた。彼らの士気をグッと上げつつ、ついでに好感度を稼げるという、まさに一石二鳥のアイデアを閃《ひらめ》いたのである。

「ここの宿代は俺が持つぞー！　好きなだけ飲んで食って遊んで温泉入って寝ろー！」

俺が高らかにそう宣言するや否や、皆は大歓声をあげた。拍手と指笛が鳴り響く。それでも隊列を乱さないのは流石《さすが》軍人か。はした金でここまで喜んでくれるなら、こちらも気分が良いというものである。楽して稼いだ金は、こうして気楽に使う方が良いということを学んだ。

「でも今日は飲み過ぎるなよ。明日もし二日酔《ふつかよ》いのやつが一人でもいてみろ、魔物じゃなくて俺に殺されると思えよ」

ユーモアを交えて喋《しゃべ》ってみると、ことのほかウケた。皆も気分が上がって笑いの沸点が下がっているのだろう。よきかなよきかな。

「小僧。こう言ってはなんだが……本当に良いのか？」

「しょうがないじゃんもう予約しちゃったんだから。こうするしかねえよ」

「で、あるか」

「まあ、団長も開き直って楽しむんだな。大丈夫だ、この程度の出費なら痛くも痒《かゆ》くもない」

「……はは、それが良いな」

ゼファー団長は「かたじけない」と頷《うなず》くように一礼して、団員たちを引き連れ旅館へと入っていった。憑《つ》き物《もの》でも落ちたかのような良い笑顔であった。心なしか、その足取りはスキップしているようにも見える。一転して浮かれすぎである。

「ん、どうした？　チェリちゃんも入っていいんだぞ」

「露骨な好感度稼ぎ。これだから成金は嫌ですね」

「ああ。急に大金持ちになったからな、金の使い方というものを他に知らんのだ」

「……ふん、そうですか」

チェリちゃんはぷいっとそっぽを向いて、団長たちの後を付いていった。機嫌悪いなぁーとその後ろ姿を見ているると、疲れてうとうとしているエコをおんぶしたシルビアが寄ってくる。

「あのこけしのような彼女、誰かに似ているな？」

「そうか？」

「うむ。誰《だれ》だったか……うーん、誰だったか」

「誰だ？」

「……似ていると思わないか？」

「だから誰にだよ」

結局、シルビアはうんうん唸《うな》り続けるだけで思い出せなかった。誰かに似てる、ねぇ……チェリちゃんのあの毒舌と冷淡な感じはユカリに似てなくもない。背恰好《せかっこう》だけ見ればエコっぽくもあるが、シルビアが思い出せないということは、身近なこの二人ではないんだろうな。

まあいいや。そんなことよりメシに酒に風呂《ふろ》だ。折角の高級旅館、楽しまなきゃあ損である。

俺は「ワイが奢《おご》ったんじゃ！」という顔をして、肩で風を切りながら旅館へと乗り込んだ。


翌日。まだ空が白んで間もないうちに、総勢二百人を超える第一宮廷魔術師団と俺たち三人は、丙等級ダンジョン「グルタム」へと集合した。

グルタムダンジョンは通称「幻覚ダンジョン」と呼ばれている。他には「キノコダンジョン」とか「ガンギマリダンジョン」とか、まあそのままの意味だ。

出てくる魔物はキノコ型の毒々しい化け物だったり頭から胞子を振《ふ》り撒《ま》くゾンビだったりと、メヴィオン運営も狙ってやっているとしか思えないゲテモノダンジョンである。

このダンジョン、実を言うと物凄《ものすご》く簡単だ。幻覚さえ対策すれば、これほど簡単なダンジョンは他にないほどに。出現する魔物は全て《幻覚魔術》を使用してくる。これにちょっとでも当たると、約十秒間は幻覚を見せられて、行動が難しくなってしまう。その隙に魔物たちが総攻撃してくるという寸法だ。

対策は、二つ。《幻覚魔術》を躱《かわ》すか――〝バナナ〟を食べるか。

「何言ってんの？」と嘲笑《ちょうしょう》されるかもしれないが、本当なんだから仕方がない。バナナを食べてから一時間は《幻覚魔術》を受けてもなんともないのである。何故《なぜ》バナナなのかはわからない。とにかくメヴィオンは〝そういう設定〟なのだろう。ちなみに、確認のためあらかじめ俺の体でバナナによる幻覚対策を試してみたが、やはりこの世界でも変わらずバナナは効果覿面《てきめん》だった。

「は？　何言ってるんですか？」

という話を宮廷魔術師さんたちに話してみたところ、チェリちゃんが代表して呆《あき》れてくれた。案の定の反応であった。

「幻覚魔術にはバナナ、常識だ」

「そんなおかしな常識、貴方のおかしな頭の中だけでは？」

どうやら知らないらしい。というか、この世界では幻覚対策が広まっていないらしい。

別にノーヒントというわけではないはずだ。レニャドーのＮＰＣ《ノンプレイヤーキャラクター》にはなんの脈絡もなくバナナを推してくる「バナナ推しおじさん」が存在したり、最寄りの商店ではバナナが明らかに不自然なくらい大量に売られていたりする。

それでも知れ渡っていないというのは……おじさんがふと我に返ったのか、はたまた商店の営業方針が変わったのか。そんなに大量にバナナを仕入れても売れないだろうからな。いや、そもそも知らないおじさんから特に意味もなくバナナをオススメされても殆《ほとん》どの人は食べないか。

つまりは、このネトゲ世界が現実世界となったことで、その辺の「ゲーム特有のおかしさ」みたいなものが現実寄りに修正されているのだろう。無理のあったものが、無理のない程度に。興味深い変化だ。世界一位になった後は、そういった点を探す旅をしてみるのも悪くないかもしれない。

「とにかく、一時間に一回バナナを食っとけば幻覚魔術は問題ない。そこだけ徹底してりゃグルタムの魔物なんざ雑魚《ざこ》同然だ」

俺はインベントリから二千本のバナナを取り出して、一人十本ずつ支給した。皆これで十時間は頑張れるはずだ。

「今更聞くのは野暮かもしれんが、セカンド殿のインベントリ、入る量が異常だな？」

隣で暇を持て余したシルビアが、不意にそんなことを聞いてきた。

「多分、人の六十倍は入るぞ」

「ろくじゅっ……！　凄《すご》いな⁉」

転生後に色々と調べているうちに気付いたことだが、この世界の人々は総じて無課金状態だ。対して、俺のサブキャラ「セカンド」はインベントリ拡張の課金を最大まで行っている。そして課金状態のまま転生している。その差は六十倍。お値段なんと諭吉《ゆきち》一枚という結構な金額だったが、この課金は即決だった。サブキャラなのに、ではない。サブキャラだからこそ、だ。何故ならこのセカンドは元々「倉庫キャラ」だからである。インベントリが多くなければ作った意味がないのだ。

と、そんなことを考えているうちにバナナを全《すべ》て配り終えた。

「じゃあ、班ごとに分かれて順番に入ってくれ。俺はボスの前で待っている。シルビアとエコは見回りを頼むぞ」

「承知した」

「らじゃー！」

今回は十人一組の班でそれぞれ周回を行う。道中の魔物は、バナナさえ食べていれば宮廷魔術師十人の敵ではない。ただ、ボスだけは不安が残るので、俺がボスのスポーン場所に張り付いて「リスキル」し続ける予定だ。また、万が一という場合もある。そのため、シルビアとエコのタッグにダンジョン内の見回りを頼むことにした。しかし見回りといっても単にうろうろするわけではない。常軌を逸した超スピードで何度も何度も周回するという、彼女たちのコンビネーションを存分に活《い》かした一風変わった見回り方法である。

「では始め」

俺がぽんと手を叩《たた》くと同時に、一班から順番にダンジョンの中へと入っていった。

こうして、第一宮廷魔術師団によるグルタムダンジョン周回が幕を開けた。

「はい、十六班ね。お、四周目か。いいねえ。今のところトップだ」

俺がスタンプカードにハンコを押すと、十六班の女の子たちは嬉《うれ》しそうな声をあげた。

ここはグルタムダンジョンの終点、ボスが出現するドーム状の空洞だ。とはいっても一度倒せば十五分は出てこないので、今は空き時間である。

ここで俺にハンコを押されることで一周とカウントされる。最終的に周回数が一番多かった班に景品を渡す予定だ。ゆえに、皆は休憩もそこそこに次の周回へと向かって進んでいく。

「あの、セカンドさん。このカード、終わったら記念に貰《もら》ってもいいですか？」

去り際にそんなことを聞いてきたのはアイリーさんだった。彼女のいる十六班は女子十人組の賑《にぎ》やかで和やかな班だが、周回ペースがトップということからもわかる通り非常に優秀だ。

俺が「お好きにどうぞ」と返すと、十六班の彼女たちはきゃーっと喜んだ。ジャンケンとかオークションとかいう単語が聞こえてきたような気がしたが、そろそろボスがリスポーンする頃なので気にしないことにする。

「といっても、一発なのよねぇ」

グルタムダンジョンのボスは「マジカルファンガス」という、模様がカラフルでキメキメなでかい毒キノコの魔物である。《幻覚魔術》以外に毒効果の付与された攻撃を放ってくる厄介な魔物だ……が、火属性にめっぽう弱い。現状の俺くらいにステータスが育っていれば、悲しいかな《火属性・参ノ型》で一撃確殺、略してイチカクだ。

「ばいばーい」

マジカルファンガスが地面から這《は》い出てきて「グオー！」と唸り声をあげた直後、俺の別れの挨《あい》拶《さつ》と同時に《火属性・参ノ型》がその腹部にクリティカルヒットする。眩《まばゆ》い虹色《にじいろ》の閃光《せんこう》が走り、炎が全身を包み込む頃《ころ》にはもうキノコは息絶えていた。

ざわざわっ――と。空洞の入口付近から、数人の驚いたような声があがる。

その集団の先頭に立って、ずんずんとこちらへ歩み寄ってくる女の子が一人。

「とっととスタンプをお願いします」

チェリちゃんだ。どうしてこうも機嫌が悪いのか。恐らく彼女たち四班がトップではないからだ。

「はい、四班ね。四周目。今んとこ二位だぞ」

「知っています。早く返してください」

「おいおい何をそんなにカリカリしてる？　余裕を持て余裕を」

「余計なお世話ですっ」

俺から奪うようにしてスタンプカードを取ったチェリちゃんは、休憩している班員を置いて一人で先へ先へと歩いていってしまう。そんな彼女を、班員たちは困ったような疲れたような顔で追いかけていった。何をそんなにイラついてんのかは知らないが、あのまま放っておいて良いことは何もないだろう。俺はチーム限定通信でシルビアに一応の連絡を入れておいた。

……あーあ、何か問題が起きそうだ。面倒くさいったらない。

前にもこんなことあったなぁ確か。はて、誰だったか……。

◇◇◇

腹立たしい男。最初は第二王子殿下のコネで講師になった口だけ野郎だと、そう思っていた。

でも、悔しいことに実力は本物で、言っていることも滅茶苦茶《めちゃくちゃ》に聞こえるけど、多分、正しい。

それが何より気に食わなかった。その形にとらわれないやり方が、豪放磊落《ごうほうらいらく》な振る舞いが、自信たっぷりの余裕が、気に食わない。

今までの私の努力を、人生を、全て否定されたような気がして、とにかく気に食わない。

本当なら、私もそうだったのに。魔術の才能なら誰《だれ》にも負けなかったのに。

彼は、私のプライドを粉々に打ち砕いていった。それだけじゃ飽き足らず、規律も、空気も、常識も、私の周囲の何もかも全てを粉砕していった。

この男の嫌に端整な顔を見ると、どうしようもなく苛立《いらだ》って、心がざわつく。

最早《もはや》、自分の感情をコントロールできない。

昨日《きのう》だってそうだ。私と団長を悪者みたいに仕立てて、自分だけ印象を良くして。

ただ有り余っているお金をちょびっと払っただけじゃない。

確かに、旅館は素晴らしいものだった。ご飯も、お風呂も、お部屋も良かった。

でも、こんな性格の私が、あいつの施しを素直に楽しめるはずもない。

私だって第一宮廷魔術師のエース。この程度の高級旅館、プライベートでも泊まることくらいできる。だから、私だけは自腹で払ってやるって決めた。

私は、私だけの力で、一流の宮廷魔術師になったんだ。

それは、これからも、そうでなきゃ駄目なんだ。

あんなやつの功績なんかじゃなく、私自身の実力じゃないと。じゃないと……。

◇◇◇

「午前はこれで最後だ。外に出て昼メシ休憩しろー」

俺は五周目を終えた最後の班に休憩を言い渡した。アイリーさんの十六班とチェリちゃんの四班だけは今六周目を回っている最中なので、あとはその二つの班だけ待てば俺も休憩時間だ。

まだかなまだかなーとマジカルファンガスを湧《わ》いたそばから瞬殺しながら待っていると、三十分ほどで十六班がやってきた。

「お疲れさん。昼休憩ね」

彼女たちは「はーい」と朗らかに返事をして去っていく。最早レジャー感覚だ。「一緒に食べませんか」と誘われたが、まだ仕事があるのだと言って断った。

それから三分ほどして、四班がやってくる。

……十六班とは打って変わって、全員が疲労困憊《こんぱい》といった表情だった。否、班長であるチェリちゃんだけは違う。疲労の中に、焦りや怒りなどの負の感情がありありと見て取れた。

「昼休憩な。ゆっくり休め」

そう伝えると、四班の面々は安堵《あんど》するように溜《た》め息《いき》を吐《つ》く。

この時点で、俺は大体の予想がついた。恐らくチェリちゃんが単独で先を急ぐあまり、班員のコンディション管理をないがしろにしているんだろう。

確かに、チェリちゃんと他の九人の実力差は開いているかもしれない。だが、だからこそチェリちゃんには「下の実力に合わせた立ち回り」が必要なのである。上級者が下級者を連れてダンジョンを攻略する場合もそうだ。メヴィオンではこれをキャリーと呼ぶのだが、「上が下に合わせなければ上手《うま》くいかない」というのはキャリーの常識だった。

しかし、口で注意したところで彼女が素直に言うことを聞くとは到底思えない。

どうするべきか。俺が悩んでいると、チェリちゃんがおもむろに口を開いた。

「もう一周してから休みます」

アホだこいつ……！　俺はあまりのアホっぷりに唖然《あぜん》としてしまった。

「チェリさん、ここは休憩した方が」

「今、うちの班は一位ではないんですよ？　本当なら休憩したくないくらいです」

「ですが、やはり休憩は必要では」

「私は特に必要ありません。それに戦場では休憩する時間など一秒たりともありません。まあ、どうしても食事がしたいと言うのなら、歩きながら食べればいいのではないですか？」

班員からは流石《さすが》に文句があがり、チェリちゃんがそれに毅然《きぜん》と反発する。彼女が第一宮廷魔術師団の序列上位ということもあり、班員はどんどんと萎縮《いしゅく》していった。

「しかし、私たち、もう……」

「もう、なんですか？　そもそも、私が今負けているのは、貴女《あなた》たちの――」

「セカンド殿！」

そして、最後に、チェリちゃんが禁句を言いかけた瞬間――シルビアのよく通る声が、彼女の言葉を掻《か》き消《け》した。

慌ただしくこちらに駆け寄ってきたのは、高速見回り中のシルビアとエコ。俺はいつものように腰回りへと絡みついてくるエコの頭をわしゃわしゃと撫《な》でながら、シルビアに声をかける。

「お疲れ。こっちでも点呼は済んでるから大丈夫だと思うが、何かあったか？」

「いや、そっちについては何も問題ない。だが」

「おもいだしたんだってーっ」

「思い出した？」

何を？

「そうだ、本人に会ったのだ！　それでハッキリと思い出した！」

本人に？　会った？　俺がはてと首を傾《かし》げていると、俺の後方にいた四班の子たちが俄《にわ》かにざわついた。何かと思い、彼女たちの視線を辿《たど》ると、そこには……。

「――久しぶりねっ！　セカンド！」

「お久しぶりです～、セカンドさん～」

茶髪のくるくる縦ロールでふんわりオカッパのツリ目なじゃじゃ馬お嬢様シェリィ・ランバージャックと、褐色の肌にくすんだ白い長髪のゆるふわな土の大精霊テラの姿があった。

とんだ珍客の襲来に、チェリちゃんの休憩問題は有耶無耶《うやむや》となる。というか、伯爵令嬢で天才精霊術師のAランク冒険者である超有名人が来たとなっては、勝手な行動などできるはずもない。

「まずはあんたとお昼ごはんを食べるわっ！　話はそれから！」

当然とばかりにそんなことを言うシェリィ。あれよあれよという間に、第一宮廷魔術師団が昼休憩の場として利用している広場まで案内させられる。

広場は騒然となった。たとえるなら国民的アイドルがファミレスに突然現れたような騒ぎ、だろうか。予想だにしない有名人の登場に、ゼファー団長でさえ驚きの声をあげていた。

「お前らあんまり動くなよー。メシ食ってちゃんと休憩しろよー」

あまりにうるさかったので、俺は適当な指示を出してから、空いているスペースに腰を下ろす。シェリィは少し迷った様子を見せた後、俺の真正面に座った。「ずるい」「職権乱用」「クソ講師」と広場のあちこちから文句が噴出する。シェリィのやつ、こんなに人気だったのか……。

「ひ、久々の再会ね？」

お弁当を広げて、こっちを向いて、第一声がそれだった。

「さっき聞いたぞ」

「そっ、それもそうね!?」

「大丈夫か？　そわそわして。あ、トイレか？」

「失礼ね大丈夫よ！」

何故《なぜ》か緊張しているようである。ツッコミにも以前のようなキレがない。

「そうか。じゃあ、とりあえずメシ食おうか」

「それがいいわね」

「いただきます」

「いってらっしゃい」

「お前やっぱり大丈夫じゃないだろ⁉」

思わず俺がツッコむと、シェリィは「間違えたわ」と顔を赤くしていた。もしやこいつ、ボケに転向したのだろうか。二重の意味で。

それから十五分ほど、昼メシを食べ終わるまで、シェリィのマジなのかボケなのかわからない奇行に俺が延々とツッコみ続けるという、なんとも不思議な時間を過ごした。

シルビアはちやほやされるのが嬉《うれ》しいのか周囲に自慢するようにずっと炎狼之弓《えんろうのゆみ》の手入れをしていて、エコはエコでいつも通り食事に夢中、シェリィの隣にいる土の大精霊テラはふわふわ～っと微笑《ほほえ》んでいるだけで特に何も言わないため、誰《だれ》も俺を助けてはくれなかった。まあ元より期待もしていなかったが。

「ねえ、ちょっと。さっきの話、私に聞かせなさいよ」

俺が食後の紅茶を嗜《たしな》んでまったりしている間、シェリィはシルビアをちょいちょいと手招きしてからそんなことを言う。首を傾げるシルビアに「思い出したとかなんとか言ってたじゃない」と伝えたところで、シルビアはポンと手を打った。

「うむ。シェリィ殿に似ている子を見かけたのだ」

「へぇ、私に？　さぞかし高貴で美人なんでしょうね？」

「あの岩の傍《そば》にいるぞ。ほら」

「ふんっ。何よ、普通の人じゃない。全然似てないわ」

「いや、その隣だ」

「目つき悪いわねあの子!?」

おっ、チェリちゃんか。なるほど！　あの余裕のなさというか、嫉妬《しっと》深そうな感じというか、なんというか。誰に似ているかって、昔のシェリィにそっくりなんだ。スッキリスッキリ。

……ああ、そうだ。ちょうど良いから、よく似ているシェリィに相談してみるか。

「なあ、シェリィ」

「私あんなに目つき悪っ――な、何よぉ？」

あれ？　ふと気付いたんだが、シェリィの様子がおかしいのって俺に対してだけじゃない？　なんで？　久々に会ったから？　ちらりとテラを見やると、にやにやと微笑んでいた。よくわからんけど非常に腹立たしい。

「アンゴルモア出そうか？」

「それだけはご勘弁を～っ」

ひとまずテラに精神攻撃をしてから、シェリィに向き直る。

「あのチェリってやつがさ、毒舌っつーか辛口っつーか、優等生なんだけど反抗的でさ、言うこと聞かないんだよ。さっきも休憩の指示に従わないでもう一周しようとしてたからな」

「まあ！　それはそれは～」

反応したのはシェリィではなくテラだった。つい数秒前まで大王の名前にビビって小さくなっていたくせに、もうすっかり回復してニヤついている。一方シェリィは薄《うっす》ら頬《ほお》を朱に染めて、抗議するようにテラを睨《にら》んでいた。

「あいつの班は今んとこ二位だから、一位を目指して頑張ってるんだろうが、如何《いかん》せん無理が過ぎる。班長のあいつが自分勝手に突っ走るから、班員がもうへとへとだ。俺が説得するだけじゃあ余計に反発すると思うし……わからせてやりたいんだが、良い方法はないか？」

「えっ。えー……」

聞いてみると、シェリィは一瞬何かを思い付いたような表情をしてから、すぐさま苦虫《にがむし》を口に含んだような顔になる。しばし閉口して悩み、そして、沈黙を破ったのはテラだった。

「似てますねぇ～、マスター」

「…………っ」

テラの煽《あお》りともとれる言葉に、シェリィはばつの悪そうな顔をする。チェリちゃんに何か共感したのかもしれない。

「簡単です～、セカンドさん。わからせるには～、一度だけ手酷《てひど》い失敗をさせるべきです～」

「失敗させるのか？」

「はい〜。それこそ、いつの日かの夜の、うちのマスターのように――」

「言わせておけばーっ‼」

ぶちギレたシェリィによってバビュッと《送還》されるテラ。

あ、思い出した。そういえばこいつ俺より先にプロリン攻略してやろうと単身で乗り込んだ結果ミスリルゴレムにぶん殴られて瀕死《ひんし》になって鼻血たれながら、お漏らし……。

「……ンフッ」

「もーっ！　笑うなーっ！」

顔を真《ま》っ赤《か》にしてぽかぽかと俺の胸を叩《たた》くシェリィ。こいつの様子がおかしいのは、俺にお漏らし姿を見られたからか？　何かそれだけじゃない気もするが、確かな一因ではありそうだ。

「セカンド殿。そろそろ時間だぞ」

そこで、当初予定していた休憩時間が終了した。シェリィは頬を膨らませながらも仕方なしに俺から離れる。ふと周りを見ると、男衆の嫉妬の視線が凄《すさ》まじいことになっていた。ざまぁ。とりあえず笑顔で中指を立てておく。

「それじゃ五分後から午後の部開始ー。一時間に一本バナナを忘れずにー」

俺が号令すると、いちいち指示をしなくても各班で集まって準備や作戦会議を始めた。流石《さすが》は軍人か、毎日毎日飽きもせず陣形の練習ばかりしていただけはある。

さて、俺もボスの湧《わ》く空洞に戻るか――と、グルタムダンジョンの方へ足を向けた時。不意に、シェリィが俺の服の裾《すそ》を引っ張って、こんなことを言った。

「……ねえ。私、良い方法思い付いたんだけど――」

シェリィが思い付いた方法。それは、班員の交換だった。内容は単純。現在一位である十六班の班長アイリーさんと、二位である四班の班長チェリちゃんを交換するというもの。

話を持ち掛けたところ、十六班からは「セカンドさんの指示なら」と、四班からは「是非」と回答を貰《もら》い、晴れて班長が交換となった。

さて、そうして班長を交換した二つの班が、今どうなっているかというと……だ。

「おっ、早かったな四班。十三周目。一位継続だぞー」

「やったぁ。セカンドさん、このスタンプカードも、終わったら貰っていいですか？」

「いいぞー」

シェリィの思った通りになっていた。最初はチェリちゃんの十六班が一位だったが、十周目あたりから明らかに周回ペースが遅れ始め、十一周目でついにアイリーさんの四班が抜かしたのだ。

相変わらずマイペースな普通系女子アイリーさんと、独りで突っ走る余裕ない系女子チェリちゃん。どちらがリーダーとして優れているかは一目瞭然《いちもくりょうぜん》だった。

単独での殲滅《せんめつ》力には限界がある。個々のMPにも限りがある。肉体にも精神にも疲労はある。数多《あまた》ある要素を総合的に考慮し最適解を見つけ出せなければ、効率は落ちる一方だ。

レーシングカーがいくら速くても、ガス欠を起こした車を何台も牽引《けんいん》してレースなどできないのである。当然、乗用車十台のチームに後れを取る。

独りで突っ走ればどうなるか、チェリちゃんはもうとっくに気付いているかもしれない。それでも、もう引っ込みがつかなくなっているのか、はたまた……。

「来たか、十六班。十三周目。現在二位だ」

「わかっています！」

息の荒いチェリちゃんが、必死の形相でスタンプカードを渡してくる。十六班の班員は皆、へとへとを通り越してふらふらだ。午前中の四班より酷い有様かもしれない。

チェリちゃんは確かに一流のレーシングカー、それもモンスターマシンだろう。初めて組むメンバーで、無理矢理でもここまで引っ張ってこられるならその実力は紛れもなく本物だ。

少しでも仲間を振り返り歩幅を合わせることを覚えれば、彼女の班は確実に一位になれる。だが、彼女は前しか、上しか見ない。上を目指すあまり、下に合わせるということがどうしてもできない。プライドが邪魔をするのか、それとも変な意地を張っているのか。今回の失敗でなんらかの意識改革が起きてくれると良いんだが……。

そして、ついに、タイムリミットが訪れた。

四班は一位でゴール。全班の中で唯一の十七周という記録を叩き出した。

一方、十六班はというと。

「……遅いですね」

俺の傍でアイリーさんが心配そうな声を出す。四班の九人も俺と一緒に十六班の到着を待っている。十六班は、二位から更に順位を落としていた。もう時間がないという俺の言葉を無視して、今、最後の班として十六周目を回っている。順位は五位。凄《すげ》ぇ根性だ。チェリちゃんもまあそうだが、特に十六班の九人が。個人的に特別賞をあげたいくらいだ。

「セカンド殿、今戻った。十六班はすぐ後ろだ」

「たっだいまー」

と、そこで十六班より一足先にシルビアとエコがやってきた。その後ろにはシェリィとテラの姿も見える。どうやら一緒に回っていたらしい。シェリィは疲れた様子で「この二人タフすぎない？」と愚痴をこぼしていた。まあ、そもそも累積経験値量のケタが違ううえに、今日の周回数のケタも違うからな。うちの自慢の後衛と前衛である。

「あっ」

不意にアイリーさんが声をあげた。直後、空洞の入口にチェリちゃんが見えたからだとわかる。

チェリちゃんの顔は、うーん……怒りか。これは嫌な予感がする。

「十六周、お疲れ様。最終順位は五位だ」

スタンプを押さずに俺がそう言うと、チェリちゃんは拳《こぶし》を握り締めてふるふると震えた。手に持たれたスタンプカードが、ぐしゃりと折れ曲がる。

「あ……」

十六班の誰かが、か細い声でぽつりと漏らした。「終わったら記念に貰える」と聞いて喜んでいた子の一人だった。

「――――ッ！」

チェリちゃんは班員を振り返る。許せない――そんな表情をしていた。

「私はまだ回れるのに！　何をそんなにへバっているんですか！　貴女たちのせいで負けたじゃないですかッ！」

今まで溜《た》め込み続けていた彼女の不満が爆発する。貴女たちのせいで、と。「付いてこられない方が悪い」とばかりに暴言を吐き続けた。

確かに、チェリちゃんの方が実力はある。足を引っ張ったのは事実かもしれない。ゆえに、班員たちは何も言えずにいる。

だが……それは違う。違うぞ、チェリちゃん。

こいつ一回わからせなあかんな。と、俺が一歩踏み出そうとした時。アイリーさんがツカツカと歩き出し、チェリちゃんに接近した。怒っている……一瞬でそれがわかった。彼女はチェリちゃんを振り向かせ、右手を振りかぶり、そして――。

チェリちゃんにアイリーさんのビンタが当たると、この場にいる誰《だれ》もがそう思っただろう。

しかし、そうはならない。俺にはそれが許せなかったのだ。

「……っ」

振り上げた右手を俺に掴《つか》まれたまま、俺と目が合ったアイリーさん。瞬間、困惑の表情を浮かべ……すぐさま、後悔の表情へと変わった。

一時の感情の昂《たかぶ》りで、友人に手を出そうとしてしまった――そんな、後悔だろう。

俺はニッと笑ってアイリーさんの手を放すと、チェリちゃんに向き合った。

「な、なんです――」

彼女が口を開き、喋《しゃべ》り終わる前に。

俺は思いっ切り拳を振りかぶり、彼女の顔面をモロにぶん殴った。

チェリちゃんは数メートル吹っ飛ばされて地面を転がり、鼻血を流し仰向《あおむ》けに倒れて気絶した。

「⁉　⁉　⁉」

皆、驚きと混乱のあまり絶句する。

……拳が触れる寸前で力を抜いて、最大限の手加減をしたはずなのだが、まさかこんなに飛距離が出るとは……ヤッベェ。フリでよかったんだよフリで。殴ったっていう事実だけが欲しかったのに。これじゃ完全に傷害事件だ。

い、いや、しかし、今更なかったことになどできない。

「エコ、治してやれ」

「りょーかーい！」

できるだけ平静を装って、何故か上機嫌なエコに指示を出してから、その場を後にする。

去り際、シェリィが「あんたって意外に面倒見が良いのね。ま、後は私に任せておきなさい」なんてなことを言っていた。意味がわからないのでとりあえず意味ありげに頷《うなず》いておいた。

そして、夜が来る――。

◇◇◇

久しぶりに会ったあいつは、私の予想の十倍くらい恰好《かっこ》良くなっていた。いや、恰好良く見えた、かな？　グルタムにあいつが来てるって聞いてから、私の胸はドキドキしっぱなし。いざ会ってみたら、治まるどころか鼓動はもっと速まった。

何度も何度も繰り返したイメトレ通りのセリフで誘って、一緒にお昼ごはんを食べることに。

そこまではよかったんだけど……そこからが笑っちゃうくらい挙動不審だった。

どうやら私は、セカンドを目の前にすると頭の中が真っ白になって、自分でも何言ってるかわからなくなっちゃうみたい。なるべくいつも通りにって、考えれば考えるほどオカシクなっちゃって。もう最悪よ。絶対、変に思われた。

テラはテラでそんな私が面白いのかずっとニヤニヤしてるし。あいつの仲間はマイペースすぎて頼りにならないし。あいつはあいつで、半年も経《た》ってるのにぜーんぜんなんにも変わらない。

むかっ腹が立ちながらも、どこか居心地《いごこち》の良い、そんなお昼の時間だった。

そこで私は、私に似ているという子の話を聞いた。チェリという名前の、私より少しだけ背の低いこけしみたいな丸っこい黒髪の女の子で、第一宮廷魔術師団のエースらしい。

セカンドへの反発、対抗心、怒り、プライド、嫉妬《しっと》、意識の高さ、必死さ、余裕のなさ……悔しいことに、話を聞けば聞くほど昔の私そっくりだと思ってしまった。

今、彼女は、あの時の私のように背水の陣に立たされている。否、自らそこへ立ちに行っている。認めたくても認められない。己のジレンマと戦っているのだわ。

なるほど……だから、セカンドはあえて私に相談したわけね。彼女に似ていた私なら、彼女の苦悩をわかってあげられるって、そう考えて。

いいわ、任せておきなさい。このシェリィ・ランバージャック、借りはきっちりと返す女だわ。

……なんて、意気込んでいたのはいいんだけれど。

流石《さすが》の私も、女の子をグーで思いっ切り殴るとは思わなかったわよ……。

彼女、ドン引きするくらい吹っ飛んで、鼻血噴き出しながら白目むいてるじゃない。ミスリルゴレムに殴られた私より酷いんじゃない？

「やり過ぎよ！」と、私はそう非難しようと思った。

でも、あいつの横顔を見たら、そんな考えはどこかへ飛んでいってしまった。

もの悲しそうな顔……たとえるなら、そう、この間読んだ小説の主人公ね。親の仇《かたき》の大魔王が実は生き別れた最愛の恋人で、苦悩と激情の末にその手でとどめを刺した後の、虚無の表情だわ。

そうよ、きっとあのアイリーって人は、チェリの親友なのね。だからあいつは、彼女が一時の感情で親友に手をあげてしまうことを阻止して、あえて悪役を買って出たのよ。

あそこまでド派手に殴られたら、四班の人も十六班の人もチェリにはもう何も言えないでしょうし、きっと彼女の心も折れるに違いない。親友同士とその班員との人間関係を守り、彼女を正しい道へと導く――なんて、優しいのかしら。そして、世話焼きというか、面倒見が良いというか。講師としての責任もしっかり果たしてるし、それ以上のこともしてる。しかも、あの短い時間でここまで考えられる明晰《めいせき》な頭脳にも恐れ入るわ。こんな、メッチャ恰好良くて強くて優しくて頭が良いなんて、もう……私の婿になるしかないわね‼

「エコ、治してやれ」

あいつは溜め息一つ、あの猫ちゃんに回復をお願いして、そそくさと去っていった。

なるほど、わかったわ。「後は任せた」ということね？

ええ、確かに、私が適任だわ。彼女に似ている私が。

「あんたって意外に面倒見が良いのね。ま、後は私に任せておきなさい」

去り際のあいつに、自信満々にそう言ってやった。なかなか普段通りな感じで言えたと思うんだけど、もしかしたら声がちょっと上ずったかもしれない。

「ああ」

短く一言、少しの微笑《ほほえ》みと、少しの哀愁で、あいつは頷いた。その深みのある端整な顔と透き通った美声に、私はついついつい「ぅひっ」と変な声をあげてしまった。これは永久保存ものだわ……思い出すだけで一週間は戦えそう。

私がその後ろ姿をぽへーっと見送っていると、テラが何やら呟《つぶや》いた。

「〝あばたもえくぼ〟って～、マスターご存知ですか～？」

◇◇◇

「う……っ……？」

目が覚めると、そこは薄暗い旅館の部屋だった。ああ、私、殴られて……。

「あら、お目覚めかしら？」

「――ん、なっ⁉」

目を疑う。私の布団のすぐ傍にいたのは、あのシェリィ・ランバージャックだったのだ。

私はすぐさま飛び起きて、居住まいを正す。伯爵令嬢の前で無礼を晒《さら》してはならない。

「いいわよ別に礼儀とか。でも、体に問題なさそうでよかったわ。あの子の回復魔術のおかげね」

「えっ？」

言われてみれば体が軽い。あの凄《すさ》まじい衝撃の拳を顔面に受けて気絶したとは思えないほど。

「あいつのチームメンバーの獣人が治してくれたのよ」

「……ええと。いえ、恐れながら、彼女は」

「そうね。みーんな、あの子は盾術師だと思うでしょうね……」

私が否定しようとすると、シェリィ様は呆《あき》れるような顔をしてから、おもむろに立ち上がった。

「元気なら、少し散歩に付き合って頂戴《ちょうだい》」

「はあ、構いませんが」

二人連れ立って部屋を出る。風情ある板張りの廊下を歩くと、遠くからガヤガヤと楽しそうな喧《けん》騒《そう》が聞こえてきた。日はすっかり暮れている。きっと今頃《いまごろ》、皆は宴会の時間だ。

……ふと、思い出す。私がついカッとなって班員にぶちまけてしまった言葉を。

私はもう、宴会に顔を出すこともできなければ、一緒に食事を楽しむことさえできないんだろう。

別にいいやと考える自分と、どこか悲しく思う自分がいる。この気持ちは、一体なんなのだろう。

私が答えの出ない問題に悩んでいるうちに、シェリィ様はいつの間にか歩みを止めていた。

「この旅館、前に何度かお父様に連れてきていただいたことがあるのよ」

場所は中庭。シェリィ様は縁側に腰かけて「貴女も来なさい」と誘う。

「良い場所でしょう？」

「……ええ」

灯籠《とうろう》がぼんやりと照らす中庭は、非現実的なほどに綺麗《きれい》で、神秘的な雰囲気さえ感じられた。ちょろちょろと流れる水の音や、草木が風にそよぐ音、遠くで小さく響く食器の音や人の声、夜風の冷たさ、土の匂《にお》い。全《すべ》てが体の奥底に染み込んでくる。なんとなく、ここが何処《どこ》か夢の中のような、そんな不思議な感覚がして……五分か、十分か、ぼんやりと、私は何も考えずに時を過ごした。

「私ね……前、あいつにとんでもない大迷惑かけたのよ」

ぽつりと、急にそんなことを語り始めるシェリィ様。

その「あいつ」というのが誰《だれ》なのか、私はすぐにわかった。

「あいつはプロリンダンジョン周回攻略のノウハウを持ってて、私のお父様はそれを気に入ったの。

で、大きな取引をしてた。何百億ＣＬとかってね……私はそれが悔しかった」

「ぷろっ……⁉」

私は衝撃を受ける。プロリンといえば乙等級ダンジョンでも上位に入る難易度だと聞いていた。

そして、随分と前、なんでも単独攻略したチームが現れたらしいって……まさか！

「あれ、知らなかったの？　まあ、気に食わない相手の情報なんて調べないで当然かしら。あいつら単独攻略しただけじゃなくて、毎日何周もしてたらしいわよ。冒険者はプロ厨《ちゅう》って呼んで怖がって、誰も近寄らなかったらしいわ。ちなみにチーム自体は四人だけど、攻略メンバーは三人よ」

「…………」

絶句する。あんなところを毎日三人で周回など、正気の沙汰《さた》じゃない。

「で、話を戻すわ。その頃の私は、あいつがそんなヤバイやつだって知らなかったから、そりゃもう噛《か》み付きまくったのよ。気に食わない気に食わない気に食わなーい！　みたいに」

「っ……そう、ですか」

不意に共感を覚える。私もあの男が気に食わず、何かあるごとに噛み付いていた。

「ふふっ。貴女より酷《ひど》かったわよ？　なんてったって、私は伯爵令嬢だもの。厄介さが違うわ」

「そ、そう、かもしれませんね……」

自慢できることではない。が、それも事実なのだろう。

「……嫉妬、していたわ。どうしてあんな男がお父様に気に入られて、それなのに私は……って。そして一日経《た》てばもう、嫉妬の炎は鎮火できなくなってたの」

「何を、されたのですか？」

「あいつより先にプロリンを攻略してやる！　そしたらお父様も周囲も私を認めてくれる！　そんな感じで錯乱して、夜中にこっそりプロリンへ突撃したわ」

「それは……」

明らかに無謀。まず間違いなく死ぬ行為だとわかる。しかし、シェリィ様は今こうして生きている。何故《なぜ》なのかは、どうしてか予感できた。

「私がミスリルゴレムの一撃で死にかけてるところに……あいつは来たわ。それまで私はあいつのことを精霊術師だと思ってたんだけれど、あいつは剣を持っていた。それから目で追えないくらいの速度で移動しながらミスリルゴレムを力勝負で圧倒して、手も足も出させず一方的にボッコボコよ。決着まで十数分とかかからなかったんじゃないかしら」

「う、嘘《うそ》です、そんなっ！」

「嘘も何も、この目で見たわよ。それに、今になってアレがなんだったのかわかるわ。アレは精霊憑依《ひょうい》……精霊召喚四段で解放される上級スキルよ」

「……よ、四段、で……」

ああ、目眩《めまい》がする。ということは、つまり――

「あいつは精霊術師として一流。剣術師としても一流。後から知ったけど、弓術師としても魔術師としても一流よ。それに、きっと他にも何か切り札があるに違いないわ」

――次元が違う。そんな、陳腐な感想しか出てこない。でも、もはやそうとしか言えなかった。

だって、あり得ない。本当に同じ人間？　疑問を持たずにはいられない。あの男と私、一体何が違うっていうの……？

「あいつのチームメンバーにしてもそうよ。あの弓と盾のコンビ、今日でグルタム何周したと思う？」

「そういえば、何度も見かけましたが」

「百二十八周ですって」

「ひゃっ――!?」

……常軌を逸している。私はそう思ってしまった。

私たちがあれほど苦しい思いをしてやっと十六周できたダンジョンを、百二十八周？　あまりにもおかしい！　これがおかしくないのだとしたら、なんだというのか。でも……彼女たち二人からは、疲れた様子など微塵《みじん》も見て取れなかった。恐ろしいことに、これが彼女たちにとっての普通なのだろう。グルタムの周回程度なら苦にもならない、そんな次元の普通なのだ。

「あの猫獣人のエコ・リーフレットは盾術だけじゃないわ。回復魔術もそこらの専門よりよっぽど凄腕《すごうで》よ。だから貴女はブン殴られてもピンピンしてるってわけ」

「なるほど、そういう理由ですか……」

あの男に殴られた傷は、まるで元からなかったかのように消え失《う》せている。

それでも……私の、あの暴言までは、なかったことにはできない。

つい、自分のプライドを守るために言ってしまった、班員を傷つける最低の言葉。そうして班員についた傷は、まだ一つも癒《い》えていない。

「——貴女、もうわかっているんでしょ？　自分の何がいけなかったのか」

考えが顔に出ていたのか、シェリィ様は私の顔を覗《のぞ》き見《み》て、諭すように言った。

……わかっているも何も、もう随分と前から思い知っていた。あの男の言葉は正しいって。

それでも、私は、私だけの力で結果を残したかった。でないと、私の今までの努力が全て無駄になるような気がしてならなかったのだ。

努力という名の武器を使い、誰もが認める一人勝ちをして、あの男をギャフンと言わせてやる。

そんな無謀な行動は、当たり前に失敗し——そして、私は他人のせいにして逃げた。

「それこそ……私の、過去と未来の努力を否定する行為だと、気付けなかった……」

自分のちっぽけなプライドは守られた。代わりに信用を失った。

どうして素直になれなかったのか。どうして嫉妬《しっと》などしてしまったのか。もっと深く考えて、怒らず、焦らず、冷静に、合理的に行動していれば。のべつ幕なしに後悔が襲ってくる。そんなこと、今さら考えたところで、取り返しなどつくわけもないのに。こうして落ち着いてみて、やっと理解した。嫉妬に正気を失い、引っ込みがつかなくなった代償は、途方もなく大きい。

「よく、わかるわ。あいつは私ほど努力してないのにって、何かズルしてるに違いないって、そう思っちゃうのよね」

「——っ！」

図星だった。こんなにも努力して宮廷魔術師となった私の横を、あの飄々《ひょうひょう》とした男が余裕の顔で一瞬にして追い抜いていく。それが、どうしても気に食わなかったのだ。

「私ね、あいつに助けられた後……ちょっと、その、色々気になって、あいつのことストー、えっと、調べてたのよね」

シェリィ様は頰《ほお》を薄く朱に染めながら語りだす。そのあたふたした様子は年相応の女の子といった風で可愛《かわい》らしく、私は少しだけ話の内容が気になった。

「聞いて驚きなさい。あいつ、なんと努力してるのよ。意外なことにね。そんな素振り、普段は一瞬たりとも見せないくせに。裏ではこつこつやってんのよ。プロリンダンジョンの周回攻略なんて、ストイックすぎて見てるこっちが疲れるくらいだったわ」

「…………」

ふと、思う。私は乙等級ダンジョンの周回攻略などという〝努力〟をしたことがあるだろうか、と。それも毎日、一日に何周も。

あるわけがない。丙等級でさえ、殆《ほとん》どない。せいぜいが浅い森での魔物狩りくらい。

……努力をしていないのは、私の方だった。

「あいつらは、苦労せずに努力してる。私たちは、努力せずに苦労してる。どうしても嫉妬しちゃうのは、この違いね」

シェリィ様の分析が、ストンと腑《ふ》に落ちる。確かにそうだ。彼を見ていると、いつも余裕で、なんだか楽そうなのだ。ゆえに「私より努力をしていない」と勝手に決めつけて、嫉妬してしまう。

「多分、私たちの想像もつかないような遥《はる》か高みで、想像を絶するような努力をしているわ。そうね、例えば、甲等級ダンジョンとか」

そうかもしれない。いや、きっとそうに違いない。

…………そうか。私は、そんな人に殴られたんだ。気に食わないからと反抗的で、誰の言うことも聞かず、努力を怠った自分を棚に上げて嫉妬し、馬鹿な考えで馬鹿な真似《まね》をした挙句、他人へ責任を擦《なす》り付けるヒステリック女。殴られて当然かもしれない。

「そっか、そうだったんだ……」

私の中にあった僅《わず》かばかりの正当性やプライドは、この瞬間、脆《もろ》くも崩れ去った。誰を相手に変な意地を張って、これほど嫉妬していたんだろう、なんて、何故だか乾いた笑いがこみあげる。

ああ、こんなことなら、もっと早く――。

「どう？　認めちゃえば、結構楽なものでしょ？」

「！　……ええ、本当に」

嘘のように心が軽くなった……けれど、問題はそれだけではない。一度でも放たれた魔術は、もう二度と元には戻らない。言葉も同じだ。

「貴女、自分はもう終わっただなんて思っているのかもしれないけど、それは違うわ。貴女が何をしたかじゃない、貴女がこれから何をするかで、貴女の真価が決まると思うの」

「しかし、私は、宮廷魔術師としてあるまじき発言を……」

「あいつがなんのために貴女を殴ったのか、よく考えることね」

なんのために。

最初は、アイリーのためだと思った。あのままアイリーが私を平手打ちしていたら、どうなっていたか。まず間違いなく、私たちの友人関係は崩れただろう。あの時の私なら、売り言葉に買い言葉で何か酷い暴言を吐いて、彼女を深く傷つけてしまったかもしれない。だから、彼はアイリーを止めたのではないだろうか。

しかし、ふと思う。だったら止めるだけでよかったのでは、と。殴る必要はなかった。

もしかして、私を助けてくれた……？

まさか――以前の私なら間髪を容《い》れずに否定しただろう、馬鹿げた推理。

でも、考えれば考えるほど、辻褄《つじつま》が合ってしまう。結果的に私の頭は冷え、加えてあの場にいた人たちの溜飲《りゅういん》は下がり、少なからず私の贖罪《しょくざい》にもなっている。こうしてシェリィ様と腹を割って話し合う機会も作ってくれた。「あれだけド派手にぶん殴られたんだから反省もしただろう」と、そう考える人もいるだろう。ひょっとすると、宴会の肴《さかな》は「私の暴走」ではなく「彼の蛮行」にすり替わっているかもしれない。

彼が悪者になってくれた？　考え過ぎかもしれない。けれど、その通りかもしれない。

……不意に、目頭が熱くなる。全《すべ》てが終わったと思った。でも、まだ、私は……。

「……あの、シェリィ様は、失敗されて……それから、どうされたのですか？」

「謝罪して感謝して、とりあえず逃げたわ。恥ずかしくて真面《まとも》に顔を合わせられなかったもの」

「そう、ですか」

私も、相手が彼だけであれば、そうしたかもしれない。ただ、私が謝るべきは、彼だけではない。

「貴女、ここで逃げなかったら、凄《すご》いわよ。根性の見せどころねっ」

シェリィ様は優しく微笑《ほほえ》む。なんとなく理解した。本当の強さとは、そういうものなのだと。

「ヤケっぱちでも破れかぶれでもいいのよ。こんなチャンス、もう二度とないわ。ここが勝負どころ。そう思わない？」

そうだ。これは彼が与えてくれた、最後にして最大のチャンス。

私はぐっと拳《こぶし》を握り締め、そして……立ち上がれた。

「ん！　それじゃあ、行きましょっか」

隣を付いてきてくれるシェリィ様が、泣きそうになるほど頼もしい。できることなら、彼女のように強くありたい。私は心からそう思いながら、皆のいる宴会場へと一歩を踏み出した。

◇◇◇

「反省してまーす」

グルタム周回を終えて、夜。第一宮廷魔術師団による宴会が盛大に開かれる。

俺は旅館の宴会場で一番目立つ上座に腰掛けて、ワイワイ飲んで食ってと大盛り上がりしていた。

「反省してまーす」

ただ、通常の宴会と一つだけ違うことがあるとすれば、それは俺の様相である。

俺にお酌をしに来てくれる団員は、十中八九が〝御札《おふだ》〟を持っており、お酌のついでと言わんばかりにそれを俺にぺたっと貼るのだ。その度、俺は「反省してまーす」と大声で発する。すると、宴会場の皆は「わはは」と笑う。なんだよこれ。

「反省してまーす」

今貼られたのは「ぼくは女の子の顔面をぶん殴りました」と書かれた札だ。場所はおでこ。うーん、目立つ。あっ、肩に貼られていた「暴力はいいぞ」の札がとれた。誰だこれ書いたの。よし、これはちょっと過激だから外しておいても文句は言われないだろう。

「ダメだぞ」

駄目らしい。ちくしょう、シルビアの監視が厳しいな。こいつ正義感強いからなぁ……宴会直前まで部屋でしこたま怒ってたのに、まだ怒ってんのかよ。

あーくそッ、食いにくい！　おでこに貼るかよ普通。キョンシーじゃねえんだから……。

「よっ、大将やってる？」

「ラーメン屋でもねえよ！　めくるな！」

だんだんイラついてきた。こいつら宮廷魔術師とも打ち解けたはいいが、馴《な》れ馴れしくなってきたというか、ノリが良すぎるというか。酒も入っているから余計に鬱陶《うっとう》しい。

「せかんど、たのしい⁉　それたのしい⁉」

「楽しくないから真似するなー」

エコは楽しくないと知ると、ちぇーっという顔をして、また食料集めの旅へと繰り出した。数分経《た》ったら皆から貰《もら》ったごはんをお皿いっぱいに載っけて帰ってくるはずだ。そろそろ止めてやらないとまた食い過ぎでぶっ倒れるかもしれないから、シルビアにアイコンタクトしておく。シルビアは察したようで、任せておけと頷《うなず》いてくれた。

その時、ざわっ――と、突然、宴会場の一角がどよめいた。

チェリちゃんだ。少し俯《うつむ》き、縮こまっているように見える。その後ろにはシェリィの姿もあった。シェリィと目が合うと、あいつは恥ずかしそうにサムズアップした。意味がわからないが、今はそれどころではない。

俺は静々とこちらへ歩み寄るチェリちゃんを正座で出迎えた。

怒ってんだろうなぁ……と、目の前まで来たところで、恐る恐る表情を窺《うかが》う。

「………」

彼女は、俺の顔を見て、きょとんとしていた。

なんで？　と思いかけ、すぐさま気付く。御札のせいだわこれ。

俺はおでこの札と「セカンドのSはサドのS」と「悶絶《もんぜつ》少女専属糞《くそ》講師」の札をひっぺがして、取り繕うように笑った。

「チェリちゃん、正直、すまんかった。殴っちゃって」

頭を下げて謝る。チェリちゃんは、目を丸くしたまま、無言でその場に立ち尽くしていた。

「せかんど、これあげるー」

と、そこへ。漫遊から戻ってきたエコが、誰《だれ》から貰ってきたのか、俺のほっぺたに「ナチュラル・ボーン・クソ」の札を貼る。

「反省してまーす！」

つい、条件反射で叫んでしまった。一秒おいて、どっ——と、宴会場が爆笑の渦に包まれる。

「……っ……っ」

チェリちゃんも、両手で口を押さえて、小さく震えていた。

よかった、怒ってなさそうだ……俺がそう思った、次の瞬間。

「……う、うぇえええええええんっ」

マジ泣きだった。

「えええええ⁉」

流石《さすが》に予想外だ！　ど……どうしたらいい⁉

俺は焦って立ち上がり、辺りを見回す。シェリィは何故《なぜ》かドヤ顔でまたしてもサムズアップ。アイリーさんたちのグループは「しょうがないなあ」みたいな感じで微笑んでいる。シルビアは白い目でこちらを見ていて、エコはごはんに夢中だ。

「す、すまん。悪かった。なんだ、どうした……おおっ？」

あたふたしていると、チェリちゃんはゆっくりと俺の胸に倒れ込んできた。ぽふっとキャッチすると、チェリちゃんは俺にしがみつきながら大号泣。俺は大混乱。外野からはヒューヒューと冷やかされ、シルビアからは殺気を込められた視線が送られて、何故かシェリィからも睨《にら》まれ、エコはひたすらごはんを食べる。

こうして、てんやわんやのまま、騒がしい夜は更《ふ》けていった——。

第二章　手負いの獣

合宿を終えて、明くる朝。朝の点呼も早々に、俺たちは商業都市レニャドーを出発した。

チェリちゃんはあのまま泣き疲れて眠ってしまい、今朝《けさ》あらためて顔を合わせたところ、耳まで真《ま》っ赤《か》にして視線を逸《そ》らされてしまったので会話にならなかった。ただアイリーさんたちとはぽつぽつと会話をしていたようなので、恐らくは丸く収まったのだろう。よかったよかった。ただ俺としては次に会う時が怖いところだ。一体何を言われるのか、謎すぎて恐ろしい。

シェリィはというと「絶対にファーステスト邸を見る」と言って聞かず、無理矢理に付いてきた。「見たら帰れよ」と約束させたが、こいつこの感じだとなんやかんやで居座るつもりに違いない。

そんなこんなで、経験値稼ぎ兼、息抜きの旅行は幕を閉じた。第一宮廷魔術師団の面々はグルタム周回で得た経験値を然《しか》るべき属性の壱ノ型へと全て振り、少しではあるがＩＮＴの底上げに成功した。これでようやく〝魔幕隊〟としての第一歩を踏み出したと言っていいだろう。

目指すべき理想は壱ノ型全属性九段。まだまだ先は長いな。

「――お帰りなさいませ、ご主人様」

帰りしな、ユカリに「シェリィを連れて帰る」と一報入れたところ、もう日暮れだというのに使用人が勢揃《せいぞろ》いで出迎えてくれた。シェリィは伯爵令嬢にもかかわらず、ファーステスト邸の異常な規模を見てぽかんと口を開けている。

「シェリィ、何処《どこ》が良い？　今なら湖畔がオススメだが」

「そ、そこでいいわっ？」

門から敷地の中へ入ると、そこからまたしばらく移動だ。シェリィは伯爵邸の何倍も広い我が家に度肝を抜かれているようで、過ぎる景色《けしき》に目を白黒とさせている。そりゃそうだ、王宮より広いもの。ナイスなリアクションに気分を良くした俺は、晩メシもできるだけ豪勢な料理をとユカリに連絡しておいた。しかし今日は料理長ソブラが体調不良でお休みらしく、そこそこのクオリティの食事しか用意できないらしい。あのヤニ野郎この肝心な時に……。

湖畔の家に到着すると、ユカリとメイドが一人だけ待ち構えていた。確かエスと言ったか。赤毛の姉妹メイドの妹の方だ。どうやら滞在中のシェリィの御付きになるらしい。

「ご主人様。また一つ、付与装備が完成しております」

「マジか！」

シルビアとエコは自室へ戻り、シェリィが来客用の部屋へと案内されている間に、ユカリがこの留守の間の報告をしてくれる。完成した装備は『穴熊　岩甲之籠手《こて》』――着用者のＶＩＴ《防御力》が１５０％となる〝穴熊〟が付与された手の防具だ。

「素ン晴らしいな！　またエコが堅くなる」

「後ほど渡しておきます」

「ああ、頼んだ」

「はい。で、ですね……その」

ユカリは俺にすすすと身を寄せて、上目遣いで恥ずかしそうに聞いてくる。

いくら察しの悪い俺でも流石に気が付いた。最後まで言わせまいと、俺はユカリの頭から首筋にかけてゆっくりと撫《な》でて、今夜の約束を取り付ける。はにかむ彼女は相も変わらず妖艶《ようえん》で、美しく、そして可愛《かわい》らしかった。

「いちゃついてる、とこ、悪いんですけどー」

と、そこへ何処からともなく拗《す》ねたような表情のウィンフィルドが現れる。まったく心臓に悪い。自宅の中とはいえ神出鬼没なのは人に非《あら》ざる存在だからだろうか。

「予想通り、戦局、動きそーなんだよ、ねー」

彼女はあっけらかんとそんなことを言う。それってかなりの大事では……？

「バウェル国王が、公文書の開示を命令してから、しばらく経って、いよいよ、開示するってさ」

「改ざんが済んだってわけ？　この短期間で？」

「うん。第二騎士団だけじゃなくて、第三騎士団からも、協定違反はあったって声が、あがってる中、よくやった方だと思うよ」

まるで夏休みの宿題を七月中に終わらせた小学生を褒めるように、ぱちぱちと手を叩《たた》くウィンフィルド。その余裕っぷりがなんとも頼もしい。

「公文書の原本、ゲットしちゃお。ねっ？」

よしきた。満を持して、俺の出番というわけだな。

「ってことで、シルビアさん、呼んできてー」

……まだだったようだ。


「逮捕歴の照会？」

「うん」

晩メシ時。シェリィを交えてリビングで団欒《だんらん》している最中に、ウィンフィルドはシルビアへとそんな指示を出す。

「セカンドさんとの出会いって、シルビアさんが、セカンドさんを現行犯逮捕した時でしょ」

「うむ、そうだな。懐かしいなぁ……」

「やめろ思い出すな。錯乱してたんだあの時は」

転生した直後でテンション上がり過ぎて店の前で狂喜乱舞した結果、威力業務妨害でしょっ引かれるとか恥以外の何物でもない。挙句に薬物中毒者の疑いもかけられたからな。

「その時の文書を、チェックしてきて」

「それは構わんが……一体なんの意味があるんだ？」

俺は、不意にピンときた。確か以前、シルビアは第三騎士団の呼び出しに対して「あの男なら何か知っているかもしれない」と答えるようウィンフィルドから指示を受けていたはずだ。今回の逮捕歴の確認は、それと何か関連があるに違いない。

「シルビアさんは、第三騎士団からの要請で、セカンドさんのことを、色々と報告してたよね？」

「うむ。言われた通り、こちらが有利になるような嘘《うそ》ばかり報告しておいたぞ」

「そろそろ、その嘘八百が、バレてる頃《ころ》。第三騎士団は、シルビアさんを、警戒中」

「……そうか。つまり、私は囮《おとり》というわけだな」

「その通り、だよ。向こうは疑心暗鬼になってる。セカンドさん逮捕時の文書に、何かがあるって、そう思うはず」

なるほど。公文書の改ざんをしているやつらが「相手も改ざんをしている」と思ってしまうのは、確かに仕方のないことかもしれない。「自分がやっていることは相手もやっていて当然」という強迫観念にも似た思い込みだな。

「こっちが改ざんしてるにしろしてないにしろ、シルビアさんがチェックした後、向こうは必ずチェックしにくる。そうしてチェックしにきた人が、公文書に融通の利く人物」

「そいつから辿《たど》っていけば、公文書改ざんの当事者、ひいては原本まで行き着くという寸法か」

「そのとーりぃー」

だから、向こうが良い感じに追い詰められているこのタイミングで仕掛けるというわけだな。宰相たちは未《いま》だ姿焼き状態だ。動きようがないのだ。そこであえて「向こうに動かせる」ことで、大悪手を誘う。凄《すご》いぞ、ヤリ方に情け容赦がなさすぎる。こいつは絶対に敵に回したくないな……。

「ねぇ、ちょっといいかしら」

「どうした？　メシが口に合わないか？」

「いやごはんは美味《おい》しいわ？　そうじゃなくて、ね？」

「何？　あ、便所なら廊下の突き当たりを右だ」

「違うわよっ」

「お前が便所じゃないとしたら……一体なんだというんだ？」

「一回の失敗《おもらし》でその扱いは酷《ひど》いんじゃないかしら!?」

シェリィもだんだんリラックスしてきたのか、ツッコミのキレを取り戻しつつある。

ゴホンと咳払《せきばら》い一つ、気を取り直してシェリィは口を開いた。

「私の前でそんな話してもいいの？　内容を聞いてると、その……とにかくヤバすぎるんだけど？」

「まあ大丈夫だろお前なら」

「そ、そう？　信用されてるのね」

ああ信用しているよ。具体的には俺の目の前で盛大に失禁したやつが今後俺に逆らえるとは到底思えないからだ。あの深夜の大迷惑、忘れたとは言わせねーぞ。

「それにしてもこの家は何よ？　すっごいなんてレベルじゃないわ。王宮より大きいんじゃない？　よく建てられたわね？　政争にも首を突っ込んでそうだし、行く行くは国王にでもなるのかしら？」

「国王は願い下げだな」

「冗談なんだけど……じゃああんた何になるつもりよ」

「世界一位」

「ざっくりしすぎててワケがわからないけど無駄に説得力あるわね……」

呆《あき》れ笑いのシェリィと、皆とで談笑し、一日が終わった。とても政争の真《ま》っ只中《ただなか》とは思えない、のんびりとした夜だった。

…………否、忘れていた。

「ピャー……」

明くる朝。俺は抜け殻のように干からびた状態でリビングのソファに座り、口からエクトプラズムらしき白いモヤモヤを吐き出しながら朝の湖畔をぼんやりと眺めていた。

キッチンでせっせと朝食の準備をするユカリはつやつやとしていて元気そうだ。ダークエルフってのは皆ああなのか？　だとしたらもう種族名をサキュバスに変えた方がいいんじゃないだろうか。

試合には、勝った。なんとか勝ったが、勝負には負けた気分だ。

しかも恐ろしいことに、ユカリはよくある地球外生命体のように常軌を逸したスピードで今もなお成長を続けている事実が明らかとなった。このままでは次の「Ⅲ」で俺はものの見事に侵略されてしまうだろう。興行収入は増すばかりで、前作前々作より予算も増えているに違いない。きっと「Ⅲもどうせ無意味なカーチェイスや銃撃戦の末になんやかんやあって勝利してバツイチ同士のヒロインと素敵なキスをしてハッピーエンドだろ」と思わせておいて「人類は北半球に追いやられその後も抵抗むなしく侵略され続けたがそれでも俺たちは最後まで戦い抜いて生きていく――」みたいな救いのないストーリーになっているに決まってる。そして「Ⅳ」は過去の回想だクソったれ。「実はこんなことがありましたよ」と後出しされてもこっちは冷める一方だ。違うんだって。俺が求めているのは「誘拐された愛娘《まなむすめ》のためにバカみたいに強いパパがバカみたいに敵を倒しまくる愉快痛快アクション」みたいな単純明快なものであって「ド派手なＣＧを使いまくった無駄にダークでシリアスなご都合主義の戦争ごっこ」じゃないんだよ。そもそも金ばかりかけて初心を忘れた超大作気取りの量産型映画ってのは——

「——様、ご主人様！」

「……おお。どうした？」

「え、いえ、話しかけても反応がないものですから」

「悪い、ぼーっとしてた」

「朝食の準備が整いました」

「んー。今行く」

そして、何事もなかったかのように、また一日が始まる。対地球外生命体用に、何か秘密兵器を用意しなければ。固い決意を胸に、俺は一足遅れて食卓の席へと着いた。

◇◇◇

「いよいよ公文書の内容が明らかとなりましたが、殿下、本当にこのままでよろしいので？」

ハイライ大臣はマイン第二王子のもとを訪れ、今後の立ち回りについて会議を行っていた。

「はい。改ざんは確実でしょう。今ボクたちのすべきことは、姿勢を変えず待つだけです」

「しかしながら、このまま証拠が得られずに時間が経《た》てば、一転してこちらの陣営が窮地に立たされることとなりましょう」

公文書が開示され、そこに「Ｒ６《リームスマ・シックス》と第二第三騎士団との間に協定が結ばれたという事実は記されていなかった」と明らかになった現状は、第二王子陣営としては辛《つら》いものがある。虚偽の疑いをかけ政治を空転させていたと、そう批判されても仕方がないのだ。

「証拠は得られます。早ければ数日で」

「……殿下は余程あの方々を信頼されているように見えます」

「ボクのただ一人の友ですから、当然です……あの人は色んな意味で常識外の人。対策などできませんよ。こっちの常識が通用しないように、あっちの常識も通用しません」

「はは、バル宰相に同情してしまいそうですな」

好転する前には悪化するという段階もあり得る――とは某英国首相の名言であるが、この二人はまるでそれがわかっているかのように、勝利を確信したような微笑を浮かべた。

「殿下は変わられました。争いを前に堂々としておられる」

「違います。ボクはあの人のために堂々としなければならないんです。本来のボクは、据《す》え膳《ぜん》を前にしてやっと堂々とできる、軟弱な臆病《おくびょう》者ですよ」

「虎視《こし》眈々《たんたん》とこの時を待ち構えていたということで御座いましょう。あの方をこちらへ引き入れ、こうして宰相を追い詰めているのも、全《すべ》ては殿下の采配《さいはい》によるもの。殿下がそう思わずとも、我々臣下がそう思っていれば良いのです」

「だと良いんですけどね……」

マインは「そんなこと言ったら頭を殴られそう」と、何故《なぜ》だか嬉《うれ》しそうに呟《つぶや》く。

次期国王がこれでは……ハイライは苦笑をひとつ、光る頭を少し下げてから口を開いた。

「それでは、私はこれにて。今後は彼らを主軸に動くことといたしましょう」

「はい。よろしくお願いします、ハイライ大臣」

「ところで、殿下。王位継承が確実となった暁には、あの方を如何《いか》にして陛下へご紹介なさるか。どうぞご一考を願います」

「………」

ハイライの最後の一言に、マインはそれまでの微笑を俄《にわ》かに崩して渋い顔をする。

あの失礼で明け透けな友人をどうやって紹介すればいいのか——考えれば考えるほど、今から胃が痛くなるマインであった。

◇◇◇

「ジャルム！　あの男の情報はまだかッ！」

宰相バル・モローは第三騎士団長ジャルムを執務室に呼び出すなり、大声で怒鳴った。

「も、もう少々お待ちください……！」

ジャルムは頭を下げる。しかし現状、セカンドの情報収集については難航するばかりであった。

「狗《いぬ》はどうした！　狗がおると言っていたではないかッ」

「公文書改ざんの方にかかり切りでして、はい……もうしばらく猶予をいただければと」

「早くしろ、最優先だ。疑惑は乗り切れても、あの男が宮廷魔術師団にいる限りこちらに平穏はないと知れ」

「はっ……」

その肝心の狗が「どうやら寝返った」という調査報告を部下から受けていたが、ジャルムは言い出せず、冷や汗を垂らしながらただひたすらに頭を下げる。

なんとかしなければ――最早《もはや》、手段を選んでいられるような状況ではない。

ジャルムは退室した後、自室に戻ると、神妙な面持ちで部下に指示を出した。

「テンダーを呼び出せ」

それは、所謂《いわゆる》〝暗部〟の頭の仮名であった。第三騎士団の影を司《つかさど》る男を呼び出した理由は、想像に難くない。

「あの小娘め……恥をかかせやがって……！」

握りしめ机に叩《たた》きつけた拳《こぶし》がぶるぶると震える。

そっちがそのつもりなら――ジャルムは憤怒《ふんぬ》しながらも、ニヤリと口を歪《ゆが》ませた。

「貴様が寝返ったというのなら、それを利用するまでよ――」

「――馬鹿、だよねー。それで、こうやって、捕まっちゃうんだもん」

テンダーがジャルムから指示を受け、シルビア・ヴァージニアの調査を開始して間もなく。

シルビアがセカンド逮捕時の文書をこっそりと確認していることを怪しんだテンダーは、その文書を確認するため、シルビアの外出時を狙《ねら》い行動に移した。

……それが罠《わな》とも知らずに。

「暗部の人、でしょ？　それも、かなり上の立場の。もしかして、一番上？」

「…………」

ファーステスト家の手練《てだ》れ集団「イヴ隊」によって捕えられた男は、まさにテンダーその人であった。何故、暗部の頭が直々に動いているのか。理由は多々あった。絶対にしくじらないと断言できる実力があり、文書の内容をその場で理解できるほど内情を知っている必要があり、単独で身軽に行動できる人物。全てを満たすのはテンダーしかいない。そして何より、そうせざるを得なかった理由を、ウィンフィルドはよく知っていた。

「迂闊《うかつ》、だったね。油断も、あるかな。せめて一人でも、部下を付けていればよかったのに、ね」

「…………」

ウィンフィルドは微笑《ほほえ》みながら言う。覆面黒装束のメイド数人に囲まれ、猿ぐつわのテンダーは、依然、沈黙を貫いている。

「なんちゃって。私、知ってるよ。君の部下、みーんな、セカンドさんと、シルビアさんと、ビサイドさんを、警戒中」

「……っ……」

ここでようやくテンダーがほんの少しだけ反応を見せた。

テンダーの顔は、ウィンフィルドにとってみれば実にわかりやすいものであった。字幕を付けるならこうだろう。「全てお前が仕向けたというのか⁉」と。

「そうだよ。君を一人にするために、セカンドさんと第一宮廷魔術師団に軍事演習させて、シルビアさんを実家に戻らせて、ビサイドさんに演説させたんだ。そしたら、暗部は、人員をそっちに割かざるを得ないもんね」

「……っ！」

ここでの驚きは、こうだ。「心が読めるのか⁉」

ウィンフィルドはあえて否定せず、優しく微笑んでから口を開いた。

「あ、ちなみに、ビサイドさんの暗殺は、不可能だと思う、よ。傍《そば》に、エコさんっていう、とんでもない盾が、いるからね」

僅《わず》かばかりの希望も打ち砕く。

「夜が楽しみ、だなー」

「…………」

拷問など無意味だ、と。テンダーの目が語る。

「君には言ってない、よ？」

ふふっと笑って、一言だけ伝え、ウィンフィルドは去っていった。

テンダーがその言葉の意味を理解したのは、やはりその日の夜であった。

◇◇◇

「セカンドさーん。出番、だよー」

講師の仕事から帰ってくるなり、ウィンフィルドが俺にずいっと接近してきた。

シルビア囮《おとり》作戦が成功したのだろう。ということは、つまり……。

「ついに、洗脳だな？」

「いえーす」

お待ちかねの《洗脳魔術》だ！　俺は初めて使う【魔術】にワクワクが止まらなくなり、ウィンフィルドと共にスキップしながら使用人邸の地下室へと向かった。

そこには、ふん縛られた三十代後半くらいのオッサンが四方八方をメイドに囲まれて転がっていた。かわいそうに。でも、そういうプレイに見えなくもない。

「ぱぱっと済ませて、放しちゃおう。じゃあ、話してた通りに、お願いします」

「りょ」

俺は舐《な》め腐った若者のような返事をしてから、オッサンに接近する。

しゃがみ込み、その額に指先を触れた。使い方は知っている。相手の顔に触れた状態で、洗脳したい事柄を思い浮かべ、後は《洗脳魔術》を発動するだけだ。

「――ッ‼」

オッサンがハッとしたような顔をする。

……成功した、多分。実に呆気《あっけ》ない。俺は猿ぐつわを外してやって、問いかけた。

「お前は誰だ？」

「第三騎士団第九部隊長テンダーです。本名はレッドネット。裏では第三騎士団長ジャルム有する暗殺部隊の隊長を務めています」

「気分はどうだ」

「最悪です。床が冷たく、縄がきついです」

「そうか。一応言っておくが、自殺は許さない」

「はい、存じております」

洗脳の内容は、絶対服従。テンダーの縄をぶち切って解《ほど》くと、テンダーは跪《ひざまず》いて頭を下げる。ざわりと周りのメイドたちから驚いたような声が漏れた。

「成功、だね。セカンドさん、命令しちゃって」

あまりの簡単さに、ひょっとしたらこいつ芝居を打ってるんじゃないかと一瞬考えたが、ウィンフィルドが成功と言うんだから成功なんだろう。俺は安心して命令を下した。

「公文書の原本を改ざんした者を知っているな？」

「はい。二人おります」

「二人のうち偉い方を捕まえて、生きたまま連れてこい。ついでに原本も持ってこい」

「かしこまりました」

地下室の外へ出ると、テンダーは俺に一礼してから夜の闇《やみ》へと駆けていった。

「………………」

反則、だな。《洗脳魔術》は。回数制限があるかもしれないとはいえ、強力すぎる。

これをやられちゃあ、流石《さすが》の俺でもマズい。具体的には、シルビアが洗脳にかけられた場合、暗殺される可能性がある。エコとユカリは俺とのステータス差的に問題ないと思うが、シルビアの【弓術】で不意に狙撃された際にはワンチャンあるだろう。

「大丈夫、だよ。私がそんなこと、させないから」

考えが顔に出ていたのか、ウィンフィルドがそんなことを口にした。全く心強いったらないね。

「しかし、こんなに強力なら……少し勿体《もったい》なくなかったか？」

「ぴったり、駒《こま》を使い切って、勝つのが、私、好きなんだけど……うーん、わかった。セカンドさんが、節約したいのなら、そういう戦法も、アリかなぁ」

「いや、俺もどちらかというとピッタリ派だが」

「ん。じゃあ、一回節約する方向で、考えておく、よ」

俺の本音、まさにそれだ。ウィンフィルドよ、心を読むのも大概にしてほしいぞ。

「じゃあ、私、ヴィンズ新聞にたれこんでくる、ね」

「あ、でしたら私が……」

「いや、いいよ、私が行く」

メイドの気遣いに、あっさり断りを入れるウィンフィルド。そこで、ちらりと俺を見た。なるほど。察した俺は口を開く。

「今日は見張りで疲れただろう。ゆっくり休め」

「は、はい。ありがとうございます、ご主人様」

メイドたちは皆嬉しそうな顔で俺にお辞儀をして、解散した。ウィンフィルドは夫を立てる良き妻になりそうだ。その代わりに隠しごとは何一つできそうにないが。

「ありがとな」

「いいってことよ、愛《いと》しの君」

頬《ほお》に口づけ一つ、彼女も風のように去っていった。

前々から、俺に気があるんじゃないかと思っていたが……愛しの君、だってさ。

「…………」

愛しの君だってさ‼


「――捕えて参りました」

「早っ⁉」

明くる朝。テンダーが四十代後半ほどのオッサンを連れてやってきた。オッサンはテンダーの時と同じように猿ぐつわのうえ体を縛られていて、小さく震えながら涙目になっていた。

「原本はこちらです」

「そっちもか……」

仕事が早すぎる。多分、あちらさんは「テンダーは絶対に裏切らない」と思っていたのだろう。

ゆえに、これだけすんなりと事が運んでしまった。改めて《洗脳魔術》の反則っぷりが窺《うかが》える。

「おっ。早かった、ね。こっちも、たった今、伝えてきたよ。夕刊には、間に合いそうかな？」

ウィンフィルドも、予期していたかのようなタイミングで帰ってきた。

俺はよしとばかりにテンダーへと質問する。

「そのオッサンは誰だ？」

「王立公文書館の館長です」

マジかよ。腐敗しすぎだろ……。

「じゃあ、洗脳しちゃおっか。そしたら、この二人を連れて、ハイライ大臣のとこに、行くよ」

「自供させるんだな？」

「うん。いよいよ、って感じ、だね」

「お前も来るのか？」

「いいや、私は、ちょっと、気になることがあるから」

気になること？　ああ、確か「こういうくだらない事実確認で政治が空転してる時ほど裏ではヤバイことが起こっていたりする」だったか。

「まだ明らかじゃないのか？」

「うん。ごめんね？」

「謝るな。お前でもわからないことがあるのかと、少し不思議に思っただけだ」

「えー。わからないことの方が、多いと思うよ？」

その達観した発言で更に「わかっている感」が増してるんだよなぁ。

「ご主人様。椅子に座らせましたので、こちらでお願いします」

「おお。ありがとう」

俺はユカリの案内で館長の前に立つ。小動物のように怯《おび》えていてちょっとかわいそうだ。

「ウィンフィルド。ご主人様となんだか良い雰囲気ね？」

「わあ、ま、マスター、奇遇ですね。こんなところで、会うなんて」

「待ちなさい。貴女《あなた》まさか……」

ヤベェ。俺がウィンフィルドに若干ときめいたことがバレそうになってる。流石ユカリ、無駄に鋭い。だが、ここはウィンフィルドの巧みな話術で――

「さ、さーて。私、そろそろ、調査にいかなきゃナー？」

へたくそか！

「………………帰ったら話があります」

部屋中が凍《い》てつくほど冷たい声で、ユカリはウィンフィルドを見送った。心なしか館長の震えが増したように見える。しかし、シルビアと違って俺じゃなく相手に怒るあたりがユカリらしいな。

「よし。じゃあ、気を取り直して洗脳すっか……」

俺は指先を、館長の額……は汗でべとべとだからなんか嫌だな。鼻先……も脂ぎってて嫌だな。そうだ、アゴでいいか。アゴに指を添えて、《洗脳魔術》を――

「あ、あんた……オッサン縛って、それ……なんのプレイよ……？」

絶妙のタイミングで起床してリビングにやってきたシェリィにとんでもない誤解をされる。なんとか弁解して、館長に《洗脳魔術》をかけ終えたのは、それから実に一時間後のことであった。

◇◇◇

「ふー。マスターも、相変わらず嫉妬《しっと》深《ぶか》い、ね……」

ユカリの冷たい視線から駆け足で逃れたウィンフィルドは、玄関付近の植え込みの陰に隠れて、一息ついていた。何故《なぜ》そこまでして隠れるかというと、流石は主従関係か、ユカリのことをよくわかっているからである。

「ちっ……逃がしましたか」

ウィンフィルドを追って出てきたユカリが、舌打ち一つ、玄関の中へと戻っていく。「帰ったら話がある」と嘘《うそ》をついて油断させ、セカンドの見ていないところでシメる。ユカリの常套手段《じょうとうしゅだん》だ。

彼女たち二人の間では、主人と精霊の関係とは思えないほどに高度で熾烈《しれつ》な心理戦が日常的に繰り広げられているのである。

「さて。どうしよっか、な」

ウィンフィルドは、王国内で暗躍する何かをどのようにして調査するか、そして帰ってきてからどうやってユカリを煙《けむ》に巻くかを並行して考えながら、王都に足を向けようとした。

すると、そこへ馬車がやってくる。家の前に停車し、御者台から二人降りてきた。執事キュベロと、厩務長《きゅうむちょう》ジャストである。今、植え込みの陰から出たら二人をいたずらに驚かせてしまうだろう。そう考えたウィンフィルドは、裏手からこっそり出ていくことにして、回れ右をする。

……だが、不意に聞こえてきた二人の会話に、ふと足を止めた。

「しかし心配だァ、ソブラ兄さんの具合。ありゃヤベェかもしれません」

「ええ、私も心配です。それに単なる体調不良にしては、様子がおかしかったような気もします」

「いっぺんセカンド様にご相談してみるってのはどうですかねェ？」

「ただ、本人があれだけ拒否しているとなると……」

「余計な心配かけたくねェんじゃ？」

「そうだと思いたいですが。しかし、万が一の可能性というのも考えなければなりませんか。やはり、ここはセカンド様にご相談を――」

「――ねえ」

声をかけながら二人の前に姿を現す。驚かせてしまうことなど最早どうでもよくなっていた。

「その話、詳しく、聞かせて」

そう要求する彼女の顔は、珍しいことに、とても険しい表情であった。

◇◇◇

洗脳した王立公文書館の館長をハイライ大臣の元へと連れていってからは、怒涛《どとう》の展開であった。

まず、ハイライ大臣は宰相側に察知される前にバウェル国王との面会を取り付け、最速で事実を国王に伝えることを優先。次いで、マイン第二王子の警護をより厳重なものとした。そして最後に、事実を明らかとした俺の功労を認め、褒賞を受け渡すための準備を始めるらしい。

何故、マインの警護を固めたのか。それはウィンフィルドの指示であった。曰《いわ》く「追い詰められた宰相ひいては帝国がどのような手段に打って出るかわからない」と。マイン暗殺の可能性すら考えられるという。まさかいくらなんでもそんな馬鹿な真似《まね》はしないだろうと思うが、手負いの獣を侮ってはならないというのは大昔から言われていることだ。念には念を入れての警護強化である。

一方で、俺への褒賞について。少々気が早いのではないかと大臣に聞いてみたが、これでも遅かったくらいだという。第一宮廷魔術師団の件についてもゼファー団長から何やら話を聞いていたらしく、何故だか大層褒められた。ゼファー団長は一体何を言ったんだ？　ちなみに、二人は頻繁に飲みに出かけるくらい仲が良いらしい。頭部が薄い男の仲間意識というやつだろうか。

「貴方《あなた》のように優秀な方を絆《ほだ》さんとするのも、大臣としての役目なのですよ」

丸眼鏡《めがね》をクイッと光らせて包み隠さず語るハイライ大臣は、ものの見事に薄いくせに何故だか格好良く見えた。バーコードなのに。荒野を残り少ない草木で包み隠しているのに。不思議だ。そう遠くない未来、俺がもし仮に薄くなったとして、その時はなるたけイカした男でありたい……と、そんな虚《むな》しいことを考えているうちに、早くもバウェル国王との面会時間となった。ここに到着してから三十分と経《た》っていない。最速というだけあるな。

面会へは俺とハイライ大臣と館長の三人で向かった。大臣は付き添いで俺はオマケだ。主役は館長である。公文書を改ざんした張本人による自白、それも改ざん前の原本という誤魔化《ごまか》しようのない証拠を持っての登場に、さしもの国王といえど愕然《がくぜん》としたに違いない。

館長は、第三騎士団長ジャルムの指示で改ざんを行ったと主張。加えて、地位や家族を人質に脅されたことや、その結果として部下を一人巻き込まざるを得なかったことなどを告白した。

「何故、今になって自白した」

バウェルの問いかけに、館長は涙ながらに答える。

「彼に、きっかけを、いただきました」

これでやっと解放される――そんな風に、館長はどこかホッとしたような顔をしていた。

洗脳のせいか、恐らく本心だろう部分に俺を立てようという意図がプラスされている気がする。

館長の迫真の懺悔《ざんげ》に、バウェルは納得したのか、腕を組み目を閉じてしばし思考した後、おもむろに沈黙を破った。

「……嫌な予感というのは当たるものだな。こうして、確たる証拠を掴《つか》んだ今、私は決断せねばならんようだ」

バル・モロー宰相一派、終了のお知らせである。

そして、俺が謁見《えっけん》から帰ると、なんとも嫌な知らせが待っていた。

「ソブラさん、カラメリアに、依存してる。借金背負わされた許嫁《いいなずけ》に覚えさせられてから、ほぼ毎日だって。それに、彼だけじゃない。王都では、依存してる人が、たっくさん」

「依存……？」

帰宅してすぐ、ウィンフィルドから調査の結果を聞く。その内容は想定を遥《はる》か超えていた。

「休日の度に、王都に潜伏してる売人のところへ、買いにいってたみたい。売人は、カラメリアの値段を、どんどん吊《つ》り上げてる。そして、ついに、容易に買える値段じゃなくなった」

「体調不良ってのは、つまり禁断症状かよ」

ヤベェな……薬物なんて考えもしなかった。

「ポーションは効かないのか？」

「病気みたいな、ものだからね。根本的には、効かないね」

この世界では病気にポーションは効かないのか。というかメヴィオンには病気も薬物依存も存在しないから、いよいよもって対処方法がわからんぞ。

「これ以上、蔓延《まんえん》させたら、流石にマズイかなぁ」

「出どころはもうわかってんのか？」

「カメル神国。ビサイドさんが、身を隠すために、王国内のカメル教会を転々としてた時、何度か売人を見かけたらしいよ」

「うわあカメル神国か……」

こりゃ厄介な国の名前が出てきた。カメル神国はカメル教を国教とする宗教国家だ。【回復魔術《回復・大》を習得する際に遂行する必要のあるクエストでプレイヤーはこの国を訪れることになるが、なんとまあ胡散臭《うさんくさ》い国なのだろうというのが皆の抱く感想だ。簡潔に言えば、宗教上の理由を盾に他国を侵略したり金儲《かねもう》けしたりとやりたい放題の国である。

「帝国とのあれこれですったもんだしてる間に、王国のお尻《しり》に噛《か》み付くつもりだったんだ、ね」

「カラメリアっつー薬物は、そのための布石か」

「うん。見た目はタバコそのものだから、すごく蔓延しちゃった。きっと神国は、カラメリアを取引の場に持ち出して、不平等な条約を迫ってくるよ」

「踏《ふ》んだり蹴《け》ったりだなキャスタル王国」

ただ、蔓延しちまったものはもう仕方がない。なんとか対処を考えるしかないが……。

「国王に相談して、カラメリアを禁止してもらうか？」

「そしたら、カラメリアの価値が、更に上がるね。市場が潤うよ、やったねカメルちゃん」

「おいやめろ。冗談じゃないぞ。こちとら身内が被害に遭ってんだ」

「ごめんよ。でも、そうだなぁ、規制するしかないのかなぁ」

「徹底的に規制すれば今よりかはマシになるんじゃないか？」

「そうだね、マシにはなるね。でも、カメル神国は、黙ってないと思うけど」

「ああ……金づるが減るわけだからな」

畜生だなマジで。

「バウェルに相談しておくわ」

「うん、お願いします。まあ、これぱっかりは、私たちだけでは、どうしようもないからね」

帝国の工作員どもと決着がつきそうだと思ったら、今度は神国のド畜生どもか……。

俺は溜《た》め息《いき》ひとつ、夕食も終わり閑散としたリビングで夕刊を広げる。内容は公文書改ざんについて。王立公文書館の館長が第三騎士団長ジャルムの指示で公文書を改ざんした、というようなことが事細かに書かれている。宰相・第一騎士団長・第三騎士団長の三人は責任を取るべきである、という強い論調であった。

国王が事実を知り、宰相たちは明日にも沙汰《さた》が下される。国民も殆《ほとん》どが第二王子派となり、国内の工作員は息をしていない。どこからどう見ても、最早向こうに勝ち目はなくなっていた。

これで、政争はひとまずの終結と見ていいだろう。

……長いようで、とても短かった。じわりじわりと追い詰めて、最後の最後まであちらに何もさせない、まさに姿焼きのような一方的な政争だったと思う。

元は、ユカリの元主人であるルシア・アイシーン女公爵をきっかけに始まったこの政争。ユカリの溜飲《りゆういん》が下がるような結末とはいかないまでも、とりあえずの決着をつけたのが彼女の使役する精霊というのは、なかなか粋なのではないだろうか。

「ウィンフィルド」

「なぁに？」

俺はウィンフィルドに声をかけ、感謝を言おうとしたが……何か違うような気がして、やめた。

彼女にとって、この政争は遊戯《ゲーム》であった。そして俺は、駒《こま》。で、あれば。

「やるじゃん」

「ふふ。こりゃあ、どうも」

感謝や労《ねぎら》いなど、伝えずともよくわかり合っている。

俺たちは、これでいいのだ。

◇◇◇

「さ、宰相閣下。如何《いかが》いたします……宰相閣下！」

バウェルに事実が知らされた翌朝。王立公文書館館長の拘束を知り、バル宰相の執務室に駆け付けたジャルム第三騎士団長は、大いに取り乱していた。

このままでは責任を取らされる――それが嫌だという一心で、宰相に泣きついているのだ。

一方で宰相はというと、意外にも冷静であった。

「…………」

否。黙りこくる彼は、一見して冷静なようだが、その内は灼熱《しゃくねつ》の炎のように燃え滾《たぎ》っていた。

帝国の工作員として王国中枢に潜り込んで二十年以上。誰《だれ》にも見抜かれないよう、少しずつ、少しずつ王国を動かし、帝国へと情報を流し、工作活動を続けていた。そしていよいよ、王国の防壁を削《そ》ぎ落とし、己が傀儡《かいらい》とできる第一王子の成長を以《もっ》て、蛹《さなぎ》から成虫になろうかという時に、邪魔が入ったのだ。半生とも言える時間を費やした苦労が一瞬にして水泡に帰した彼の怒りは、何者にも理解できないだろう。

「潮時、か……」

ぽつりと呟《つぶや》く。「潮時？」と聞き返すジャルムを無視して、宰相は執務机の一番下、鍵《かぎ》の付いた引き出しを開ける。

「元より、砂上の楼閣であったようだ。崩れぬよう慎重に築き上げてきたが……最早これまで」

「諦《あきら》めるというのですか⁉」

「……まさか。潮時と言っただろう」

宰相が引き出しから取り出したのは、一本の短剣であった。

「城を建てられぬというのなら、城を奪えばよい――」


「バル。クラウス。ジャルム。お前たちには無期限の謹慎を言い渡す。処分は後日追って伝える。メンフィス、お前には二年間の減給を言い渡す」

「はっ」

バウェル国王によって面々が集められ、沙汰が下された。

バル・モロー宰相は無表情で、クラウス第一王子は下唇を噛みながら、ジャルム第三騎士団長は震えながら、頭を下げる。メンフィス第二騎士団長は文句の一つも言わずに処分を受け入れた。

「また、今回の功労者である第一宮廷魔術師団特別臨時講師セカンド・ファーステストに褒賞を与える。異論はないか」

バウェルが聞くと、宰相が静かに挙手をする。

「なんだ、申してみよ」

「異論では御座いませぬ。その者はいずれ我らが王国にとってかけがえのない存在となるでしょう。世間から注目が集まる前に、早急に手を打つべきかと愚考いたします」

およそ宰相らしくない発言。「改心したのか？」と思った者は、その場には一人もいなかった。

「早急に手を打つとは、どういうことだ」

「他の貴族に取り込まれる前に、宮廷に取り込むのです。これだけの活躍です、既に声がかかっていてもおかしくはないでしょう。ことは一分一秒を争うかと」

確かに、とバウェルは納得する。国王独自の情報網でも、セカンドという男の計り知れない力は知っていた。その力が他の貴族に渡ってしまうのは、ましてや他国に渡ってしまうのは、王国としてはなるべく避けたいところである。

「善は急げで御座います、陛下」

「そうだな。褒賞の授与は本日午後としよう。ハイライ、準備は整っているな？」

「はい、問題なく」

ハイライ大臣も、早い方が良いという考えは同じであった。そのため、授与式の準備は昨日《きのう》のうちに全《すべ》て整っていた。

しかし、肝心の宰相の狙《ねら》いがわからない。一体何を企《たくら》んでいるのか――ハイライが頭を悩ませているうちに、午後はあっと言う間に訪れてしまった。

◇◇◇

授与式があると呼ばれて宮廷まで来てみれば、まずは国王と面会しろと言われて、バウェルの待つ部屋まで案内された。その豪奢《ごうしゃ》な部屋に入るや否や、バウェルが俺を出迎える。ここまでは想定の範囲内。だが、まさか一対一だとは思わなかった。

バウェルと向かい合い、しばし沈黙が流れる。先に口を開いたのは、あちらさんだった。

「君に褒賞を与える。何か望むものはないか？」

望むもの。なんでもいいのだろうか？　だったら追撃の指輪をもう一つ……いや、増幅の腕輪も捨てがたい。いやいや、強靭《きようじん》の首輪も……駄目だ、欲しいものが多すぎて絞れない！　というか、どちらかというと普通に買える物を貰《もら》って後でガッカリするのを避けたい。

「後から選んじゃ駄目ですか？」

「いや、構わん。ならば授与式では賞状のみ渡すこととしよう」

俺の言葉にバウェルは「何分急であったからな」と笑って答えた。へぇ、意外と柔軟だな。

そしてまた沈黙が流れる。バウェルは寡黙な人なのかもしれない。俺はちょうど良いと思い、例のことについて口にした。

「一つ報告が。今、王都でカラメリアっていうタバコもどきが流通してるんですが、それは依存性のある薬物です。カメル神国が作為的に持ち込んでいるみたいで、国内でかなり蔓延しています。

即刻規制してください」

「それは本当か？」

「確かな情報です」

「わかった。早急に調査し、対策を打つ。情報を感謝する」

ワォ、話が早い。それにきちんと感謝までしてくれた。このオッサン、王様のくせになかなか良い人だ。メヴィオンの時とは大違いである。

……ああ、なるほど。大臣の言っていた、絆《ほだ》すというやつか。

「心配せずとも、俺はキャスタル王国を出るつもりはありません。その代わり、誰にも絆されることはありません」

「そうか、それを聞いて安心した。君が味方にならずとも敵にならないのならば私はそれでよい」

随分とハッキリ言ってくれる。そうか、このための一対一ね。

「俺のことをどこまで知っているんです？」

「王立大図書館には私の耳がある。王立魔術学校の図書室にもだ。王立大図書館館長パロマの元部下シルクと言えばわかるかね？」

「ああ、あの……」

手が毒入りクリームパンみたいな太ったオバサンね。

「私はその二つの耳から得た情報と、世間一般における情報とで、君という人間を推測した」

「その結果、強さの秘訣《ひけつ》は速読にあるんじゃないか、と？」

「いや。秘訣は、速読を可能とする何かである。その何かを君は持っている。そしてチームメンバーに説くことも可能だ」

凄《すげ》ぇ！　当たってる。

「はは、そう怖い顔をするな。その何かを教えろなどと厚かましいことは言わん。ただ……」

「ただ……？」

「マインのことを、どうか頼む」

バウェルはそう言って、優しく微笑《ほほえ》んだ。その発言は、事実上の次期国王内定であった。しかし、俺が気になったのはそこではない。バウェルは、まるで「自分はもう長くない」と知っているかのような、そんな悲しげな顔をしていたのだ。

いいや、まだ五年は大丈夫なはずだ――と。そう言ってやろうかとも思ったが、すんでのところで言葉を飲み込んだ。この世界はメヴィオンと似ているようで全く違う。バウェルの病状がメヴィオンの時よりも悪化している可能性は、ゼロではないのだ。

「君の強さと、その秘密は、恐らく唯一無二のものだろう。それを国のために役立てろと命令するつもりはない。ただ、マインという一人の人間に対して、その友情の及び得る限りのところで、どうか助力してやってほしい」

一国の王として、そしていずれ王となる男の親としての願い、といったところか。

なんとなく……懐かしい匂《にお》いを感じた。中学上がりたての頃《ころ》に友達が家へ遊びにきた時、母ちゃんが「この子と仲良くしてやってね」とお節介を焼き、恥ずかしくなって「いらんこと言うな！」

と反抗したくなるような感覚。

親と子の関係というのは、傍《はた》から見ていても何かむず痒《がゆ》いものがある。俺は照れ隠しにぽりぽりと後頭部をかきながら、バウェルに返事を伝えた。

「頼まれるほどのことはできませんけど、困ってりゃ助けるし、間違ってりゃ指摘するし、落ち込んでりゃ飲みに誘うし、めでたきゃお祝いしますよ。友達ってそんなもんでしょう？」

「違いない。これは一本取られた。頼むほどのことでもなかったな、ははは！」

膝《ひざ》を叩《たた》いて、マインの親父《おやじ》は笑った。なんだか、俺も笑けてきた。その後、二人してしばし笑い合って、一対一の面会は終了した。

俺は何処か清々《すがすが》しい気分で控え室に戻り、一人で授与式の開始を待つ。

「準備が整いました。ご同行願います」

すると、一時間ほどしてメイドが迎えにきた。「やっとかよ待たせやがって」と内心で悪態をつきながら、その後ろを付いていく。

「……ん？　え、こっち？」

「まずは陛下にご挨拶《あいさつ》を。それから玉座の間へと向かいます」

「へぇ」

メイドが進む先は、つい一時間前に訪れたばかりの、バウェルのいる部屋だった。

そんなもんか、と。なんの疑問も持たず、メイドに付いていく。

「失礼いたします、陛下」

……気付くべきだったのだ。ノックの返事も待たずに中へと入るメイドの違和感に。既に面会しているのに、再度挨拶へと伺う違和感に。

そして、警戒すべきだったのだ――――手負いの獣を。

「…………………」

メイドに続いて、中へと入り。まず、鉄の匂いがした。

そして、我が目を疑う。部屋中がインクでも撒《ま》き散《ち》らしたかのように赤黒く染まっている。

その中央。人が倒れていた。くすんだ金髪の、オッサンが。

床には夥《おびただ》しい量の血だまり。頸動脈《けいどうみゃく》を斬られている。

メイドの姿は、いつの間にかなくなっていた。恐らく、彼女はメイドじゃあなかったんだろう。テンダーの部下かもしれないな、と。俺の脳みその冷静な部分が淡々と思考するが、そうでない部分は何も考えられないほどグツグツと煮え立っていた。

――殺しやがった。

ビサイドでもない、マインでもない、ましてや俺でもない。

バウェル・キャスタル国王を、殺しやがった――――！

「きゃあああっ!!」

俺の背後で、メイドが悲鳴をあげる。俺を案内したコスプレメイドとは違い、今度は本物のメイドだろう。

「一体どうしたというのだ……な、なんだと!?」

準備の良いこって、次いでバル・モロー宰相が現れた。白々しいセリフを吐きながら、驚いたような演技をする。その宰相の声に呼ばれ、次々と人が集まってきた。その中には、クラウスやマイン、ハイライ大臣の姿もあった。

「…………」

……疑われる、とか。無実の証明、とか。そんなことは、最早、どうでもよかった。

「こ、これは、言い逃れはできませんぞ。ああ、なんと恐ろしい」

うるさい。そう……このうるさいやつを、どうしてくれようか。

自分でもよくわからない、憤怒のような何かが、静かに鎌首をもたげた。

◇◇◇

ついさっき、笑い合った仲だからだろうか。それとも友達の親父だからだろうか。

横たわり冷たくなっているバウェルが、もう二度と喋《しゃべ》ることはないと思うと、言いようのない何かがふつふつと湧《わ》き上がってくる。

「宰相閣下！　この男の控室を捜索したところ、このような物が！」

第一騎士団の騎士と思われる男が二人、〝短剣の鞘《さや》〟を持ってこの部屋を訪れた。

ああ、そういうこと。察した俺は、ちらと床に落ちている凶器と思《おぼ》しき短剣を観察した。柄《つか》の部分が、騎士の持ってきた鞘とよく似ている。

俺の控室に、凶器と番の鞘《つがい》が置いてあったという筋書きか。

ふーん、へーえ、ほーお……。

「現行犯だ！　証拠もある！　即刻この男を捕えよッ！」

宰相が怒鳴る。それと同時に、数人の騎士がこちらへと迫ってきた。

「アンゴルモア」

俺は手始めとばかりに《精霊召喚》を行う。なるべく派手に、と。そう念話で伝えたところ、アンゴルモアは赤黒い雷を部屋中に迸《ほとばし》らせながら騎士たちの目の前に顕現した。

「ん、なっ⁉」

突如として現れた異様に神々しい存在に、騎士たちと、部屋にいる全員が、一歩後退する。

チャンスだな。

「――ひれ伏せぃッ！」

俺の考えを読み取ったアンゴルモアが、間髪を容《い》れずにアレを発動した。

「なんだ……ッ⁉」

室内にもかかわらず、轟々《ごうごう》と唸《うな》る暴風がそこらじゅうに吹き荒れる。上から、下へと。

名付けるなら〝這《は》い蹲《つくば》らせる風〟である。初回召喚時に「自分より頭が高い人間がいるのは気に入らない」というだけの理由で発動していた精霊大王特有の謎技術。ちなみに〝這い蹲らせる雷〟は腑抜《ふぬ》けた精霊とその主人にしか効果がないので今回は使用できなかった。

「さて」

俺はわざとコツコツと音をたてて優雅に歩き、潰《つぶ》れたカエルのような姿勢をした宰相の目の前に立つ。宰相は風に耐えることで精一杯で、思うように身動きが取れていない。つまり……

「よくもまあこんなことができたなお前」

……一方的に、なんでもできる。

今頃、宰相は内心では恐怖のあまり失禁していることだろう。しかし決して表に出すことはできない。それ即《すなわ》ち「自分が真犯人です」と自白することと同義だからだ。

「穴だらけだ。俺がバウェルを殺す意味がよくわからん。よりによってこのタイミングなのもわからん。控室に短剣の鞘を置いていたってのもわからん。そうだなあ……俺が誰かを殺すなら、真っ先にお前を殺しているぞ？　タイミング的には、まさに今だ。鞘も、普通はインベントリに入れたままだろう？　ただ、今、この瞬間は、鞘も短剣も必要なさそうだが」

「……ッ……ッ」

少ししゃがみ、顔を覗《のぞ》き込んで言ってやる。宰相は震えで奥歯が鳴る音を必死の形相で歯を食いしばり我慢していた。

「（我がセカンドよ。ここで殺してしまっては、いよいよもってお尋ね者であるぞ）」

「（しかし我慢ならん。足の一本でも持っていってやろうか）」

「（賛同したいところであるが、ことはそれだけでは済まぬ。ウィンフィルドに任せるのがよい）」

「（……まあ、そうだろうけどさあ）」

腹の虫が治まらないとはまさにこのこと。だが「宰相がバウェルを殺した」という明確な証拠がない現時点で宰相に手を出してしまえば、それは「犯行現場を見られて自棄《やけ》になった」と捉《とら》えられても仕方ないだろう所業。それに、仮に証拠が見つかったとしても、だからといって宰相を殺していい理由にはならない。相手は国王殺しだ。これは、きちんと公正に裁くべき一件である。

身の潔白を晴らすのが先決、か。

「(冷静になってきたわ)」

「(うむ。それでこそ我がセカンドよ)」

………ここは、退く。

決して逃げるわけではない。このクソ野郎を嬲《なぶ》り殺す準備をするため、一時的に撤退するだけだ。決して負けたわけではない。決して、こいつに、帝国に、負けたわけではない。

世界一位が、負けたわけではない……！

「皇帝に伝えておけクソッタレ。これがお前の独断だろうが、マルベル帝国の意向だろうが、お前は手を出しちゃあならないものに触れたと」

「ぐえっ！」

俺は宰相の体をひっくり返すように蹴《け》りを入れ、仰向《あおむ》けに寝転がせた。宰相は何一つ抵抗できず、情けなくも俺に腹を見せた状態で風に押し潰される。

「連絡手段、あるんだろう？　あるよなぁ」

ウィンフィルドが「可能性は低い」と前置きしつつ言っていたことを思い出しながら、喋る。そう、確かこう言っていた。もしもマインやハイライなどの命が狙《ねら》われたならば、宰相は――

「チーム限定通信だよ。知らないとでも思ったか？」

――帝国中枢の誰かと〝チーム〟を組んでいる、と。

狙われた相手がバウェルであっても同様だろう。独断で仮想敵国の国王殺害などできるわけがない。この短期間で、必ず帝国と連絡を取り合ったはずだ。それは即ち、宰相がマルベル帝国と素早い連絡を取り合うことのできるなんらかの手段を持っていることの証左に他ならない。

チームの結成方法など至極簡単だ。チーム希望メンバー全員がチーム結成クエストを受注して、全員で丙等級ダンジョンを完全攻略すればいいだけである。バウェルが帝国の誰かとチームを組んでいても、なんらおかしくはない。むしろ、こんな便利なもの、スパイが活用しないワケがない。

「…………」

どうやら、図星のようだ。宰相は冷や汗を流して黙りこくり、ただ暴風に耐えるだけのオッサンと化した。

「ほら、得意の通信で皇帝さんに助けでも懇願してみたらどうだ？　スパイがバレてピンチなのぉ助けてぇ～って」

皆の聞いている前で、宰相が帝国の工作員だということを何度も何度も繰り返す。チーム限定通信の存在も明かされ、宰相は更に動きづらくなったに違いない。中には信じられない者もいるだろうが、少なくとも疑念は植え付けられるはずだ。

その後、宰相を一通りおちょくって、とりあえずの溜飲《りゅういん》を下げた。

しかし、まだまだ怒りはおさまらない。俺はとめどない苛立《いらだ》ちを「フーっ」と息と一緒に吐きだし、皆の方を向いて、別れの挨拶を始める。

「刮目《かつもく》せよ！　俺は逃げも隠れもしない！　この部屋から、この宮廷から、歩いて出ていく！　止めてみろ！　捕まえてみろ！　俺は歩くぞ！　歩いて出ていく！　覚えておけッ‼」

怒りのままに啖呵《たんか》を切り、俺は全員に背を向けて、一歩一歩、踏みしめるように、ゆっくりと、部屋を歩いて出ていった。

走って逃げるような無様、世界一位には許されない。

ましてや敵の目の前で、そのような無様は。

逃げたのではない。負けたのではない。その証拠に、俺は今、こうして歩いている。

そんな俺の気迫に圧《お》されたのか、アンゴルモアの風はとっくに解いているはずなのに、俺の後を追ってくる者は、ただの一人も存在しなかった。


「ごめんねっ……ごめんねっ……！」

一本連絡を入れてから帰宅するや否や、ウィンフィルドに縋《すが》りつかれ、涙ながらに謝られた。

これほど取り乱した彼女は初めて見る。

「ご主人様に嫌われてしまうのではないかと言って、ずっとオロオロしておりました」

傍らでユカリが苦笑いしながら言う。こっちもこっちでいつもの無表情ではないのは珍しい。ウィンフィルドの狼狽《ろうばい》っぷりはユカリをこんな表情にさせるくらい相当なものだったようだ。

「大丈夫だ気にするな。お前のせいじゃない」

「でも、第二王子じゃなくて、国王が暗殺される、可能性も、ほんのちょっとだけ、考えてて、こんなことなら」

「違う。防げる防げないではなくて、そういうことをしてくる相手が気に食わないから……少しプッツンしただけだ」

「否、フハハッ、我がセカンドのあの圧力を少しプッツンで済ませてよいものか」

アンゴルモアがうるさいので《送還》しておく。余計に話がこじれそうだ。ビュンと送って、ふうと一息。ちらっと何気なく横を見ると、シルビアが拳《こぶし》を握りしめてぷるぷると震えていた。

「ゆ、許せん……！　なんの罪もないバウェル陛下を殺すだけでなく、セカンド殿を陥れるなど！」

「落ち着けシルビア。お前がここで怒ってどうする」

「しかしっ！　そのような外道をのさばらせてはおけん！」

「心配するな、ただじゃおかねえよ。だがその前に俺の疑いを晴らすのが先だ。だからそう怒るな」

なるべく優しく言って、激怒するシルビアをなだめる。でも、俺はこいつのこういうところが好きだ。清々しいほどジャスティスというか、熱血というか清廉というか。他人のためにここまで怒れる人間はなかなかいないだろうと感じる。

えらい剣幕だったシルビアにエコも驚いてんじゃないかと思い様子を見てみると、流石《さすが》と言うべきか、こんな時でも彼女は実にマイペースであった。テーブルの上に両手を揃《そろ》えて置き、その上にアゴを乗せてすやすやと幸せそうに眠っている。寝る子と書いてネコと読むとは、本当なのかもしれない。エコよ、永遠にどうかこのままで。そしてアニマルセラピーとして俺を癒《いや》し続けてほしい。

「……すまない、落ち着いた」

そんなことをぼんやりと考えつつエコの寝顔に癒されていたら、シルビアが平静を取り戻した。

「だが、かなりマズいことになったな。セカンド殿は現状、国王殺害で疑われているのだろう？」

「ああ。ただマインやハイライ大臣は表情を見るに大丈夫そうだった」

「うむ、そこは心配していない。ただ、宰相や第三騎士団長は真っ黒に違いない。このまま放っておいたら、本当にセカンド殿が犯人にされてしまうのではないか？」

「そうか、やつらに無期限謹慎と言い渡した肝心の国王が死んだわけだからな……」

王国の一大事、とかいって処分を有耶無耶《うやむや》にされそうだ。国王亡き今、王国の権力者は王族を除けば宰相か大臣がトップだろう。なるほど、あいつはそれを狙っていたわけか。

「――ん、ごめん。もう、大丈夫」

と、ここでウィンフィルドが復活した。俺から離れると、いつものキリッとした美人の表情に戻る。そして、満を持してといった風に口を開いた。

「このまま行けば、内戦になる、かもね。第一王子派と、第二王子派とで」

「そりゃあ、つまり、兄弟で殺し合うってことか？」

「そう。次期国王を、どっちにするかっていう、派閥同士の、争い。まー、でも、それは特に、問題じゃない、かな」

「……へっ？」

問題じゃない？

「何故《なぜ》？」

「間違いなく、第二王子派が、勝つ。いや、勝たせる。そしたら、セカンドさんの容疑も、自動的に、晴れる」

「ええと……お前がそう言うんならそうなんだろうな。じゃあ、何が問題なんだ？」

「カメル神国」

「あー……」

あったなぁ、そういえばそんな問題。

「む。大変なことに気が付いたぞ、セカンド殿」

「どうした？」

「国王が殺されたことで、カラメリアの規制の話も消えてなくなったのではないか？」

「うわっ！　そうだわ。だって俺それ話したの国王が殺される直前だもん」

流石に他の人に話している時間はなかっただろう。ハイライ大臣あたりに話していてくれればスムーズに行きそうなもんだが、ハイライ大臣は今それどころじゃないだろうしな。

王国は第一王子派と第二王子派で割れて戦争しようってんだから、カラメリアなんて規制している場合ではない。となると、王国中枢とは別で動ける人間が必要だろう。

「あ。その点に、関しては、私に、良い考えがある。大丈夫」

「おっけー任せた」

「軽っ⁉　軽いなセカンド殿」

ウィンフィルドが大丈夫と言うんだから、これは丸投げしていい案件だ。俺は早くもカラメリアについて考えることをやめた。

「……むう。ところで、一つ気になることがあるのだが」

「どうしたシルビア。トイレか？」

「私はシェリィではないぞ！」

「その返しは実に面白いが本人がいないところで言うとただの陰口だ」

「す、すまん、つい……ではなくてだな！」

「気になること？」

「うむ。セカンド殿、どうして宰相を殺さなかったのだ？　護衛も少なかったのだろう？　好機だったと思うのだが」

あー、そうきたか。確かに、当時の俺の気持ち的にも殺したいところだったのだが。だんだんとクールダウンしてきた今となっては、殺さなくて正解だったと思える。

「あの場で宰相を殺せば、国民の大多数が、俺が国王も殺したと思うだろう。それで得すんのは帝国と神国だ」

「む、そうか……では、第一王子派を全《すべ》て殺せば、どうだ？」

「物騒だなオイ。そりゃアリっちゃアリだろうが、何千人いる？　流石に把握しきれんぞ」

「ではこれから王城へと乗り込んで、セカンド殿が宰相共々皆殺しにすれば」

「ふざけんな！　俺は殺戮《さつりく》マシーンか！」

失礼しちゃうぜ、全く。「なあ？」とユカリに顔を向けると「違うのですか？」みたいな顔をされる。えぇ……。

「正直、セカンド殿なら数千人相手に無傷で帰ってきそうだと思うのだが」

「無理無理。魔物数千なら相手にしたことあるけど、人間数千は流石に無理だって」

魔物は行動パターンが決まっているが、人間は自由に動き回る。どんなイレギュラーが起きるかわからない以上、そこに命を賭《か》けることなんてできない。俺は勝てる戦いしかしない主義なのだ。というか数千人を殺し回るって、そもそも気分的に嫌だわそんなん。

「魔物数千に些《いささ》かびっくりだが……では、彼女を使ったらどうだ？」

「彼女？　……あー……」

そういえば。一匹、不可能を可能にしそうな存在が思い当たる。うん、まあ、彼女を使えば……

「でもカメル神国が優先だろ。状況的には」

「セカンド殿、否定しないな」

「ご主人様、否定しませんね」

「うるさい。そもそもこれは他人の喧嘩《けんか》なんだぞ。俺が骨折って解決してやる義理はない」

確かに、と納得するシルビアとユカリ。それよりも俺が数千の魔物を相手に勝てることの方が衝撃的だったようで、二人で何やら盛り上がっていた。

「…………よしっ！」

「ど、どうした？」

すると、急にウィンフィルドが大声をあげた。今日はらしくないことばかりだな。

「私、心を入れ替えた。本気出す。宰相たちを、ぴったり、詰ましてあげる。任せてっ」

どうやらヤル気のようだ。というかこれで今まで本気出してなかったのかよ。怖いわ。

「セカンドさん、大事な確認。なんでも使って、いいから。数千人の、兵隊を、ビビらせて、追い払うこと、できる？」

それから、更に驚愕《きょうがく》の質問を放ってきやがった。

数千人の兵隊をビビらせて追い払うだぁ？　そんなの――

「俺に任せとけ」

――こう言うしかないだろうが！

◇◇◇

「塞翁《さいおう》が馬《うま》、で御座いますな」

第一王子クラウスの私室にて。バル宰相は、クラウスへ淡々と語りかける。

「王位継承は嫡子たる殿下で間違いありません。第二王子派が何を申してこようと、毅然《きぜん》とした態度でおりましょう」

「…………」

クラウスは宰相の言葉へ思うように頷《うなず》けずにいた。ある女性の言葉が頭から離れずにいるのだ。

「宰相は敵と思いなさい」――たった一言であったが、それはクラウスが今まで築き上げてきた信頼関係を全てひっくり返しかねないほどに強力な言葉だった。

「もし、あちら側が武力行使に出たとて、第一騎士団並びに第三騎士団は我々の手中。敗北はありますまい」

確かに。そう納得しかけ、しかし疑念が遮る。義賊弾圧の際、クラウスは協定を結ぶことについて何一つ聞かされていなかった。反政府勢力の掃討、そうとだけ聞いていた。それが蓋《ふた》を開けてみれば、義賊側を陥れる形での協定が秘密裏に結ばれており、加えてその事実を隠蔽《いんぺい》しようと公文書の改ざんまで行っていたのだ。

宰相に問い詰めてみれば「殿下を守るため仕方なく改ざんしたのです」と開き直られる始末。言っていることはわかるが、腑《ふ》には落ちない。そのような状態がずっと続いていた。

そして、更に。義賊Ｒ６《リームスマ・シックス》はマルベル帝国との歩み寄りに邪魔な存在であるから強行的に弾圧したのではないか、と。クラウスは薄《うっす》らと気付きつつあった。

王都に巣食う義賊の掃討は王国のためになると、そう納得して出張った弾圧隊の隊長。しかし、現在の王都は義賊Ｒ６がいなくなったことによって、より治安が悪化していた。こんなことなら、無理に弾圧しない方がよかったと、そう思えるほどに。

何故そこまでして義賊を弾圧する必要があったのか。なんら国益に繋《つな》がらない弾圧。むしろ帝国にとって都合の良い政策。よくよく考えれば、今までも、これからも。

それに加えて、セカンドのあの言葉。宰相はまさか、本当に帝国の……。

「では、来る戦に向けての準備をお願い申し上げます」

クラウスがそこまで考えたところで、宰相は部屋を出ていった。

「……チッ……」

舌打ちひとつ、クラウスはひとまず思考を止め、己の仕事へと向かうよりなかった。

◇◇◇

「ねえ、貴方が、パロマさん？」

「！　……何者だ」

王立大図書館の館長室に音もなく現れたのは、銀髪をツーブロックにした長身の美女精霊ウィンフィルドであった。何故《なぜ》この時期に図書館長のパロマを訪ねたのか。それはバウェル亡き今、王の情報網を動かせる人物を探った結果である。

「少なくとも、王国の味方？」

「ほう。ではその味方殿が私のようなしがない図書館長に一体なんのご用かな？」

「王の情報網を、使って、やってほしい、ことがあるの」

「貴様、それを何処で」

「セカンドさん、から」

「………なるほどな」

セカンドの名前を聞いたパロマは、しばし硬直し、それから納得したように頷いた。王がセカンドに興味を抱いていたことは、情報を集めていたパロマ自身もよく知っている。そして、セカンドが王を殺すような男ではないということも。

「言ってみたまえ」

ウィンフィルドは自身の慕う殿方の名前でパロマが聞く耳を持ったことを誇りに思い、薄らと微《ほほ》笑《え》んだ後、真面目《まじめ》な顔で口を開く。

「カメル神国から、カラメリアっていう、タバコもどきが、密輸されてる。これ、実は、めっちゃヤバイ薬物。蔓延《まんえん》を、すぐにでも、食い止めたい」

「……事実だとすれば、危ういな」

「うん。猶予は、一刻もない、よ。そして、規制すれば、間髪を容れずに、牙《きば》を剥《む》いてくる」

「理解した。私の仕事は、その薬物についての正しい情報を拡散して防止に努めることか？」

「いや、それは、ヴィンズ新聞に頼んである。パロマさんには、それより、もっと、直接的なことを、頼みたい」

「直接的なことだと？」

こくりと頷き、神妙な面持ちで一歩前へと踏み出す。

「売人の居場所を、洗いざらい調べ出して、できれば、駆除してほしい」

「はっはっは！」

すると、パロマは大声をあげて笑った。

何故、笑うのか。それはウィンフィルドの予想が見事に的中していたからに他ならない。

「何処で調べたのかは知らないが、素晴らしい」

「調べてない、よ。予想した、だけ」

「尚《なお》のこと素晴らしいな。承知した、私に任せておくがよい。仕事より離れて久しいが、腕は衰えてはおらんよ」

「よかった」

パロマは、元〝国王付き暗部〟であった。ただの図書館長が、王国中に張り巡らされている情報網の管理などできやしない。

「じゃあ、今度は、ヘマしないでね」

ウィンフィルドは最後に一言だけ伝え、館長室を去っていった。

「………………」

痛いところを突かれたパロマは、部屋に飾られているバウェル国王の肖像画に強く敬礼し、鬼気迫る表情で仕事へと向かう。

「腑抜《ふぬ》けが」

それは、宰相や、第一騎士団や、現国王付き暗部に向けられた言葉か。はたまた、自身へと向けられた言葉か。欺かれ失ったものは、彼にとってあまりにも大きすぎた。しかし、彼を罰する者もいなければ、利用する者もいなかった。

そこへ与えられた救国の依頼。まるで亡き王への罪滅ぼしであるかのように、まるで亡き王の仇《かたき》を討つかのように、パロマは身を粉にしてカラメリアの売人を追い詰めんとする。

ウィンフィルドがここまで把握して、パロマへと話を持ち掛けたのならば。それは最早「本気」の一言で片付けられるような生易しい読みではない。

精霊界一の軍師が、今まさに、その本領を発揮しようとしていた――。


「殿下。第二騎士団は二つに割れようとしております」

「どれほどが寝返りそうなのですか？」

「約三割。戦局が傾けば、四割は。あの阿呆《あほう》どもは、勝ち馬に乗るつもりでありましょう」

「そうですか……」

第二騎士団長メンフィスがマインに報告を行う。その場にはハイライ大臣の姿もあった。現在、王国は第一王子派と第二王子派で真っ二つに割れ、小競り合いを続けている。状況は第一王子派が優勢であった。それもそのはず、第一騎士団と第三騎士団に加え第二騎士団も三割ほどが向こうへと寝返った中、第二王子派は第二騎士団の残り七割と宮廷魔術師団しか武力がないのである。

「残された時間は僅《わず》かで御座います。ここは一度、王都を出るべきかと」

ハイライ大臣の進言に、マインは唇を噛《か》む。一度王都を空けてしまえば、取り戻すのは至難の技。かといってこのまま悠長にしていれば、包囲されて詰むに違いなかった。

「悩んでいる暇はありませぬぞ！」

うじうじと悩むマインに、ハイライ大臣が活を入れる。彼もまた相当に焦っていた。あまりに強引な手とはいえ、勝利の直前で全《すべ》てをひっくり返されたのだ。焦らないはずがない。

「……ええ、わかりました。王都を出――っ⁉」

マインが沈黙を破った、その直後――地面を揺らすような轟音《ごうおん》が鳴り響く。

「何事です⁉」

メンフィスが窓へと駆け寄り、その音の方向へと視線を向ける。そして絶句した。宮廷魔術師団の訓練場付近の壁が、跡形もなく吹き飛んでいる。

「一体何が⁉」

困惑するメンフィスとハイライ。恐らく、別の場所では、宰相やジャルム、クラウスも酷《ひど》く混乱していただろう。

ただ……マインだけは、窓の外を見ずともその音の正体を察していた。

落雷だ。この切迫した状況で、この雲一つない晴天で、馬鹿みたいな威力の雷を落とせる人物など……マインには一人しか思いつかない。

「行きましょう。セカンドさんが呼んでいます――」

……マインが立ち上がる数分前。宮廷魔術師団の訓練場に、宮廷魔術師たちが集っていた。

国王不在の際に宮廷魔術師団全体のトップとなるゼファー第一宮廷魔術師団長は、第一宮廷魔術師団だけでなく全ての宮廷魔術師たちに対して指揮を執ることとなる。しかしながら、宮廷魔術師たちがそれに素直に従う保証はどこにもなかった。

「我々宮廷魔術師団は、マイン殿下に尽力いたす。これが王命なり」

ゼファー団長の宣言に、宮廷魔術師たちは俄《にわ》かに騒然とする。現状、第一王子派が優勢。そこで第二王子派に付くとなれば、それは自殺行為だと思う者も少なくなかった。

バウェル国王が存命なら、逆らう者はいなかっただろう。だが、状況が状況であるがゆえ、この反応も仕方がないと言えた。最早、彼らに王国の軍人という自覚はないのだ。二十年以上前の戦争を経験していない者ばかりの、腑抜けの集まりなのである。

「やっていられるか！」

一人が声をあげた。すると、二人、三人、十人、二十人と……数はどんどん増していく。

「貴様ら、王命に逆らうというのかッ！」

ゼファー団長の怒りの声に、誰かが反論する。

「もういない陛下の命令より今は自分の命だね！」

「き、貴様ァーッ‼」

激昂《げきこう》する団長と、そうだそうだと反発する宮廷魔術師たち。ここでも、第一王子派と第二王子派とで半々に割れてしまう。宮廷魔術師の戦力さえもが第一王子派に移ってしまえば、いよいよもって第二王子派に勝ち目はなくなる。それがわかっていながら、ゼファー団長には彼らを引き留める良い策が思い付かなかった。

「――皆さん、よく考えてください！」

そこで、声をあげた女が一人。第一宮廷魔術師団のエース、チェリであった。

「彼が、セカンド・ファーステストが陛下を殺すはずがありません！　最早明らかではありませんか！　これはどう見てもあちら側の謀略です！　貴方たちは相手が陛下を殺した者どもとわかっていながら！　戦わずしてその軍門に降《くだ》るというのですか⁉　恥を知りなさい！」

小さな背の女の子とは思えないほどの威圧に、ざわついていた宮廷魔術師たちがたじろぐ。

「彼がいる限り、必ずこちらが勝ちます！　恐怖に負け、信念を枉《ま》げてはなりません！　決してやつらを許してはならない！　それは貴方たちもよくわかっているでしょう⁉」

チェリの言う通りであった。この場から去ろうとしていた宮廷魔術師たちは、帝国の工作員でもなんでもない。単に、死ぬのが怖いのだ。勿論《もちろん》、セカンドがバウェルを殺していないことも知っている。それが第一王子派の仕組んだことだとも。だが、それでも、死ぬのは怖かった。ゆえに、彼らは第一王子派に付かんとしているのだ。

「チェリ、貴女……」

第一宮廷魔術師団の仲間たちは、チェリの叫びに感動すら覚えていた。あれほど嫌っていた男を、これほどまでに信じ、そして命を預ける覚悟をしている。ここで力にならず何が仲間か——彼ら彼女らは、前方へとまろび出て、チェリとゼファー団長の横に並び、そして一斉に頭を下げた。

「どうか信じてください！」

「共に戦ってください！」

「お願いします！」

宮廷魔術師たちの足が止まる。彼らも噂《うわさ》には聞いていた。セカンドという講師が来てから、第一宮廷魔術師団が飛躍的に成長したことを。

本当に勝てるかもしれない。そう思った者も少なくない。だが、それでも、自身の命をそこに賭《か》ける覚悟は持てずにいた。決め手が、欠けていたのだ。

「じゃあその講師は今どこにいるんだ！」

「逃げたままじゃないか！」

「信じられるものか！」

彼らも必死だった。己の命がかかっているのだ、当然である。

「それは……」

チェリは言葉に詰まる。チェリ自身、セカンドが今どこで何をしているのかわからなかった。

「ほら見ろ！　答えられないじゃないか！」

「やはり信じられん！　お前らはペテン講師に騙《だま》されたんだ！」

沈黙をいいことに、宮廷魔術師たちが息を吹き返す。

言葉は、届かなかった――チェリは目の端に悔し涙を溜《た》めながら、絶叫する。

「来ます！　必ず、来ます！　彼は逃げたんじゃない！　ペテン師でもない！　絶対に、絶対に、戻ってくるんです‼」

「……チェリ……」

彼女のなりふり構わない様子に、第一宮廷魔術師団の心は一丸となる。

……しかし、彼らはわかっていた。セカンドが、今、この場に、姿を現さなければ、彼女の演説は全て無駄になると。それは希望に限りなく近い絶望だった。国王殺害の容疑をかけられて、敵だらけのこの場に、彼が来るはずがないのである。

もう諦《あきら》めるしかない。それをわかっていながら、それでも、チェリは神頼みするように、叫び続けた。絶対に来る、絶対に来る、絶対に来る――と。

「――っ!?」

訓練場後方の壁が、轟音とともに跡形もなく破壊される。

土煙の中で、目に見えるほど大きな電撃の残留が行き場をなくして荒れ狂う。余波であるそれに触れただけで、ただの人間なら一瞬にして黒焦げになるだろうと予測できる、その馬鹿げた威力。

雷属性魔術――彼らが噂にのみ聞いていた、その幻の【魔術】が、目の前で行使された。それだけで、宮廷魔術師たち全員の行動は完全に停止した。

何が起きたのか、理解できた者は一人もいない。しかし、察することはできた。そう、恐らくは、《雷属性・伍《ご》ノ型》という史上最大級の【魔術】なのだと――。

そして、直後、大きな大きな風が一撫《な》でして、土煙が全て吹き飛び……その中から、たった一人の男が姿を現した。

「――王国、取り戻すぞ。付いてこい」

第三章　はい終わり

「セカンドさんっ！」

俺が壁をぶっ壊して、宮廷魔術師たちに宣言したところで、マインが駆け寄ってきた。

「来たか。やつらに俺がここにいるってバレる前にとっととズラかるぞ」

国王殺害容疑の俺が来たとなれば、逮捕のため宰相から仕掛けてくる可能性が少なからずある。そうすりゃいきなり全面戦争だ。兵力差がある今、それは避けたい。加えてウィンフィルドの作戦にも狂いが出るからな。ここは予定通りトンズラの一手だ。

「はい！　絶対もうバレてますけど、付いていきます！」

マインは嬉《うれ》しそうな顔で返事をする。その後ろでは、ハイライ大臣が渋い顔をしていた。おっと、しまった。ハイライ大臣の前で「ズラ」という単語はよろしくなかったかもしれない。

「バレる前にとっとと立ち去るぞ」

「え、どうして言い直したんですか？」

「バカお前、細かいことは気にするな」

「貴様！　殿下に向かってなんたる口の利き方か！」

と、そこでハイライ大臣の横にいたオッサンが急に怒りだした。ビシッとした軍服に身を包んだチョビ髭《ひげ》のオッサンである。

「あんた誰《だれ》」

「な、貴様どこまでも失礼な！」

「第二騎士団長だよ。メンフィス、この人に口の利き方とか言っても仕方がないよ。今は諦めて」

「はっ。殿下がそう仰《おつしや》るなら」

チョビ髭はメンフィスという名前らしい。第二騎士団長ってことは、この人も味方だな。というかマインのやつ本当に言うようになったなこの野郎。

「よし。じゃあメンフィス団長は第二騎士団を率いて殿を頼む。準備はできてるか？」

「貴様に言われずとも私は殿下に付き従うのみ。準備の心配など必要ではない」

第一印象最悪だったみたいで、少し当たりが強い。まあいいや、今は時間がない。

「じゃあゼファー団長は宮廷魔術師全員を連れてきてくれ」

「ま、待て。それはわかったが、何処《どこ》へ行くというのだ？」

「俺ん家《ち》」

「……はあ？　何言ってるんですか？」

久々に聞いたチェリちゃんの呆《あき》れ声。俺はなんだか嬉しくなって、少し目が赤くなっている彼女の頭をぐりぐりと撫でた。顔を真《ま》っ赤《か》にして「ちょ、やめてください」と言うチェリちゃん。それでも俺の手を振り払わないのは、彼女が丸くなった証拠だろうか。

彼女の叫びは、少しだけだが壁の向こうで聞いていた。だからこそ、彼女の頭を撫でる手が止まらない。俺が現れ、マインが現れた今、宮廷魔術師たちは覚悟を決めざるを得なくなったようだ。チェリちゃんの演説が無駄にならなくて良かったと、心底そう思う。

「これで開戦は避けられませんぞ」

宮廷魔術師たちが隊列を組んでいる間、ハイライ大臣がそんなことを言ってくる。確かにそうだ。宰相は第二王子派を一人残らず皆殺しにするため、帝国と合流して間もなく挙兵するだろう。

「わかり切ったことだ。今考えるべきは、どのようにして勝つかだろう」

「……失礼。私も少々、心乱れていたようで御座いますな」

「ところであの女は?」

「まったく貴方《あなた》という人は……あちらのお方は」

大臣が呆れ顔でマインの隣に立つ謎の女性を紹介しようとすると、先に彼女の方からこちらへと近付いてきた。

「私は亡きバウェル・キャスタルが第二王妃、フロン・キャスタルで御座います。貴方はセカンド様ですね。お噂はかねがね。マインがいつもお世話になっております」

「これは、ご丁寧にどうも。セカンド・ファーステストだ」

「ファーステスト?」

「最も一番、というような意味だ。いずれ世界一位となる俺にぴったりだと思って名付けたチーム名だが、なんか俺の知らないうちに家名になっていた」

「まあ、ふふふっ」

マインの母ちゃんだったようだ。彼女は口元に手を当てて上品に笑う。目元がマインにそっくりで、まるで歳《とし》をとったマインそのままのように感じた。性別は違うはずなのに不思議だなぁおい。

「ちょっと、セカンドさん！　そんなのんびりしてる暇ないですよ！」

しばらくフロンさんと談笑していると、マインが焦ったような表情で怒鳴ってきた。いやいや、そんな怒らんでもええやん。

「おーし、じゃあ行くぞー！」

俺の適当な号令で、第二王子派全軍は出発する。我らが拠点、ファーステスト邸へ向けて——。

◇◇◇

「一時はどうなることかと思いましたが、やっと出ていきましたな、宰相閣下」

「ああ。武力行使するまでもなかったか」

第三騎士団長ジャルムは、壁の爆発に驚きつつも、去りゆく第二王子たちを見ながらホッと胸をなでおろす。彼はこれで「事実上の勝利」だと、そう勘違いしていた。

一方で宰相も、少々の安堵《あんど》を覚えていた。まだこちらの兵力が万全ではない状態であちらとやり合うのは、宰相としても避けたいところであったからだ。潰《つぶ》すのなら、確実に潰せる状態で。その半生をかけて王国の懐に潜り込んだ男らしい考えである。

「これで次期国王はクラウス殿下のもの。あとはいつ即位するかという問題でしょう」

「早い方が良い。そして力を増強し、やつらを根絶やしにせん限り、私の目指す揺るぎない政治は実現せぬ」

「力を増強するとは？」

「帝国の力を借りるのだ。既に援軍の要請は済ませてある」

「なんと！　帝国兵を招き入れるということですか？　しかし、それでは我が王国は……」

「違うぞ、ジャルム。王国は新時代へと突入する。帝国と共に歩む時代へと、な」

「……帝国の属国となろうともですか？」

「形はどうあれ、だ。我らが甘い蜜《みつ》を吸えればよい。そうではないか？」

「は、ははっ、はははは！　その通りです！　流石《さすが》は宰相閣下で御座いますな！」


「ああ、クラウス。ついに、ついに貴方が王となるのですよ！」

「……ええ。そうですね、母上」

「私は鼻が高いわ！　ほら、見てご覧なさい！　あの邪魔者ども、尻尾《しっぽ》を巻いて逃げてゆきます！」

「…………」

　窓の外に見える光景に、クラウスは何故《なぜ》だか胸を締め付けられる思いでいた。

　父を殺した憎き相手セカンド。その彼の隣で楽しそうな笑みを浮かべるフロンの姿を見ると、心がざわついて仕方なかったのだ。そのうえ、考えれば考えるほど、宰相に対する疑念はより大きなものとなり、彼の中にある正当性は酷《ひど》くぐらついていた。

「母上……あの男は、本当に父上を」

「何を言っているのです、クラウス！　貴方は王となることだけを考えていれば良いと、あれほど申したではありませんか！」

この女は、バウェルの死をなんとも思っていない――クラウスは早々にわかっていた。

そして、それは、宰相も、第三騎士団長も、同じこと。

「少し、頭を冷やしてきます」

いつものようにそう言って、母親から逃げるクラウス。彼の相談に乗ってくれる相手は、もう王宮の何処にもいなかった。

◇◇◇

「セカンドさん。ボクがこんなこと言うのもおかしな話なんですけど、今までよく問題になりませんでしたね」

「何が？」

「いや広すぎなんですよ貴方の家が。王宮より広いってどういうことですか？」

「凄《すご》いだろ？」

「……ええまあ」

宮廷魔術師団と第二騎士団、合わせて四千人以上がファーステスト邸の敷地内に余裕で収まる。

家屋は少し足りていないが、十分になんとかなるレベルであった。

呆れているのはマインだけではなく、ハイライ大臣やメンフィス第二騎士団長、ゼファー団長やチェリちゃん、果てはフロン第二王妃までぽかんとしている。

「家と使用人の数が不足してるみたいだから、その辺は自分たちでなんとかしてくれ」

「第二騎士団は野営するから大丈夫だと思うけど……ちなみに使用人は何人なの？」

「俺もこの前聞いて驚いたんだがな、三百人はいるらしい。しかもまだ増え続けてる」

「なんでそんな嬉しそうに言うんですか」

「自慢の使用人だからだ。皆、なかなかに強いぞ」

「ちょっと待って怖い。それって第一宮廷魔術師団の特訓みたいなことをセカンドさんが毎日やってるってこと？」

「いやまだそこまではやってないけど、行く行くは」

「ほ、ほどほどにお願いします。ホントに」

三百人の猛者《もさ》集団ともなれば王国としても無視できないってことだろうか。「国王としての自覚が出てきたな」とからかってやると「そんなことより会議です」と話を逸《そ》らされた。

「あ、セカンドさん、お帰り。準備は、どう？」

「おう、ウィンフィルド。見ての通りだ」

俺が主要メンバーを連れて湖畔の家に入るや否や、ウィンフィルドが現れた。

リビングにはシルビアとエコ、ユカリの姿もある。執事のキュベロはどうやら、四千人を超える客人の対応に奔走しているみたいだ。

「では到着して間もないですが、会議を開きましょう」

円卓を囲むと、ハイライ大臣が真っ先に口を開く。チェリちゃんは豪邸が珍しいのか、席に着いてもまだ辺りをキョロキョロと見回していた。

「うーん。会議って、言っても、ねー」

ウィンフィルドはハイライ大臣の言葉に首を傾《かし》げる。

しかし、ここにいる俺以外の全員がこう思ったはずだ。「首を傾げたいのはこちらの方だ」と。

「明日の、午後、やつらを、殲滅《せんめつ》します。以上」

「…………は⁉」

皆、一様に驚愕《きょうがく》した。

それもそうだ。たった今、尻尾を巻いて逃げてきたばかりだからである。にもかかわらず、早くも明日に打って出るなど、誰《だれ》が考えるだろうか。

だが――「向こうもそう思っている」からこそ、チャンスは今しかない。

「ま、待って。上手《うま》くいくとは思えません」

マインがもっともなことを言う。ハイライ大臣もメンフィス第二騎士団長も、ゼファー第一宮廷魔術師団長もそれに同調した。

「ウィンフィルドさん。何か考えがあるのですか？」

冷静なのはフロン第二王妃であった。話を先に進めるため、ウィンフィルドの言葉を促す。

「当然。今の戦力のままで、あっちを殲滅なんて、できっこないから、ね」

「！　なるほど、戦力を増強するのだな？　しかし何処から……」

ゼファー団長の気付き。すると、不意にチェリちゃんが俺の方を向いて挙手をした。

「ん、どうした？」

「いえ。もしかしたら、関係のないことかもしれませんが……」

彼女はそう前置きして、もう一度リビングを見回してから、口を開く。

「シェリィ様、こちらにいらっしゃるはずでは？」

鋭いな、チェリちゃん。その通りだ。シェリィ・ランバージャック……伯爵令嬢の彼女は、国王が暗殺されたその日から、ここにはいない。それが誰の指示かなど、言わずとも明白だろう。

「当たり。セカンドさんが、どうやって、このお家《うち》を買う、お金を儲《もう》けたか。それは、ランバージャック伯爵家の伝手《つて》で、ミスリル合金を、超大量に、売《う》り捌《さば》いたから」

「ミスリル合金……そうか、プロリンダンジョンの……」

ウィンフィルドの種明かしに、チェリちゃんが一人納得する。他の面々は、まだ核心に気付いていない様子だ。

「伯爵も、切れ者、だよね。こうなることを、見越して、ミスリル合金の、武器防具産業を、領地で行っていたの、かも」

「まさか、ランバージャック伯爵家の兵は……」

「そう、だね。整えるなら、まず、自分のところの兵士、だよね」

その言葉の意味するところは——二千人は下らない〝ミスリル合金装備〟の援軍が、こちらに加勢するということ。単なる兵士の援軍ではない、ミスリル合金装備の援軍である。その頼もしさは、比較にもならない。

「スピード勝負、だよ。明日の午後中に、全《すべ》て、殲滅する。ちんたらしてたら、あっちの味方に付いた貴族から援軍が来て、人数差で、負ける」

各地の貴族が第一王子と第二王子どちらに付くか、それすらもまだ決め切れずに旗揚げできていない現状が、まさに勝負所だった。第一王子派の貴族が援軍をよこすより何倍も早く動いて大本を絶てば、勝利はこちらのものだ。

「凄い作戦です……しかし、そうなると帝国が怖いですね。セカンドさんの言うように、宰相はきっと既に援軍の要請をしているはずです」

マインの指摘。だが、ウィンフィルドは余裕の笑みで一言こう返す。

「来ない、よ」

何故？　皆の疑問に答えるように、彼女は言葉を続けた。

「カメル神国を、利用する、からね」

皆の頭の中にハテナが大量に浮かんだことだろう。俺も彼女の策略を初めて聞いた時は、カラメリアを知っていながらも理解しきれなかった。カラメリア蔓延《まんえん》の事実を知らない彼らからすれば、もう何を言っているのかわけがわからないに違いない。

「マルベル帝国の暗躍の、裏で、カメル神国も、仕掛けてきてたんだよ。王国内で、カラメリアっていう、薬物が蔓延してる。神国としては、今まさに、仕掛け時。神国は今頃《いまごろ》、国境付近に、兵隊を集めてる、はず」

「なんですと⁉」

大臣が大声をあげた。そりゃそうだろう。ただでさえ国内はこれほど危機的な状況なのに、更に帝国に加えて神国まで相手取らなければならないとなると、最早《もはや》危機どころの話では済まない。

「あっちは、こっちの隙を突いて、戦争を仕掛けてから、講和条約で、カラメリアの輸入なりなんなり、無茶苦茶をふっかけようって、魂胆。そうなると、王国内は、薬物でズタボロ、お金もむしり取られて、もう最悪だね」

「…………」

沈黙が流れる。今、王国がどれほどマズイ状況か、嫌というほど理解したようだ。

「それは、王国を我が物にしようという、帝国としても、避けたいところ。だから、カメル神国が、仕掛けようとしてるって情報を、得た帝国は、援軍を渋るはず」

「何故《なぜ》です？」

「神国に、お尻《しり》を噛《か》まれた状態の王国を、神国から護《まも》りながら落とすのは、ハイリスクローリターン。一旦《いったん》、様子を見て、それから、神国との戦争で疲弊した王国に、協定を持ち掛けた方が、ローリスクハイリターン」

「侵略に旨《うま》みがなくなるということですか」

「そう。それ以前に、王国の機密は、宰相を通じて、筒抜けだったから。もう十分、利益は得てる。

ここで無理して、援軍を送る理由は、帝国にはないよね。宰相は、用済みって、やつさ」

かわいそうだけど、と付け加える。宰相に同情する者は、この場に一人もいなかった。

さて。こうなると、目下の問題は帝国ではなく神国となる。帝国の援軍が来ないと知って安心している暇など一瞬たりともない。

「……まずは、カラメリア取締法の制定が必要ですな。次いで、専門の騎士隊を組ませ、国内を警らさせましょう」

ハイライ大臣は実に大臣らしい考えを口にする。しかし、それもこれもカメル神国の仕掛けてくるアレコレに対応できた場合の話だ。このまま開戦させてしまえば、国境が変わることすら覚悟しなければならないだろう。

「失礼。こちらから仕掛けない限り、あちらから開戦してくることはまずないのでは？」

メンフィス団長から声があがる。軍人らしい指摘だった。

そうだな。戦争とは、いついかなる時も、仕掛ける理由が必要だ。

「はい、ここで、問題です。神国が、仕掛けるための、正当な理由は、今のところ、ありません。でも、内戦中、ひいては、帝国とやり合ってる間の、王国の隙を、どーしても突きたい。さて、君が神国なら、どうする？」

ウィンフィルドの急な出題に「あっ」という顔をしたマイン。「どーぞ」と当てられ、回答する。

「大義名分をでっちあげます」

「んー、半分、正解」

マインの「半分?」という疑問に、彼女は矢継ぎ早に答える。

「私なら、先に、相手側に、仕掛けさせるように、仕組む、かな」

皆の「なるほど」という納得とともに、新たな疑問が浮かぶ。一体どうやって……?

「今、あっちが、何か言いがかりをつけつつ、挙兵すれば、こっちの辺境伯が、仕方なく、食い止めることになる。国境で、睨《にら》み合う形で。そこで、あっちは、辺境伯側に仕掛けさせるような挑発を、行うんじゃない?」

辺境伯の兵力は、やはり国防の要《かなめ》ということもあり、非常に大きい。だが、それだけでカメル神国の総攻撃を受け止めきれるほどのものではない。必ず援軍が必要となる。だが、その援軍を送る余裕は、今のところこちらにはない。

もし、カメル神国に、ウィンフィルドのように優秀な軍師がいたとすれば。予《あらかじ》め兵を隠し、睨み合いの中で仕掛けを誘い、辺境伯側に「勝てる」と思い込ませ、先に手を出させたところで、伏兵を集めて殲滅する、といったような戦略を立てている可能性がある。ウィンフィルドはそれを警戒していた。薬物を使って計画的に王国を弱らせ暴利を貪《むさぼ》りながら機を待って仕掛けるその狡猾《こうかつ》さと慎重さと抜け目のなさに、優秀な軍師の存在を疑わざるを得ないのだ。

「バレル卿《きょう》の援軍を割り、カメル神国側へ……いやしかし」

「明日の午後中に全てが片付いたとして、それから儂《わし》らが援軍へと向かえば」

「だが、それでは間に合わない可能性も」

メンフィス団長とゼファー団長が議論する。しかし良い答えは出ない。

カメル神国の動きが速すぎるためだ。こっちがスピード勝負なら、あっちもスピード勝負なのである。ことが起こってから動き出しても、全てが遅かった。

「まあ、もう、答えは出てるんだけど、ね」

ウィンフィルドが余裕の表情で言う。「終局まで読み切っている」と言わんばかりの、自信満々の顔だった。そして、次の発言に全員が注目する中……彼女が放った言葉に、皆は度肝を抜かれることとなった。

「辺境への、援軍は、セカンドさんが、行きます」

「…………」

誰もが言葉を失う。

言っていることはわかっても、意味が理解できていない様子だ。

その後数秒経《た》ち、マインが代表して、沈黙を破った。

「え……一人で、ですか？」

俺が笑顔で頷《うなず》くと、マインは顎《あご》が外れるんじゃねえかってくらいの大口を開けて絶句した。王子がしていい顔ではない。

「皆殺しにはしない。少しビビらせてやるだけだ」

「び、ビビらせるって、無理ですよそんな！　一人で何千人を相手にするなんて無謀すぎます！」

まあそりゃ、俺単独で戦場を立ち回るったって、いくらなんでも限界がある。《精霊憑依《ひょうい》》九段だってステータス４・５倍だ。それが千倍ってなら話は別だが、やはり単独では無理があるだろう。

ただ、俺は一人のようで、一人ではなかった。ウィンフィルドにすら全てを明らかにしていない、とっておきの切り札がいるのだ。こいつさえ手に入れりゃ世界一位への道は盤石だと、ついそう思ってしまうような、全幅の信頼を置いている切り札が。

「大丈夫だ任せておけ。対宰相には、ミスリル合金の援軍も来るし、何よりシルビアとエコを向かわせる。二人がいりゃ負けようがない」

「それは、そうかもしれませんけど……あっちにも、タイトル戦出場経験者とか、味方しているかもしれませんよ。そんな簡単じゃありません」

「違う。シルビアとエコという強力な駒《こま》が、ウィンフィルドによって動かされるんだ。お前にもその意味がわかるだろう？」

いくら駒が強くとも、それを使う者が弱ければ意味がない。メヴィオンの〝チーム戦〟でもそうだった。いくら個人能力の優れたプレイヤーがいても、数の前には無力。特にチーム戦の上手《うま》いランカーは、相手の主力を封じ込める戦法をいくつも持っていた。

将棋も、チェスも、そしてチーム戦も、「王を取ったら勝ち」のゲームなのだ。「駒の強い方が勝ち」というゲームではない。

そう。言わばこれは、ウィンフィルドと宰相の対戦なのである。

どっちが勝つかって？　俺ならウィンフィルドに持ち金をオールインするね。

「マイン。人の心配ばっかかしてないで、お前は王になった後のことでも考えてろ。そうだなあ、俺の要望としては、今年度のタイトル戦をなんとしてでも開催してほしいところだな」

多分、こいつは不安なんだろう。俺は元気づけるように笑いかけ、そう言ってやった。

「……えへへ、そうですね。ボクはボクの仕事を頑張ろうと思います。はぁ、全てが終わった後のセカンドさんの処遇、考えただけで今から頭が痛くなりますよ」

すると、ユーモアを交えて返せるくらいには元気になったようだ。こいつこんな単純で果たして国王が務まるのだろうか。打って変わって俺の方が少し不安になる。ハイライ大臣は苦労しそうだな。バーコード部分が抜け落ちるのも時間の問題かもしれない。

「では、行動開始だ。お前らはウィンフィルドとよーく作戦を練っておけよ」

まあ、大臣より前にカメル神国とマルベル帝国の誰かさんの方が死ぬほど苦労すると思うが。

◇◇◇

「攻め込んできたですと⁉」

翌日正午。ファーステスト邸に駐留していた第二王子派全軍は、ランバージャック伯爵家のミスリル合金武装兵の到着を待ってから、一斉に王城へと総攻撃を仕掛けた。

「狼狽《うろた》えるな！　戦力差は決定的！　時間を稼げ！　籠城《ろうじょう》せよ！　援軍が到着するまで堪え切れば我々の勝ちだ！」

取り乱すジャルム第三騎士団長にバル・モロー宰相が檄《げき》を飛ばす。

しかしながら、宰相はその数分後、ミスリル合金武装兵の存在に気が付いた。

ランバージャックの兵はほんのわずかな隙間《すきま》もなく隊列を組み、まるでアメーバのように動いて第一王子派の兵士たちを王城へと押し込む。

装備の差は如実にあらわとなった。敵を一撃で斬り伏せるミスリルの剣と槍《やり》に、二撃も三撃も耐えるミスリルの防具。そのうえ非常に軽量で素早い動きが可能という優れもの。そんな装備をした兵士が二千人もいるのだ。通常武装の兵士が相手では、もはや勝負にならなかった。

「魔幕、用意！　……斉射！」

活躍は、援軍だけではない。特に優れた働きを見せたのは、第一宮廷魔術師団だった。

その身軽さを活《い》かして後方へと回り込み、魔幕――すなわち《壱ノ型》を――一斉に乱れ撃つ。斜め四十五度から豪雨のように降り注ぐ【魔術】に、敵軍は俄《にわ》かに恐怖を覚えた。防ぐ方法が誰《だれ》にもわからない今、尻尾《しっぽ》を巻いて逃げ出すよりない。

また、何より効果的なのは、その雨が「なかなか降り止《や》まない」のだ。《弐ノ型》や《肆《し》ノ型》などの準備時間がかかる【魔術】と違って、《壱ノ型》は準備時間もクールタイムも非常に短い。隊列を組んで代わる代わる撃つことで、第一宮廷魔術師団は〝止まない雨〟を実現した。一発一発が豆鉄砲ならば意味はないが、ここで彼らのＩＮＴ値底上げが効いてくる。結果、その威力は決して無視できない程に深刻なダメージと化していた。つまりは、負傷兵が一気に増加したのだ。これは死者が多数出るよりも厄介な状況だった。

「クソッ！　一時撤退！　隊列を組み直し、大きく回り込んであの魔術師団の側面を突け！」

敵軍の指揮官が苦し紛れの指示を出し、なんとか立て直そうと画策する。

そうしてバラついたところへ……彼らを更なる恐怖が襲った。

「!?」

剣を掲げ、指示を出したばかりの指揮官の右腕が、一瞬にして吹き飛んだのだ。

何が起きたのか、誰にも理解ができない。

「そ、狙撃だ……！」

指揮官が掠《かす》れた声をあげる。その時点で、最早、隊列など意味をなさず、彼らは恐怖のあまり腰が引けた。

それもそのはずだ。一撃で防具の上から腕を肩ごと吹き飛ばすような威力の【弓術】で、見えない位置から狙撃をされるなど……どう足掻《あが》いても地獄でしかないのである。

そう、誰もがこう考えたに違いない。「次は頭だ」と。

「撤退！　撤退！」

《飛車弓術》九段《桂馬《けいま》弓術》九段の《複合》――シルビア・ヴァージニアの一撃だった。

……そして、ついには、第二王子派が王城をぐるりと取り囲む形となる。

開戦から二時間とかかっていない。必要最低限の動きでぴったりと寄せ切るような、華麗な終盤戦であった。それはひとえに、ウィンフィルドの指揮によるものだろう。

「何処にこんな兵力を隠していたというのだ！　これだけの兵士を武装させる量のミスリルを一体何処で手に入れたッ！」

宰相は目の前で起こっている現実を受け入れられず、逃避するように頭を抱えた。

彼の言う、その常軌を逸した量のミスリルは、わずか一か月少々でセカンドが収集したものだとも知らずに。否、ミスリルを集めていたこと自体は知っていた。だが、これ程の量だとはとても思っていなかったのだ。

「援軍はまだかァッ‼」

痺《しび》れを切らし、自身の通信を何度も何度も開く。そして何度も何度も催促する。

だが……彼の援軍要請に対しての正式な返答は、未《いま》だ一つもなかった。

待てども、待てども、返信は来なかった。

「…………そうか」

ここで、ようやく気付く。自分は、見捨てられたのだと。

「……………………何故《なぜ》……何故だッ……ああああ、があぁッ……！」

はらわたが煮えくり返る。声にならない声を出し、苦しみ悶《もだ》えた。

援軍が来れば、勝てるのだ。帝国が援軍をよこせば、ミスリルの武装兵など屁《へ》でもないのだ。

なのに、なのに、なのに――‼

宰相は怒りのあまり、自身の奥歯を噛《か》み締め砕いた。握りしめた拳《こぶし》から、じわりと血が滲《にじ》む。

「おのれェえええええッ‼」

一方、その頃《ころ》。

「みんなどいてー」

城門の外では、エコが場違いなほどに朗らかな声で呼びかけていた。

包囲していた兵士が、予定通りエコの通り道を作る。エコは、城門へと向かいながら《飛車盾術》を発動できるように準備した。これは防御の【盾術】ではない。攻撃の【盾術】である。

前方へと全《すべ》てを撥《は》ね除《の》けながら突進し、STRにVIT《防御力》の値を加算した火力で倍率攻撃を行うスキルだ。彼女の《飛車盾術》は九段。倍率は250％。その威力は、計り知れない。

「へんしんっ！」

その上で《変身》を用いる。ランクは初段。バフ効果は、全ステータス2・8倍。

ざわりと、敵味方問わず騒然とした。《変身》スキルを初めて目にする者たちの驚きである。エコの場合は土属性変身。見るからに強固なゴツゴツとした岩石の鎧《よろい》に身を包んだエコの姿は、まるで武者鎧を着た子鬼のようであった。

「いっきまーす！」

「いつでも構わん！」

エコが合図を出すと、その遥《はる》か後方で、いつの間にか位置についていたシルビアが返事をする。

彼女もまた《変身》していた。準備しているスキルは《飛車弓術》九段《桂馬弓術》九段《火属性・参ノ型》九段の《複合》【魔弓術】――現時点での、彼女の最高火力であった。

「いくよ！」

「行くぞっ！」

エコが満面の笑みで《飛車盾術》を発動し、城門へと突進する。直後、シルビアが射った。二人でリンプトファートダンジョンを何周もしていただけはあり、コンビネーションは抜群である。

「マズい」――たった二人の攻撃にもかかわらず、直感的に危機を察知した第一王子派の兵士たちは、エコに向かって弓を一斉に射った。

本来ならば、近付くことさえ難しい矢の雨。だが……エコの突進は、その大盾に当たる全てを木っ端微塵《みじん》に吹き飛ばし、決して止まることはない。それが《飛車盾術》の恐ろしさであった。

「どっかーーーん！」

「!?　!?」

シルビアの放った【魔弓術】の着弾とほぼ同時に、エコの突進が城門へとぶち当たる。

城壁そのものが揺れるような衝撃……城門は、轟音《ごうおん》とともに跡形もなく破壊された。

有り得ない！　生身の人間が一撃で城門を崩すなどできるわけがない！

誰もがそう思い、そして、目の前の凄惨《せいさん》な光景に否定される。

一方が元は下っ端のぽんこつ女騎士で、もう一方が元は王立魔術学校の落ちこぼれ獣人だったと聞いて、それを信じられる者など、ここには一人もいないだろう。

「全軍、突撃！」

こうして城門はいとも簡単に破られる。通常ならば何十人もの兵士が攻城兵器を用いて、夥《おびただ》しい数の矢や魔術や煮えた油や投石などを受けながら何度も何度も城門に叩《たた》きつけ、やっとの思いで破れるだろうものが。たった二人の、それも一撃で、なんの抵抗もなく破れてしまったのだ。

籠城戦は、宰相側に有利なはずであった。いくらなんでも数日は持ちこたえられる予定であった。

しかし、こうも一瞬で城門が、それも真正面から破られるなど、一体誰が予想しただろうか。

……否。昨日《きのう》、セカンドによって訓練場の壁が崩された段階で、宰相はなんらかの対策を講じておくべきだったのだ。そう、たった一日で対策できるものならば。

スピード勝負……ウィンフィルドの言葉通りの、相手に受けの余裕を与えない超速の急戦。まさに電光石火の戦いであった。

決死の籠城は、呆気《あっけ》なく切り崩される。大きくあいた城門の大穴からミスリル合金武装兵が城内へと雪崩れ込み、その突撃を誰も止めることはできなかった。

そして、王城は、瞬く間に落とされた――。


「――やってくれたなぁ」

豪華絢爛《けんらん》という言葉ではきかないほどに煌《きら》びやかな広い一室で、ある男がそう独り言《ご》つ。

誰もが羨《うらや》む美貌《びぼう》。完成された肉体美。その部屋にまるで劣らない存在感の男である。

「メルソン、どう思う」

「私は援軍を送るべきだと考えておりましたので」

「はっはっは、知っている。だから余はこうしてお前に聞いているのではないか」

男の対面に座るのは、男と親子ほど歳《とし》の離れたうら若き女。男とよく似た雰囲気を持つ、絶世の美女であった。

「王国の従属化は失敗に終わりました。であれば、方向を転換する必要があるかと」

「ほう。早くも次を見るか。申してみよ」

男は実に面白そうに、また愛し子《いとご》を甘やかすように、女の言葉を促す。

「私ならば、王国を懐柔し神国を落とします」

「如何《いか》にして懐柔する？　今回の一件があった、王国は余を警戒しているぞ」

「簡単な話です。私が婚儀を結べば良いではありませんか」

一瞬の沈黙。男はそれまでの笑みを消し、女と向き合った。

「良い案だ。しかしお前は、王国如《ごと》きにくれてやれるような娘ではない」

「勿体《もったい》ないお言葉です」

「余が褒めていると思うたか？　違うぞ。マインとかいうしょんべん臭い小僧がお前の婿となっただけで王国を落とせるなどと考えているのだとしたら、ぬるい」

「何故です。相手は若くとも一国の王ではありませんか」

「ど阿呆《あほ》。此度《こたび》の一幕、お前は何も理解しておらんようだ」

「それは……父上が援軍要請を拒否なされた理由と何かご関係が？」

「影の報告はお前も聞いただろう」

「……まさか、あのような戯言《たわごと》を真に受けているわけでは」

「ははは っ！　言うようになったな。まあ、見ていろ。お前にとっては良い勉強となる」

「承知いたしました。父上がそう仰《おっしゃ》るなら」

「神国は二度と王国に手出しできなくなるぞ。これは見ものだな」

「楽しそうですね、父上」

「然様《さよう》な男が余に喧嘩《けんか》を売ったのだ。これを楽しまずなんとする」

◇◇◇

「あー、気が重い……」

辺境領への道すがら。俺は一人、うじうじと悩んでいた。怒らせてしまった友達にどう謝ろういつ謝ろうと考えて悶々《もんもん》とするように。

そう、最後に《魔物召喚》をしたのは、一体いつだっただろうか。

彼女が仲間を殺しかけたあの事件以来、だったか。

ついつい、後回しにしてしまっていた。どう接すればいいのかわからないがゆえに、きっと無意識に避けていたんだな、彼女のことを。

だが、時は来た。それだけだ。とうとう俺は覚悟を決めなければならない。

甲等級ダンジョン「アイソロイス」の地下大図書館の常闇《とこやみ》で生まれた世にも珍しき黒炎狼《こくえんろう》の突然変異種、暗黒狼《あんこくおおかみ》の魔人——あんこ。

気の遠くなるような死闘の日々を四か月も過ごしてやっと手に入れた俺の切り札であり、何をしでかすかわからない特大のびっくり箱でもある。

正直言って、少し怖かった。何が怖いのか自分でもよくわからないが、再び顔を合わせて言葉を交わすのが無性に怖いのである。

長らく謹慎させていた罪悪感か、道具として使わんとする背徳感か、はたまた、本能的な恐怖か。

それとも……薄々感付いていた、彼女の重すぎる愛情か。

まあ、それもこれも、顔を合わせて話してみなければわからない。

悩み始めて三時間ほど。ついに決断する。

「……喚《よ》ぶかー」

幸いにも現在は深夜。夜通しの移動の最中であるため、彼女の弱点の太陽は出ていない。

俺は道端で止まり、セブンステイオーを降りた。

薄暗い林道、月明かりのみが辺りを照らす中、深呼吸を一つ……《魔物召喚》を発動する。

直後、虚空で闇が捻《ね》じ曲がったかと思えば、暗黒が黒衣を纏《まと》った妖艶《ようえん》な女性の姿を形作り、その全貌《ぜんぼう》を現した。糸のように細められた目と、優しげに微笑《ほほえ》む口は、特定の表情を感じさせない。そして彼女は、無言のままその場で跪《ひざまず》き、頭《こうべ》を垂れた。

「…………」

静寂が訪れる。数秒後、俺は思い至った。「俺の許可なしに自由な行動をとるな」と、あの時そう命令したままであった。

……あんこは、これほどの長い間、放置されていても、俺の命令を律儀に守っているというのか。

ゾクリと俺の背中を何かが撫《な》ぜると同時に、疑問が浮かぶ。一体何が彼女をそうまでさせるのか。

思えば、俺は彼女のことをあまりよく知らない。

「待たせてすまなかった。喋《しゃべ》って構わないぞ」

俺が許可を出すと、あんこは更に深く頭を下げてから、恭しく口を開いた。

「嗚呼《ああ》、主様《あるじさま》。愛しの主様。お会いしとう御座いました」

そして、また、沈黙が流れる。

……それだけか？　扱いづらいと自分を長らく放置していた相手に対して、愛していると、会いたかったと……本当にそれだけなのか？

俺は身震いするような謎の快感を得た。怒らせてしまったと思っていた友達に謝ったら実はもう全然怒っていなかった時のような感覚。いや、それだけじゃない。安心の裏には、絶対服従の女を手に入れたというような邪《よこしま》な悦《よろこ》びもあった。都合の良い女。つい甘えてしまいそうだった。

しかし、それでは駄目だ。あんこ。駄目なのだ。俺は確固たる精神で誘惑を撥ね除ける。

「本当の気持ちを話せ、あんこ。俺とお前は、腹を割って話し合う必要がある」

しゃがみ込み、あんこと目線を合わせて、語りかけた。あんこは驚いたような顔をした後、眉《まゆ》をハの字にして、目を潤ませながら、一つずつ言葉を紡ぎ始めた。

「私を殺してくださるのは主様のみ。私を生かしてくださるのは主様のみ。私は主様をどうしようもなく愛しております。それだけなのです。主様が神の呪縛から解き放ってくださった今、私の全《すべ》ては、それだけで満たされているのです」

「それはつまり、俺がお前をテイムしたから、お前は俺を愛すると、そういうことか？」

「違います！　主様だからこそお慕いしているのです。他の誰《だれ》でもない、主様だからこそ！」

熱烈な告白。とても嬉《うれ》しい。嬉しいが……どうも納得いかない。愛しているから絶対服従なのか？　愛しているから我慢するのか？　あんこはそれでいいのか？

「……腑《ふ》に落ちぬというお顔で御座いますね、主様。よいでしょう、私も腹を決めました。とことん語ることといたします」

俺の表情を読み取ったあんこが、少しだけ口を尖《とが》らせてムキになったような顔で言う。ちらと目に付いた口元の黒子《ほくろ》がなんともセクシーだった。

「まず、主様は一つ勘違いをしていらっしゃいます。私を使役できる者ならば誰でも私が愛するとお思いなら、それは大間違いで御座います。主様が、このあんこを、使役したのです。後にも、先にも、主様のみ！　他にはおりませぬ！　それでも得心が行かぬと仰るのなら、その私を使役できる者とやらを今すぐこの場に連れていらしてくださいまし！　お解《わか》りでしょう。然様に偉大なお方は主様しかいらっしゃりませせぬ。唯一無二なのです」

「お、おう」

「次に。主様は、私を待たせてすまなかったと、謝罪されました。何故《なぜ》です！　私は主様の道具として扱われることに一切の不満は御座いません。むしろ甚《いた》く気持ちが良いのです！　もう少しお傍《そば》に置いていただきたいと願う気持ちも勿論《もちろん》ありますが、それを押して尚《なお》、暗黒狼であるこの私が放置されているという事実への快感が勝るのです！」

「お、おう……」

「使役されているというだけで天にも昇る思いなのです！　御身に仕えているというだけでこの世

が如何なる楽園にも劣らぬ地に思えるのです！　嗚呼、主様！　私は主様のあんこで御座います！
それだけでよいのです！　ゆめゆめお忘れなきよう！」
「わ、わかった、わかった、納得した！」
ものすごい迫力で詰め寄られる。もうただただ首を縦に振るしかなかった。
もしかしたら、俺はとんでもないパンドラの箱を開けてしまったのかもしれない。
「嗚呼、納得していただけたようで何よりです。主様、是非このあんこを道具としてお使いくださ
い。何ものをも屠《ほふ》る矛となりましょう。何ものをも遮る盾となりましょう。嗚呼、嗚呼、どうか、
主様の御意のままに」
あんこは陶酔したような表情で、すりすりと身を寄せてくる。
……なるほどなあ、本当に納得した。思えば、俺がこいつに何か命令をした時は、いつも蕩《とろ》けた
表情をしていた。命令されるのが、使役されるのが、その言葉の通りに快感なのだろう。地下大図
書館で暗黒狼という最強の存在として数百年にわたり孤独に過ごしてきた彼女は、自身より強い存
在に使役されているという状況に強い悦びを覚えている。それがたまたま俺だったんじゃない。俺
のような二人といない頭のおかしいやつの登場を何十年何百年と待っていたんだ。そして現れた。
彼女にとっての、この世でたった一人の頼るべき相手が。そして、順当にねじれた。依存などとい
う言葉では足りない、深く濃密な愛だ。心だ。魂だ。彼女は俺に全身全霊を賭《か》けている。
「……あ……」
唇が触れようかというところで、体を離す。残念そうな声を漏らすあんこは、何故だかこれまで

よりも何倍も魅力的に見えた。

「そう寂しがるな。悪いようにはしない」

彼女のその暴走気味のねじれた感情は、主人である俺が全て受け止めてやらなければならない。それが彼女を使役した者の責任、ひいては彼女を二千百六十八回も半殺しにした男の責任というものだろう。忌避すんのは、もうやめだ。都合の良い決めつけや勝手な思い込みもやめた。彼女を下手《へた》に刺激しないようにとやっていたそれらは全くもって無意味だった。彼女とも、真正面から向き合う。それでいい。それがいい。

俺たちは、互いの吐息がかかるような距離で、囁《ささや》き合うように言葉を交わす。

「頼みたい仕事がある。大仕事だ」

「はい、なんなりと」

「……その前に」

「主様、嬉しゅう御座います。嗚呼、あんこは、この上なき果報者です……」

あんこは、俺に最後まで言わすまいと、更に顔を近づけて、瞳《ひとみ》を潤ませながら囁いた。

「どうか、私に手ほどきしてくださいまし」

◇◇◇

二時間ほど、控えめに言って最高の時を過ごした。肌を撫ぜる冷たい夜風がまた心地《ここち》好い。

だが、あまりのんびりしていられる状況ではない。

「大仕事というのは、数千の兵隊をビビらせることだ。できるだろう？」

「その者どもは主様に何か非礼を？　でしたら瞬く間に皆殺しにしてご覧にいれましょう」

冗談……ではなさそうだ。本当にやりそうで怖い。

「いや、ビビらせるだけでいい。ただし完膚なきまでにだ」

「御意に。やつらは心の隅々に至るまで恐怖で満たされ、生きながら溺《おぼ》れ死《し》ぬこととなるでしょう。うふふっ……嗚呼、ついに主様のお役に立てるのですね……」

あんこめ、実に頼もしいことを言ってくれる。だが、そんな彼女の体勢は俺に膝枕《ひざまくら》をされて寝転がっているというなんとも情けのないものだった。曰《いわ》く、腰が抜けて立てないのだとか。狼でも腰砕けになるんだな。

「そろそろ立てるか？」

そう聞くと、暗黒という名に似つかわしくない真っ白い陶器のような肌が朱に染まる。

「ご、ご迷惑をおかけいたしました。あんこはもう大丈夫です。次は、次こそは、主様に悦んでいただけるよう、精進して参りますゆえ」

名残惜しそうに立ち上がって、そんなことを言う。一体どうやって精進するつもりなのだろうか。ユカリに教えを乞《こ》うというのなら全力で止める所存だ。あんな化け物がもう一人増えることになったら俺の体が持たない。

俺は「気にするな」とお為ごかしに慰めて、セブンステイオーのもとへと歩み寄る。

するとあんこは不意にムッとした顔をした。

「主様。そのような馬ではなく、どうぞ私にお乗りください」

「え、乗れんの？」

「はい！」

びっくりだ。メヴィオンでは乗れなかったからな。〝狼型〟状態のあんこに乗れるとなれば、移動のスピードは格段に上がるだろう。正直言ってメリットしかない。だが……。

「でも、こいつどうすっかなぁ」

今まで世話になったセブンステイオー。かなり愛着もある。どこか町に寄って預けておくか。

そんなことを考えていると、あんこがセブンステイオーへと近付き、おもむろにその肌へと触れた。一体何をするつもりだろうか？

「主様、ご心配なさらず。私がこの雌馬めをご自宅へと送って参りましょう」

何を言ってるんだこいつは？

俺が頭をハテナで埋め尽くした瞬間――あんこは《暗黒転移》した。

そして、その直後。セブンステイオーが…………消えた。

「……は!?」

理解できない。何をした？　瞬殺したのか？　転移させたのか？　馬を《テイム》して《送還》したのか？　否、不可能だ。馬は魔物ではないのでシステム上はテイムできない。じゃあ、一体何が起きたってんだこれは？

暗い森の中、ぽつんと一人取り残された俺は、酷《ひど》く混乱を極めた。

そこへ、あんこが《暗黒転移》で戻ってくる。

「庭に置いて参りました」

「はあぁ⁉」

「い、如何《いかが》されましたっ⁉」

庭に置いてきた？　庭って、ファーステスト邸の？　セブンステイオーを？　この一分かそこらの時間で？

………⁉　待て……待て待て待て。とんでもない可能性に気が付いた。気が付いてしまった。

「おまっ、お前、もしかして……暗黒転移って、どんな距離でも可能なのか？」

「はい、仰《おつしや》る通りで御座います。私が記憶している影ならば何処へでも」

「……まさか、まさか、セブンステイオーは、転移先で、暗黒召喚したのか？」

「は、はい」

「お前ぇえええッ‼」

「ひあぁぁんっ！　申し訳御座いませんっ！」

俺が驚愕《きようがく》のあまり大声を出すと、あんこは恍惚《こうこつ》の表情で嬌声《きようせい》をあげながら反射的に謝罪した。

いや……ヤッベェだろこれ。マジかよ。俺は慌ててあんこのスキル欄を再度確認する。

《暗黒転移》：自分自身を記憶している場所へ瞬時に転移させる。ただし転移先は影でなければならない。

《暗黒召喚》：人型時限定。自分以外の何かを自分の手元へ瞬時に転移させる。ただし転移先は影でなければならない。

「……………………本当だ……」

マジやんけ……距離について何も書かれていない。《暗黒召喚》に至っては〝自分以外の何かを〟って……そりゃつまり〝馬だろうが人だろうが〟問題ないってことだよな？

そうか、そうだよな……あんこがメヴィオンの時と違って《暗黒魔術》を使えている時点で気付くべきだった。《暗黒転移》が戦闘時に立ち回るためだけのスキルではないことに。《暗黒召喚》が武器を喚《よ》び出すためだけのスキルではないことに。

嬉しい誤算……いや、嬉しすぎる誤算だ。四か月死ぬ気で頑張ってテイムした甲斐《かい》があったと心底思える。できれば、もう少し早く気付きたかったが……。

「……お前、もう、最強だよ。向かうところ敵なしだ」

自分が何か悪いことをしてしまったと思い込んで、跪《ひざまず》き頭を下げているあんこにそう言ってやる。

どうやら怒られているわけではないと知り顔を上げたあんこは、しかしきょとんとしていた。

この感動をどう伝えればいい？　俺は興奮さめやらぬまま、心のままに口にする。

「お前が俺の道具だと言うのなら、死ぬまで一緒だ。絶対に手放さないと決めた」

「〜〜〜っ‼　あ、主様ぁっ！」

感極まったあんこに押し倒され……結果、更に一時間ほど森に滞在するハメとなった。

「夜が明ける前に移動するぞ。クーラの港町は覚えているか？」

「はい、それはもう。主様《あるじさま》と初めて訪れた町で御座いますゆえ」

「ではそこに転移して、俺を召喚してくれ。なるべく人目に付かない所で頼む」

「御意に」

カメル神国との国境は港町クーラから更に北。海へと流れ出る小さな川を上り、山を迂回《うかい》した先が境となっている。

当初の予定では朝晩問わずひたすら移動して次の日の夜までに到着できれば、と考えていたが、あんこの特殊能力が明らかとなった今、まだ日が高いうちに到着できる見込みとなった。

「……おお……」

ぬるりと景色《けしき》が変わる。どうやら召喚されたようだ。現在夜中の二時、場所は波止場。人っ子一人いやしない。注文通りの召喚である。

しかしあんこの胸に抱きしめられているのは何故《なぜ》だろう。ひょっとすると彼女が影杖《かげつえ》や黒炎之槍《こくえんのやり》を《暗黒召喚》した際にその手元に出現するのと同様に、俺も手元に召喚され、あんこが受け止めてくれたのかもしれない。ありがたいことだ。

「よし、日が昇らないうちに行けるところまで行こう。日が出てきたらセブンステイオーを戻してくれ」

「……仰せのままに」

セブンステイオーの名前を出すと、あんこは口をほんの少しだけ尖《とが》らせる。もしかしてこいつ、馬に嫉妬《しっと》してる？　狼だものなあ、有り得なくはないな。

「変身」

「はいっ」

「乗せろ」

「！」

あえていつもより強い口調で指示を出す。案の定、あんこは大変嬉《うれ》しそうに返事をした。《暗黒変身》で狼型へと変身しても、その表情はまだ嬉しそうなままに見える。機嫌は直してくれたと思っていいだろう。というか尻尾《しっぽ》がブンブンと音が鳴るくらい振られていて面白い。人型の時より狼型の時の方が何倍も尻尾がでかいから、嫌でも目についてしまう。

「行け」

「！」

背中にまたがり命令すると、あんこはいきなり猛スピードで走り出した。

…………はっっっっっっっや。大型二輪車並みの速さだ。正直言って、振り落とされないようにしがみつくので精一杯。会話なんてできそうにない。

「と、止まれ！　止まれ！」

道を間違えているので必死に叫ぶ。決して、怖くなったわけではない。決して。

「海沿いに北上、三本目の川に当たったら、川沿いに上れ」

「！」

あんこから「わふっ」と声が漏れる。翻訳するなら「お任せくださいまし！」だろうか。下手《へた》に気合を入れないでほしいところだが――

ほらねェ⁉　さっきの倍くらいの加速でスタートしやがった！

んおおおっ！　うぎぎぎぎッ……！

………………え、夜明けまでずっとこれ？

……酷い目に遭った。特にコーナリングだ。モンキーターンばりの無駄なV字左折に振り落とされなかったのは最早奇跡としか言いようがない。だが、こちらも主人としての威厳がある。弱音を吐くなど以《もっ》ての外、ゲロを吐くなど論外だ。俺は耐えに耐えた。三時間耐えた。というか三時間もトップスピードを維持する化け物っぷりに嫌気がさす。持久力は人間の特権ではなかったのか？

「それに比べてお前は可愛《かわい》いなぁ」

俺は三時間耐久ジェットコースターの傷を癒《いや》すように、セブンステイオーを撫《な》でながらのんびりと川沿いを進む。あんこに聞かれていたら大事件だが、今は《送還》しているので大丈夫なはずだ……多分。ただ、そのフォーミュラ狼《おおかみ》のおかげで予定より圧倒的に早く到着できそうなのも事実。その点は感謝しなければならない。ありがとうあんこ、もう緊急時以外絶対に乗らないからな。

「ふー。やっとか」

そうしてしばらく進んだところで、山にぶち当たった。これが国境の目印だ。この山をぐるりと迂回した先の渓谷では、辺境伯とカメル神国が睨《にら》み合っているに違いない。

俺は山を右に見ながらセブンステイオーを走らせる。最後のひとっ走りだ。

一時間ほど進むと、山と山の間に広がる盆地に辺境伯の砦《とりで》が見えた。その遥《はる》か前方では、カメル神国のものと思われる兵の隊列も。流石《さすが》はウィンフィルド、予想通りの状況である。

さて、まずは辺境伯にご挨拶《あいさつ》だ。名前はなんといったか……まあいいや、とにかく挨拶だ。

セブンステイオーを砦の裏手にまで走らせ、一人の兵士に尋ねる。

「辺境伯はこん中か？」

「……はい？　え、ええ、まあ。はい？」

「そうか。じゃあこいつを頼む」

「え？　はい。えぇ!?」

困惑する兵士にセブンステイオーを預け、俺は兵士用の裏口から砦へと侵入した。

こうも堂々と我が物顔で侵入したからか、誰《だれ》も何も言ってこない。ザルだな。

「おい。辺境伯はどこにいる？」

「は！　どうぞこちらへ！」

声をかけた兵士の、実に丁寧な案内にふと思い当たる。そういえば俺、例のかなり上等なレア服を着ていた。周囲を見渡してみれば、みな兵士然とした格好だ。ひょっとしたら兵士たちは俺を賓客か何かと勘違いしているのかもしれない。

「――ああ、来たか。早かったねセカンド君」

違った。どうやら辺境伯が事前に気を利かせていたみたいだ。

案内された部屋に入ると、声の主、三十代前半くらいのイケメン眼鏡《めがね》が俺を出迎える。こいつが辺境伯だろう。しかし、どうやって俺の情報を知り得た？

「おっと、自己紹介がまだだった。私はスチーム・ビターバレー。キャスタル王国の辺境伯を任されている。君はセカンド・ファーステストで間違いないかな？」

スチーム・ビターバレー辺境伯。落ち着いていて飄々《ひょうひょう》とした人だ。そして気の抜けない相手でもある。この自己紹介の短い間にどちらが上かをはっきりさせようと仕掛けてきた。ならば、答えはこうだ。

「違いないが、その姿勢を見るに、どうやら貴方はそうではないと思っているようだ」

「これは失礼を。我が砦にようこそお出《い》でくださいました、お客人」

さらりと受け流すように頭を下げて挨拶をする辺境伯。しかし客人呼ばわりとは、ささやかな抵抗のつもりなのだろう。なかなかに気が合いそうな男だ。

「お前は興味ないだろうが一応出しておく。マインの書状だ」

「……貴方もお人が悪い。それはつまり次期国王陛下の特使ということではありませんか」

はははと笑い合う。うへへへ、へへへへ！　勝った。ざまあみろ。後出しじゃんけん？　虎の威を借る？　知らないねそんなもん。

俺は「挨拶は終わりだ」とばかりに出された紅茶を飲み干して、口を開く。

「どうやって俺の情報を？」

「簡単です。私にも情報網がありましてね。セカンド卿《きょう》より少しばかり早く情報が到着したというだけの話ですよ」

「そうか。今回の戦はどう見ている？」

「こちらから手を出さなければ何も問題はないでしょう。しかし、手を出さざるを得ない状況もまた、あります」

「間に合ったようだな」

「ええ、十分に。そして……なんとかなるのならしてみろというのが、私の本音でしょうか」

「ははっ！　ははは‼」

「はははは！」

こいつやっぱり面白いな。

「目ぇかっぽじってよく見ておけ。そしてキャスタル王国に俺がいることを俺に感謝しろ」

「目ぇひんむいてよく見ておきますから、どうかお願いします。やつらを追い払えるのならば、貴方様にでもカメル神様にでも嫌というまで感謝して差し上げますよ」

部屋から砦の上階へと場を移し、俺たちは睨み合う両軍を眺めながら話し合った。

「状況としてはあの通り、国境線を挟んで距離を取り、睨み合っている状況です」

「このまま硬直状態なら何も起きない気もするが？」

「ええ、このままなら。ですが……やつらは明日、公開処刑をするようですね」

「捕まったのか？」

「はい。斥候が一人」

「馬鹿お前……そんなの」

「わかっています。案の定、やつらは斥候である彼を暗殺者に仕立て上げ、罪をねつ造してこちらの挑発のためだけに処刑を実行する。処刑が今日でないのは、彼がなかなか情報を吐かないからでしょう。昼夜問わず拷問するつもりなのです。それとも、単に私たちを焦《じ》らしているつもりなのか。はぁ……そんなことは、わかっていますとも」

こいつの言う「手を出さざるを得ない状況」って、斥候が捕まるなんていうしょーもないミスの尻拭《しりぬぐ》いかよ。おいおい……。

「そんな顔されなくても……私も悩みましたよ。しかし見捨ててはおけないのです。彼も私の大切な部下の一人。このまま黙って処刑を見逃しては、士気も際限なく下がるでしょう」

「そいつ一人のせいで王国が危機に陥ってもか？」

「え？　いえ、危機には陥りませんよ」

「は？」

「私はセカンド卿がいらっしゃるから処刑を食い止めると決めたのです。貴方がいらっしゃらないのなら、血涙を流して見捨てていますよ」

「……調子良いなぁお前」

「よく言われます」

なんか納得だわ。聞けばこいつ三十三歳だという。その若さで辺境伯までのぼり詰めるだけはあるな。性格が相当にひん曲がっている。

「まあ、いい。作戦の確認だ。辺境伯本隊は左翼と右翼に分け、伏兵が攻めてきた場合に備えて砦周辺で待機。それ以外は砦前方でいつでも突撃できるよう待機。あとは全《すべ》て俺に任せろ」

「それで本当に上手《うま》くいくので？」

「ああ。むしろお前らの出番はないと思うぞ。それと……」

「なんです？」

「今夜起こったことは、なるべく他言無用で頼む」

◇◇◇

……私は、彼の言葉の意味を彼個人の都合だと、そう思っていた。

誰しも自身の切り札は隠すものである。彼も同様にそうなのだろうと。なんだ、彼も至って普通の人ではないかと。そう思っていた。

たった一人でキャスタル王国の情勢をこうも変えてしまった男。どれほどのものかと勝手に期待していた身としては、少し残念に感じていた。

そして、夜の帳《とばり》が下りる。決戦の前だというのに、嫌に静かな夜だった。

「全員配置につけ」

此度の戦、私自ら指揮を執る。彼に対してああは言ったが、私としてもあの斥候は失いたくない人材であった。恐らく、彼が来ずとも私は仕掛けただろう。

予想できる伏兵の数は、いくら多くとも八千。中央の四千と足しても一万二千。私の兵は七千。対抗できない数ではない。少々の賭《か》けにはなるが、中央を一気に潰《つぶ》してから砦まで撤退すれば有利に戦えるだろう。そのまま国境線を維持して防戦に徹すれば、講和で無理難題をふっかけられることもない。そのための準備も十分にできている現状、わざわざ彼に頼る必要もなかった。

だが、私は気になってしまったのだ。噂《うわさ》の彼が一体どれほどのものかと。

借りを作り、功績を渡してしまうが、私の部下たちを危険な目に遭わせる必要もなくなる。そういった打算的な考えもあった。ゆえに私は、甘んじて彼の援軍を受け入れた。

それがどうだ。あのお粗末な作戦はなんだ？　本当に大丈夫なのかと不安になる。顔を合わせた時は面白い男だと思ったが、それからは失望に次ぐ失望の連続だ。出陣の直前まで、彼の指揮への評価は落ちる一方だった。

まるでピクニックにでも出かけるかのようなヘラヘラとした余裕。私たちの、部下の命が懸かっているというのに、だ。私は怒鳴りたくなった。その後頭部を槌《つち》で殴り、言ってやりたくなった。

これは戦争だ。遊びではないのだ、と。

……しかしながら。後頭部を槌で殴られるような衝撃を得たのは、私の方だった。

「――来い、あんこ」

彼が、何かを召喚する。身の毛もよだつような、この世ならざる何かだ。

彼の傍らで跪《ひざまず》くそれを見て、私は一瞬で直感する。生物としての格が違う、と。

……気の遠くなるような静寂だった。誰《だれ》もがそれを前に怯《おび》えて動けなかった。

「行くぞ」

その一言をきっかけに。消えたかと思えば、現れ。姿形を変えたかと思えば、また、戻り。そしてまた、消え、現れ。光は闇《やみ》へ、闇は光へ。戦場を駆ける異形の男女は、天使か悪魔か。ただ立ちつくしその光景を見ていることしかできない私には、判断がつかない。

この世の絶望の全てを掻《か》き集め凝縮したような暗黒——直後、私は吐き気をもよおし、同時に彼の言葉の意味を理解する。

これは、他人に言ってはいけない。否、言うことなどできない。

このような……このような、地獄絵図など……!

◇◇◇

「主様《あるじさま》に対し刃《やいば》を向け、小癪《こしやく》にも列を成すなど……嗚呼《ああ》、なんと愚かな」

《魔物召喚》によって現れたあんこが、四千の兵隊を前に口にする。死にゆく命を憐《あわ》れむような、とても優しい声音だった。

「行くぞ」

指示もそこそこに、俺は作戦開始の合図を出す。すると、あんこはいきなり《暗黒転移》で敵陣のど真ん中へと瞬間移動した。目視できる限りの影ならば、その転移の標的だ。

「――なんっ……⁉」

驚き狼狽《うろた》えるカメル神国の兵士。そりゃそうだろう。さっきまで随分と離れた敵陣にいたはずの黒衣の女が、今は目の前にいるのだから。

「愚かなり人間」

あんこは何やら呟《つぶや》いて、その場で《暗黒変身》する。漆黒の闇が解け、現れたのは、二メートルはあろうかという大きな黒い狼《おおかみ》――兵士たちは、俄《にわ》かに戦慄《せんりつ》を覚えたことだろう。

「ま、魔物だ――！」

何故《なぜ》この場に魔物が！　混乱は広がり、そして。

「怯《ひる》むな！　囲め！　利は我らに有り！」

手を出してしまった。あんこをぐるりと包囲し、槍《やり》を突き立てんと突進する。

数十人の槍兵《そうへい》が、同時に狼型のあんこへと槍を突き刺した。ありゃ《銀将槍術《そうじゅつ》》かな？　まあ、どうでもいいか。だって……。

「効かないんだよねえ」

遠くから見ていた俺は、つい呟いてしまう。何故だか神国の兵士たちに同情したくなった。

何故効かないのか、理由は単純だ。「狼型時は物理攻撃一切無効、人型時は魔術攻撃一切無効」これは暗黒狼の基本である。

「む、無傷だと……ッ⁉」

戦場は大混乱だった。

突如として現れた魔物に、誰もが致命的と信じた必殺の攻撃が効かなかったのだ。

最早どうすることもできない――と。兵士たちは皆、そう思ったことだろう。

「！」

直後、あんこが息を吸い込むようなモーションを見せる。あれは《暗黒咆撃《ほうげき》》だ。狼型限定スキル、魔術と物理の両属性を兼ね備えた超遠距離攻撃。

攻略するなら回避安定だが……果たして彼らはどうする？

「何か来ます！」

「……て、撤退！」

どうやら逃げるようだ。うーん、正解。

「！」

パカァッと開いたあんこの口から、禍々《まがまが》しい暗黒の塊が迸《ほとばし》る。あんこはわざと斜め上に向けて撃っていた。どうやら理性的に遊べているようである。

「ひ、ひぃいぃぃ‼」

カメル神国側はかわいそうなほどビビりちらしていた。一方でキャスタル王国側もかなりビビっていたが……まあいいや。

「よし、そろそろ出番か」

撤退を始めたカメル神国の兵士たちを見て、俺は《精霊召喚》を発動する。

「《憑依《ひょうい》》」

「(むっ、御意に)」

アンゴルモアがあんこと喧嘩《けんか》をおっ始《ぱじ》める前に、すかさず《精霊憑依》を命令した。直後、ぶわりと虹色《にじいろ》のオーラが爆発する。

「おおっ……!?」

俺の後方から辺境伯の兵士のものと思われるざわめきが聞こえた。精霊憑依を見るのは初めてなのだろう。わかるわかる、凄《すご》い格好良いよな。俺も初心者の頃《ころ》は憧《あこが》れたものだ。

「追い込み漁だ」

「(なるほど、血が滾《たぎ》るのう!)」

一体感で思考を共有し、疾駆する。目指すはやつらの側面。残像をちらつかせながらの高速移動で、瞬く間に敵兵との距離が詰まっていく。

「死んだらごめんなー!」

一言断りを入れてから、俺は《龍王剣術《りゅうおう》》を準備して……きっかり四秒後、一本の線を引くように、やつらの側面ギリギリにぶっ放す。

「よいしょーッ!」

轟々《ごうごう》と音をたてて地面を衝撃波が伝い、岩にぶつかった波のように天高く土砂が打ち上がる。

「うひっ!?」

敵兵が何人か、ビビりすぎて尻餅《しりもち》をつく。砂煙が落ち着くと、狙《ねら》い通り、抉《えぐ》れた地面が綺麗《きれい》な直線を描いていた。これは忠告だ。これ以上外側に出たら、命は保障しないという忠告。案の定、カメル神国の兵士たちはその線から遠ざかるように必死の撤退を続けた。

「なんだこれは！　聞いていない！　なんなんだこれはっ⁉」

彼らは最早、兵士としての体を成していなかった。しかしながら、流石《さすが》は軍人と言うべきか、隊列はまだ崩れ切ってはいない。

「——うふふっ。いらっしゃいまし」

いつの間にか《暗黒変身》を済ませ人型となったあんこが、彼らの目の前に《暗黒転移》する。

……絶望、だろうか。その瞬間、兵士たちの足は、完全に止まった。

「来たれ、黒炎之槍」

あんこの《暗黒召喚》——喚《よ》び出したのは、身の丈の三倍はあろうかという大きな大きな槍。俺でさえ、出されたら負けだと覚悟せざるを得ない、最強最悪の武器である。すなわち、あんこは以降「最強モード」と化す。

「ふふ……」

目を糸のように細めた優しげな微笑のまま、大槍をまるで棒切れのように振るうあんこ。同時に槍の先端から黒炎が迸り、十メートル以上の間合いを作り出して尚、その範囲外へとえげつない威力の攻撃を飛ばす。

土も、岩も、野営のテントも、防壁でさえ、燃え尽き灰となる。あんこが黒炎之槍をひと振りすれば、そこは瞬く間に焦土と化した。

「うわあああっ！」

最早、兵士たちは形振《なりふ》り構っていられなかった。逃走、否、脱走か。綺麗さっぱり戦意を喪失した彼らは、あんこに背中を向けて散り散りに逃げ出す。

「そうは問屋が卸しません」

俺は逃がしてなるものかと、彼らを包み込むように、その行く手に《龍王剣術》をお見舞いしてやった。その目の前で間欠泉が噴き出すかのような土砂の爆発を見て、彼らは泣きながら行き先の変更を余儀なくされる。

前方にはあんこ、左方には俺、後方はスチーム辺境伯軍。となれば、必然的に右方へと逃げ出すだろう。

「許しませぬ」

その右方へと、またしても《暗黒転移》で先回りするあんこ。

「もう勘弁してくれ！」と、兵士たちの心の声が聞こえる。

仕方なしに、ついさっきまであんこがいた前方へと逃げ出す兵士たち。

「そうはイカの金玉」

俺は《龍王弓術》を準備して、ちょうど彼らの目の前へと着弾するように放つ。

《龍王弓術》は着弾地点に強力な範囲攻撃を行うスキル。準備時間は六秒ととても長いが、射程距離と威力は申し分ない。かなり使いどころの限られる【弓術】である。

ズドーン！　と、まるで爆弾でも落ちたかのような揺れと衝撃。《龍王弓術》の着弾地点は、クレーターのように円形に抉れていた。

「うあああ！　なんなんだよもうっ‼」

追い込み漁とは上手《うま》く言ったものである。まさにその通りの状況だった。

それからしばらく、四方八方を俺とあんこで挟みまくり、まるでお手玉のように彼らを弄《もてあそ》んだ。

その数分後、ふと、こちらへ向かってくる敵兵の姿が見えた。騎馬隊だ。ついに来た！　あんこ攻略が無理な以上、俺を集中攻撃して突破しようという狙いだな。

確かに、現在の俺は《精霊憑依》も解けており、生身の状態である。見た目的にも普通の人間だ。

「こいつなら勝てる」と、「あの化け物よりマシだ」と、そう思ってしまうだろう。

「残念だったねぇ！　ヘンシンッ！」

騎馬隊と接触しようかという瞬間に、俺は《変身》を発動した。《変身》スキルの八秒間の無敵時間を利用して、騎兵を馬ごと弾《はじ》き飛ばす。突撃してきた者たちは、まるでトラックに撥《は》ね飛ばされたかのような衝撃に、その殆《ほとん》どが落馬して、騎兵として機能しなくなった。

しかし、彼らの後続を転ばせることはできなかった。あっと言う間に俺は敵兵にぐるりと囲まれてしまう。

「オラァッ！」

八秒間のうち、変身完了まで六秒。すなわち残りの二秒間は「無敵のまま動ける」のが《変身》スキルのイケてる特徴だ。

俺は周囲の敵兵のうち、間合いをはかっていた残りの騎兵に満面の笑みで無邪気に駆け寄って吹き飛ばしてから、空に向かって二秒前に準備していた《歩兵弓術》と《火属性・壱ノ型》の複合

【魔弓術】を放ち、合図を送る。すると――

「ようこそお出でくださいました、主様」

彼女の胸の中に《暗黒召喚》されるという寸法だ。

俺を囲んでいた兵士たちは「アラッ!?」と思っていることだろう。一種のイリュージョンだな。

「……さて」

あんこに恐れをなして逃げ出した敵兵は、かなりの後方。俺たちは、そいつらに背を向けて立っていた。何故《なぜ》かといえば……。

「聞こえて参りましたね」

耳をすませば、前方の暗闇《くらやみ》から、幾千もの軍靴の音と、鎧《よろい》の擦《こす》れ合う音が響いてくる。

伏兵――すなわち、カメル神国の援軍であった。

その数、ウィンフィルドの予想では、八千から一万。

「お任せくださいまし」

あんこは心底楽しそうに微笑《ほほえ》み、黒炎之槍を仕舞った。

カメル神国の陣で燃える松明《たいまつ》と、月明かりに薄《うっす》らと照らされ、その全貌《ぜんぼう》が明らかとなる。援軍はずらりと隊列を成し、こちらを包囲せんと迫っていた。

ゾクリと背中を寒気が駆けのぼる。いくらなんでも、この数に囲まれたら厳しい。本能的な恐怖が湧《わ》き上がった。

「いざ、参ります」

あんこはそうとだけ言い残し、微塵《みじん》も臆《おく》することなく、静々と数歩だけ前に歩み出てから《暗黒転移》した。カメル神国の援軍は、困惑したことだろう。一万の兵を相手に、女がたった一人で何をするつもりなのだろうか、と。

そして……彼らの、暗闇に隠れて奇襲をかけようという狙いは、大きく裏目に出ることとなる。

「うふっ、うふふふ！　あっはっはっは！　あはぁ！」

こちらへと聞こえるほど大きな、嬌声《きょうせい》ともとれる蠱惑《こわく》的な笑い声。

瞬間――闇の中でもはっきりとわかるほどに真っ黒な、極悪の〝霧〟があんこから噴出した。

不意に、心臓が締め付けられ、体が強張《こわば》る。あの【魔術】の厄介さを死ぬほど身に染みて理解している俺の脳みそが、無意識に警戒したのだ。

《暗黒魔術》……その暗黒の霧に触れた者は、皆、ＨＰ《ヒットポイント》残量が強制的に1となる。

その、恐怖は。彼らの恐怖は、想像を絶するものだっただろう。

暗闇の中、笑う女と、突如として現れた得体の知れない黒い霧。隣の兵士との距離感も掴《つか》めぬまま、いきなり、自身のＨＰが1になれば――

「う、うわあああああ‼」

パニックだ。

あんこの《暗黒魔術》をくらったのは、前列付近の数百から千人ほどだけだったかもしれない。しかし、彼らを恐怖のどん底へと叩《たた》き込《こ》むには、たったそれだけで十分だった。

いや。パニックなどでは済まない。ＨＰ残量が1の状態でもみくちゃとなれば、どうなるか。

いとも簡単に死ぬのだ。転んだだけで、呆気《あっけ》なく、死ぬのである。

ただ、目の前にある目に見えない恐怖からとにかく逃げ出そうと、必死の形相で逆走してきた者が、前進する者とぶつかり合い、わけもわからぬまま絶命する。そのような異常が、隊列のあちこちで相次いだに違いない。

中には冷静にポーションを飲み回復しているような者も見て取れた。だが、兵士のHPが残り1から一発で全快するようなポーションなど、とても高価で配給なんてされやしないだろう。回復魔術師の到着など待つ余裕はなく、残された手段としては安いポーションを何個もがぶ飲みするしかない。そうやって時間をかけて瀕死《ひんし》からやっと半死くらいになったところで、士気はガタ落ち、とても戦えるような状態ではないな。

「撤退‼」

そうして、闇の中、恐怖と混乱が伝染し、多数の瀕死者と、少なくない死人の出たカメル神国の援軍は、早々に撤退を余儀なくされた。

《暗黒魔術》の再使用クールタイムは三千六百秒。あと一時間は使えないが……向こうの指揮官にとっちゃあ、知る由もない事実。次、いつまたあの恐怖の霧が来るかと思うと、逃げ出さずにはいられなかったのだろう。

「嗚呼《ああ》、可愛《かわい》いわぁ。ほらほら、もっと逃げなさいな」

あんこは影杖《かげつえ》を《暗黒召喚》し、びゅんびゅんと振り回す。弾かれた砂利が恐ろしい勢いで飛び、バシバシと彼らの鎧に当たった。あんこの声も、飛来する砂利の音も、杖の振られる音でさえ、彼らには身震いするほどの恐怖でしかなかったに違いない。

「頃合か」

援軍全体が撤退を始めた様子を見て、あんこに合図を送る。次の瞬間、俺はあんこの胸の中にいた。ちょっ……どうも格好がつかない。まあ致し方なしか。

「確《しか》と見よ！」

俺は一番目立つであろう【魔術】《雷属性・伍《ご》ノ型》を準備し、やつらのケツすれすれを目がけてぶち込んでやる。伍ノ型はまるでミサイルのように高速で飛んでいき、地面に着弾した。

バリバリバリ！　と、積乱雲の中の如《ごと》く電撃がその場で荒れ狂う。夜にもかかわらず、その周辺はディスコのように目がチカチカするほど強い光が明滅し、一帯に爆音が響き渡った。

何事かと、敵軍から注目が集まる。俺は大きく息を吸って、沈黙を破った。

さあ、挑発だ。誰《だれ》に喧嘩《けんか》を売ったのか、是非とも覚えて帰ってもらおうじゃないか。

「セカンド・ファーステストだ！　俺の名を忘れんなよチキンのクソッタレども！　今度また調子乗ったことやってみろ、ただじゃ済まさねえぞ！　カラメリアについても知ってるからな！　舐《な》めんじゃねえってクソカス神とやらに伝えとけ！　わかったらとっととお家に帰ってママのおっぱいでも吸ってな！　あと捕虜返せバーカ！」

「――その、セカンド卿《きょう》。ひょっとして頭のネジが緩んでいらっしゃる？」

「失礼だなお前!?」

戦が終わった後。スチーム・ビターバレー辺境伯が、開口一番に何を言うかと思えば、半笑いの罵倒《ばとう》だった。でも嫌いじゃない。

「冗談です。私は貴君を侮っておりましたが……今となっては恥ずかしい」

「そうだな。だったらもっと恥ずかしがれと言いたいが」

「いや、あのね、言わせてもらいますけど。侮って当然だと思うんですよ。なんですかあの態度は。遊びに来てるんじゃないんですよ……と、そう思っていました。ですが、貴君にとっては当然の態度だった。だって本当に遊びに来てるんですもの」

「そう褒めるなよ。照れるじゃん」

「褒めていません。いや、褒めていますが、褒めていません」

「なんだそりゃお前……」

「捕虜はこれ以上ないほど丁重な扱いで戻ってきました。総勢一万四千超えのカメル神国軍は撤退しました。一生忘れられないだろうトラウマを植え付けられてね。そして、こちらは全くの無傷です。この意味がお解りですか？」

「大成功だったな」

俺がニッと笑うと、スチームも笑う。

「ありがとう。何度でも言います。ありがとう。ありがとう。ありがとう……！」

◇◇◇

夜。日没とともに、王城はぐるりと取り囲まれる。城内へと突入した第二王子の兵士たちは、次々に内部を制圧していった。

狙《ねら》うは宰相、第三騎士団長、第一王妃、そして第一王子の身柄である。しかし、一筋縄ではいかない。逆転に次ぐ逆転に次ぐ逆転とはいえ、相手もまた更に策を打っていた。

城内の五割ほどを落としたところで、第一王子派は決死隊を差し向ける。命を賭《と》してまで時間を稼ぐ。それは宰相の指示であったが、しかし、今となっては時間を稼ぐ意味などない。帝国の援軍は、いくら待てども来ないのだから。

それでも第一王子派による必死の抵抗は続き、城内での戦いは予想以上に長引いた。

シルビアとエコ、そしてミスリル合金武装兵の活躍で、その一つ一つを慎重に、着実に突破していく。捨て身の相手とは違って、こちらはまだ命が惜しい者ばかり。ほんの少しの油断が命取りである。焦る必要はないのだ。王城の外は第二王子派の兵士が取り囲んでおり、抜け道の先も調べ上げ封じてある現状、いくら時間がかかろうと被害を出さずに制圧することが最優先であった。

そうして、どれほどの時間を制圧に費やしたのか。夜はすっかりと深まった。

宰相たちの姿は、未《いま》だ見えない。恐らくは、最奥――玉座の間。

「道ができたよ。玉座の間に、先行しよう。宰相たちは、きっと、そこ」

「了解した」

「りょーかい」

ウィンフィルドは敵の隊列が崩れた隙を突き、最大戦力であるシルビアとエコに指示を出して、共に玉座の間へと疾駆する。

何故《なぜ》、行動を共にするのか。それは彼女なりの懸念があってのことだった。

「見つけたっ！」

シルビアが声をあげる。その視線の先には、バル・モロー宰相とジャルム第三騎士団長の姿。

そして……予想外の人物が、もう一人。

「……マズいな」

その男の顔を目にした瞬間、シルビアは強張った顔を見せる。

第二騎士団副団長ガラム――王国の騎士にその名を知らぬ者などいない、豪傑中の豪傑。

ガラムは二メートル近い身の丈ほどの大剣を静かに構え、バルとジャルムを護衛するように立ちはだかる。それはつまり、ガラムは向こう側だということを意味していた。

「ガラム副団長殿！　貴方ほどの男が悪に魂を売ったか！」

「…………」

シルビアの言葉を無視するガラム。その顔は四十歳とは思えぬほどに若々しいが、しかし、どこか疲れたような表情をしていた。

どうして今になって表に出てきたのか。それも、宰相側に。シルビアの浮かべた疑問に答えるように、ウィンフィルドは口を開く。

「多分、人質、かな。家族とか。彼、ここのところ、王国にいなかったでしょ。遠征？　その隙に、とられたんじゃない？」

「なるほど……どこまでも外道な！」

冷静な指摘。シルビアの怒りは宰相たちへと向けられる。

……だが、できれば、シルビアはガラムとの交戦は避けたかった。何故なら。

「やっぱり、彼……タイトル戦、出場経験者、だよね」

二の足を踏むシルビアの様子を見て、ウィンフィルドが気付く。

その通りであった。ガラムは、過去に何度か【剣術】のタイトル戦「一閃座戦《いっせんざせん》」へと出場した経験がある。それは、つまり、【剣術】スキルが歩兵〜龍王《りゅうおう》まで、全《すべ》て九段であるということ。紛れもない猛者《もさ》である。

「で。勝て、そう？」

「問題ない」

「がんばる」

三人の見解は、昨日《きのう》から一致していた。もしも〝タイトル戦出場経験者〟のような猛者がやつらの護衛として現れたなら――二対一であれば勝てる、と。

ウィンフィルドも、客観的視点から推察し、十分に勝てると踏んでいた。シルビアもエコもそのメインスキルは殆《ほとん》どが九段である。更には前衛と後衛という相性抜群のコンビ。負ける要素は十中八九ないように思えた。ただ、一点……〝対人戦経験〟という、極めて小さいようで、意外なまでに大きな一点以外は。

「わかった。シルビアさんと、エコさんで、無力化して。絶対に、油断しちゃ、ダメ」

言われなくとも、という風に、シルビアとエコが躍り出る。

そこで、ようやくガラムが口を開いた。

「シルビア・ヴァージニアか。お前の父親はよく知っている。私を相手に二対一など、騎士の誇りを捨てたか?」

「……っ！」

実に巧妙な煽《あお》りである。正義感が強く騎士に憧《あこが》れているだろうシルビアの性格を見越し、父親を引き合いに出してから、そのプライドをつつく。熟練した盤外戦術だった。

「ダメ、だよ。冷静に、なって」

「うむ。わかっている。わかっているが……私にも退《ひ》けない時はある」

「……あーあ」

ウィンフィルドは一度だけ止めて、やはり止まらないシルビアを見て、早々に諦《あきら》める。

シルビアはセカンドに何か悪い影響でも受けているんじゃないかというくらい、非常に頑固であった。正義と誇りのためなら当然とばかりに命を賭《か》ける人間だった。

ゆえに、ガラムの挑発に、乗ってしまう。それは必然と言えた。

「舐めるなよ、一対一だ」

シルビアは弓を構え、矢をつがえ——

「馬鹿だな、お前」

「なっ⁉」

——次の瞬間、ガラムはシルビアの目の前まで迫っていた。

そして、大剣が、無慈悲にも振り下ろされる。

「くぅっ……！」

受け止めたのは、エコだった。苦しそうな表情で、大盾をなんとか支える。

「おお、凄《すご》いぞお前。これを受け止めるなんてな」

ガラムは急に饒舌《じょうぜつ》になり、エコを褒め称《たた》える。しかし、その動きは止まらない。

二歩下がったかと思えば、大剣を下段に構える。

何が来るのか。シルビアは判断がつかず、後退しながら《銀将弓術》を準備する。

「！」

するりと剣を地面と平行にしたまま動き出すガラム。「突きだ！」そう直感したシルビアは、横へと体を躱《かわ》しながら《銀将弓術》を——

「素直すぎる」

突如、ガラムは直線の動きから曲線の動きへと変化した。《桂馬剣術》を途中でキャンセルし、《歩兵剣術》で斬りかかる。たったそれだけのことだが、その間には幾重ものフェイクと誘導があり、初見で回避するなど至難なほどに老練された技へと昇華されていた。

「ぐあっ‼」

斬撃を受けるシルビア。肩から鮮血が舞い、よろよろと三メートルほど後ずさり膝《ひざ》をついた。

「…………っ」

しかし、流石《さすが》は乙等級ダンジョンにこもっていただけはある。肩の傷などものともせずにすぐさま立ち上がると、ガラムから距離を取りつつ落ち着いてポーションを飲み、HP《ヒットポイント》を全回復させた。

「えいやーっ！」

「うおッ！」

ガラムの敵はシルビアだけではない。いつの間にやら二対一になっており、エコがガラムに対して突進を仕掛けた。攻城で大活躍したスキル《飛車盾術》だ。だが……。

「それは、隙が大きすぎるな」

当たらなければ、意味はない。ガラムはギリギリで躱し、横を通り過ぎてたエコの背中めがけて《歩兵剣術》を――

「……危ないところだ」

発動できなかった。その隙を狙《ねら》い、シルビアが《歩兵弓術》を放ったのだ。

ガラムは振り向きざまに矢を大剣で弾くと、その勢いのままシルビアとの距離を詰める。

「副団長殿の火力は大方把握した」

シルビアは一言呟《つぶや》いて、《金将弓術》を準備した。範囲攻撃＋ノックバック効果を持つ、【弓術】では珍しい近接対応スキルだ。

「――っ」

目敏《めざと》くシルビアのスキルを見抜いたガラムは、その場で歩みを止める。そして、戦法を変えた。急接近して《銀将剣術》で仕留める狙《ねら》いから……中距離での《龍王剣術》で仕留める狙いへと。

準備時間は約四秒。隙は大きいが、射程も威力も大きい。

「それを待っていたぞ！」

シルビアはガラムが《龍王剣術》の準備を始めた瞬間を見計らって《金将弓術》をキャンセルすると、《飛車弓術》の準備を始めた。後から準備しても、向こうの準備時間は四秒もあるため、間に合って然《しか》るべきと考えたのだ。

「まあ、悪くないが、付け焼刃だな」

ガラムは余裕の表情で《龍王剣術》をキャンセルする。そこでシルビアは勝利を確信した。流石に、もう《飛車弓術》に対応できるようなスキルは間に合わないと踏んでいたのだ。

「ほざけ！　これで終わりだ！」

シルビアが準備完了と同時に《飛車弓術》を放つ。当たれば、いかなタイトル戦出場経験者といえど、大ダメージは避けられないだろう。

「これが銀将なら一発入っていたかもしれん」

だが、ガラムは悠長にもそのようなことを呟いて……《金将剣術》を発動し、シルビアの《飛車弓術》を軽々と弾いた。

「なんだと！」

「この距離なら寸前で間に合うんだ」

対人戦における経験の差が出た。スキルの準備時間や、その対応方法など。ガラムはいちいち思考せずとも、体が完璧《かんぺき》に覚えている。一方、シルビアは逐次考えて行動している。その差は、あまりにも大きすぎた。

「ふっ！」

直後、その背後まで迫っていたエコを、ガラムは《銀将剣術》であしらう。

ガツンと大盾に攻撃が当たり、エコはよろめいた。《銀将剣術》といえど、相手はタイトル戦レベルの猛者。一発一発が途轍《とてつ》もなく重かった。

「どうだ！」

更に、追撃。エコはスキルが間に合わず、ガラムの《銀将剣術》を大盾で単に受けることしかできなかった。

「あ、う……」

ふらふらと体勢を崩し、尻餅《しりもち》をつく。あまりの衝撃で脳震盪《のうしんとう》が起きたのだ。

「…………」

玉座の間を沈黙が流れる。

このままでは、負ける――シルビアは直感した。エコとの二対一にもかかわらず、負ける。それは屈辱であり、そして。

「燃えるな」

久方ぶりの〝強敵〟。あのセカンドがリーダーを務めるチーム・ファーステストの一員である彼女の闘志が、燃えないわけがなかった。

「ダメ。こればっかりは、ダメ。退こう、シルビアさん。別に、急ぐ必要は、ないよ。あいつらに、逃げ場なんて、ないんだから」

「駄目だ。もし副団長が操り人形のまま表で暴れまわってみろ。こっちの被害は百ではきかないかもしれん」

「でも、危険。やめた方が、いい」

「ウィンフィルド……すまない」

一言だけそう告げて、シルビアは背を向ける。彼女にもまた、譲れない正義があった。

ウィンフィルドは、顔も知らない不特定多数の兵士たちよりも、シルビアとエコの方が余程大切である。しかしシルビアは、外にいる兵士たちも皆、同じ命だと考えていたのだ。

「バル宰相、ジャルム第三騎士団長。今のうちに、自分の罪を数えておくことだ」

「はは、女騎士風情が何を言う？　手も足も出ておらんではないか」

「私が貴様らを断罪する――変身ッ！」

「⁉」

シルビアは、六段の《変身》を行う。何がなんでも、ここで決着をつけるつもりなのだ。

炎の仮面に、炎のマント。身に着けている軽鎧《けいがい》からは燃え盛る火炎が迸《ほとばし》り、その姿はさながら炎の化身であった。

「チッ……！」

ガラムは舌打ち一つ、《龍王剣術》を準備する。この一瞬で「変身には時間がかかる」ということを見抜き、その時間を有効に利用したのだ。

……互いに、賭けだった。

《龍王剣術》を耐え切れば、シルビアの勝利。《龍王剣術》で押し切れば、ガラムの勝利。

「来い！」

「行くぞ小娘！」

見計らったかのように、タイミングが合わさる。

シルビアは、変身完了から無敵時間二秒のうちに準備できる最大限のスキル《飛車弓術》を発動した。それと同時に、ガラムの《龍王剣術》が発動する。

互いのスキルがぶつかり合い、相殺し、そして――

「　　」

――シルビアは、気絶《スタン》し、地面へと倒れた。

ダメージは大したことはない。しかし対応しきれなかったのだ。範囲攻撃である《龍王剣術》に対して単体攻撃である《飛車弓術》は相性が悪かったという他ない。ゆえに、《龍王剣術》の〝スタン効果〟をもろに喰《く》らってしまった。

「は、ははははッ！　よくやったぞガラム！」

「素晴らしい！　その調子でここにいる者どもを、そして第二王子も葬ってしまえ！」

バルとジャルムは喜びの声をあげる。一番の脅威だと思われた相手を無力化させたのだ。それまではどうしようもない窮地であったのに、今、風向きは自分たちに来ていると考えてしまっても不思議ではない。

「うーっ……！」

シルビアが気絶させられた光景を見て、エコは立ち上がると、威嚇するように唸《うな》り声をあげる。

相対するガラムは、大剣を担ぎ直し、額の冷や汗をぬぐった。変身状態のシルビアを倒せたのは運が良かったからだと、ダメージを全く負っていない様子の彼女を見て気付いたのだ。

そして、察知する。まさか、この小娘も――

「へん、しんっ！」

やはり、と。ガラムは警戒レベルを格段に引き上げる。

「……遊びは終わりだ」

ここは「一閃座戦《いっせんざせん》」の舞台。そう思い込むことで、ガラムの集中力は何倍にも増していく。

相手はただの小娘ではない。共にタイトル奪取を狙う、猛者《もさ》中の猛者の一人である。そうして、ガラムは深く深く集中し、次第に、油断が、雑念が、消え失《う》せていった。

「ねえ、家族、もう助かってる、よ。宰相の、味方する必要、ないよ」

ウィンフィルドがガラムを惑わせる。しかし、ガラムはそんな言葉に見向きもしなかった。聞こえていないのだ。その異常なまでの集中力、まさに没入状態と言えた。

「くぁっ！」

ガツンと大きな音をたててぶつかり合う。ガラムの《飛車剣術》をエコの《桂馬盾術》が受け止める。《桂馬盾術》は防御＋ノックバックの効果を持つ。しかし、ノックバックしたのはガラムだけではなかった。エコもまた《飛車剣術》の威力を受け止めきれずに撥《は》ね飛ばされたのだ。

「そうはさせん！」

「きゃあ！」

《金将盾術》を準備しようとするエコに対して、ガラムは間髪を容《い》れずに接近し《香車剣術《きょうしゃ》》で追撃した。香車は貫通効果が付与される。エコは盾を構えているにもかかわらず、本体へとダメージが通ってしまった。

……それからは、一方的だった。

基本的に【盾術】とは防御を主としたスキル。一対一にはあまり適してはいないのだ。

エコはただ必死にガラムの攻撃を受け続けるしかない。ガラムは《香車剣術》や《角行剣術》などの貫通攻撃を交えながら、じわじわとエコのＨＰを削っていった。

「シルビアさん！　シルビアさん！」

ウィンフィルドはなんとかシルビアを起こそうと奮闘する。しかしシルビアは目覚めない。精霊であるがゆえインベントリが存在しないため、状態異常回復ポーションなどを用いることもできなかった。

エコのＨＰはどんどんと削れていく。流石《さすが》は筋肉僧侶《そうりよ》と言うべきか、現状は自分自身で回復して耐えられているようだが、それでも《変身》が解けてしまってはとても耐え切れるものではなくなるだろう。

残された時間は少ない。誰かに状態異常回復ポーションを貰《もら》いに行くべきか……彼女がそんなことを考えていると、玉座の間を意外な人物が訪れた。

「……第一王子、クラウス……」

静かに呟き、下唇を噛《か》むウィンフィルド。タイミングとしては、最悪だった。

「良きところへ、殿下！　そこに寝ている女と、その灰髪の女を殺すのです！」

バル宰相が喜び勇んで指示を出す。

クラウスは無言でその腰から剣を抜き、ウィンフィルドへ向けて構えた。

「剣術、得意、なんだっけ。しまったなぁ」

第一王子クラウスは若くして第一騎士団長を務めるほど【剣術】に長《た》けていた。その腕前は、タイトル戦出場者を除き、王国一を争うほどと言われている。

ウィンフィルドは、シルビアを庇《かば》うようにクラウスの前へと立ちはだかった。彼女も精霊の端くれ、ただの人間よりは強い。だが、それがクラウスほどかといえば、そうではない。

「ふぅ……やるしかない、かな」

彼女は最終手段の行使を考える。誰《だれ》にも話していない、精霊のみが使える、究極の切り札だ。

元より、そのつもりで、最悪のパターンを予想していた。今が、たまたま、その最悪のパターンであったというだけの話。もしも王城攻略が長引き、タイトル戦出場経験者のような猛者が宰相の護衛として現れ、シルビアとエコが暴走し、二人がかりでも敵《かな》わなかった時。奇跡的にも、そんな

最悪のパターンだった場合は……　〝切り札〟を使う。昨日《きのう》から、そう決めていた。

ウィンフィルドにとっては「こう来たらこう」と、定跡のように決まった一手を放つのみ。いつも通りの、なんてことはない、その局面の最善手。全《すべ》ての駒《こま》を使い切り、ぴったりと相手を詰ますという、彼女好みの展開……の、はずだった。

だが、何故《なぜ》だろうか。彼女の覚悟は、なかなか決まらない。

「……ガラム。お前は遠征に行っていたのではなかったか？」

すると、クラウスがおもむろに喋《しゃべ》りだした。それは意外にも、ガラム第二騎士団副団長へ向けた言葉。何やら怪しい空気を察したウィンフィルドは、しばし様子を観察することにした。

「はっ……本日、帰還いたしましたっ」

ガラムは第一王子の言葉を無視するわけにもいかず、エコを封じ込めながらも返事をする。

「おかしい。やはり、おかしいのだ」

「何がおかしいのです、殿下！　早くその女を殺さねば、殿下がやられますぞ！」

ぶつぶつと呟《つぶや》くクラウスに痺《しび》れを切らしたバル宰相が叫ぶ。しかし、クラウスの様子は変わらなかった。

「急に呼び戻されたのだな？　その連絡を受けたのは、王国で騎士団の協定違反が話題となった後ではないか？」

「は、それは」

「そうなのだな」

「は……」

「もういい！　ガラム、お前は喋るな！　戦闘に集中せよ！」

「宰相！　貴様は黙っていろッ！」

クラウスは激昂《げきこう》する。これまでの疑念が、確信に変わった瞬間だった。

「お前の妻は知っている。フロン第二王妃付きの侍女だったな」

「はっ」

「昨日、第二王妃が王城から出ていく姿を見た。その隣にお前の妻の姿はなかった」

「だからなんだと仰《おつしや》るのです！」

「黙れ、バル。オレが国民に叩《たた》かれていた頃《ころ》、一度バルコニーで第二王妃を見かけた。その時、お前の妻はまだ彼女のメイドであった。その後に、お前を呼び戻す連絡が送られた。これらを全て加味して、この僅《わず》かな期間でお前が遠征先から単身戻ってこなければならない理由など……フン、反吐《へど》が出るな。簡単に想像がつく」

「殿下！　それは勘違いで御座います！　その侍女は粗相をして解雇され――」

「語るに落ちたな……外道が。オレを騙《だま》していたのだな。オレを利用していたのだな。ずっと、ずっと、このオレをッ！」

声を荒らげ、バル宰相を睨《にら》みつけるクラウス。最早、誤魔化《ごまか》しはきかなかった。

「フロン第二王妃は、メイドが粗相をしたくらいで解雇するような方ではない。ガラムは、王命である遠征を投げ出し部下を置いて一人帰ってくるような男ではない。オレは……オレはッ、父上が殺されて黙っていられるような男ではないッ‼」

クラウスは剣を構え、宰相へと向かっていく。

「貴様は王国の膿《うみ》だ。帝国の狗《いぬ》め、ここで成敗してくれる――ッ」

「――殿下、お許しを。私にも護《まも》らねばならぬものがあります」

その歩みを遮ったのは、ガラムであった。

エコは……《変身》が解け、まるでボロ雑巾《ぞうきん》のように叩きのめされ、床に転がっていた。

「退《の》け。お前も苦しかろう」

「なりませぬ。最早私は逆らうことなどできぬのです」

人質をとられていると、そう宣言しているようなもの。だが、どうすることもできない。

そして、ガラムとクラウスは対峙《たいじ》する。

「何故退かない。お前がその二人を殺してしまえばよいではないか」

「彼らの部下が手を下すでしょう」

「仕方がないのか」

「ええ。家族の辛《つら》い顔は、もう見ていられないのです」

ガラムのクラウスに対する態度は、シルビアたちへのそれとは違い、非常に敬意を払ったものであった。彼は、クラウスが幼い頃からよく知っていたのだ。

「……こういった形で師であるお前と対峙することになるとはな」

「いつかは、もう少し違った形で、と。そう思っておりました」

「フッ、言ってくれる」

じりじりと間合いを詰め合う二人。剣の構えは、とてもよく似ていた。

「ガラム！　そいつはもう使い物にならん！　始末してしまえ！」

何やら喚《わめ》き散らすバル宰相。だが、そんな声など、集中する二人には全く聞こえていない。

瞬間——二人の《銀将剣術》が一閃する。その刹那《せつな》に、一体どれほどの技巧が詰め込まれていたのか。それは二人にしかわからない世界だった。

「ぐっ……う」

クラウスが膝《ひざ》をつく。大腿部《だいたいぶ》には、深い裂傷。回復しない限り、立てないだろう傷だった。

ガラムは悲しげな顔でその様子を見つめる。妻と子のためとはいえ、一国の王子を、自分の弟子を傷つけたのだ。その事実は、彼の心に修復不可能なほどの傷を刻み付けた。

「いいぞ、ガラム！　とどめを刺せ！　殺せ！　そして、マインもハイライも、何もかも殺せ！　皆殺しだ！　王国など、滅茶苦茶《めちゃくちゃ》にしてやる！」

バル宰相は正気を失ったように笑う。否、彼はもう壊れていた。王国の傀儡《かいらい》化は失敗し、帝国にも見捨てられ、目指すべき場所など何処にもなくなり、ただただ破滅を願うだけの、憎悪と復讐《ふくしゅう》心にまみれた醜い男と化していた。

「…………」

ガラムは無言で気絶したままのシルビアへと近づいていく。この中で一番の脅威はシルビアだと考え、最初にとどめを刺すことに決めたのだ。

「……やる、かぁ。私に、任せてって、言っちゃったもん、ね」

頃合を見て、ウィンフィルドは静かに動き出した。なんの迷いもなく、ガラムへ向かって歩を進める。ようやく、覚悟が決まったのだ。

「なんだ」

ガラムは俄《にわ》かに警戒し、歩みを止めた。なんの構えもなく、丸腰で近付いてくる女。怪しいことこの上ない。

「ううん、別に。ただ、ちょっと、寂しいかなって。最期の挨拶《あいさつ》くらい、しておきたかったかも」

「……？」

にこっと笑って、そんなことを言う。ガラムは意味がよくわからず困惑した。

「精霊ってね、存在そのものを、燃やすことで、ちょっとだけ、無敵になれるんだ。一分くらい、かな？　その間に、君たち三人殺して、シルビアさんと、エコさんを、救出する。それが、私の、最後の一手。ぴったりの、一手」

ウィンフィルドの懸念は、残念ながら当たってしまった。ゆえに、彼女は当然とばかりに〝切り札〟を使い、遊戯《ゲーム》を終えようとする。

他に道筋はいくらでもあったが、これがこの場の最善だった。

価値観の違い、だろうか。死生観の違い、だろうか。その命一つで全てが解決するのなら、喜んで差し出す。ウィンフィルドとは、そのような精霊だった。

「これで、終局。やったね。私がいなくなる以外、なーんも、問題なし。グッドな結末、だね」

けろっとした表情で呟いて、自身の胸に手をかざす。

人間でいう心臓の位置に、精霊の命の根源は存在する。

それを、破壊する。至極簡単で、とても恐ろしい方法だった。

「ばいばーい――」

……………………次の、瞬間。

ウィンフィルドはおろか、セカンドでさえ、知り得なかった方法で。暗黒が溢《あふ》れ、闇《やみ》が沸騰し、誰《だれ》もが生を諦《あきら》めたくなるような威圧とともに……ここに現れるはずのない恐怖の存在が、影の中から顕現した。倒れ伏す、シルビアの影から。

「――記憶している影ならば何処へでもってか。とんでもねえな。まさか〝人の影〟に転移できるとは思わなかった」

◇◇◇

……で、何この状況。物は試しとばかりにシルビアの影へと《暗黒転移》してみたはいいものの、だ。シルビアは白目むいてぶっ倒れてるし、エコはボロボロでうずくまってるし。

ウィンフィルドはこっちを見て、目を丸くして驚き……それから、静かに涙を流した。え、こいつが泣くって、よっぽどだな。

「お前がやったの？」

ウィンフィルドと対峙している大剣のオッサンに話しかける。オッサンはギロリと目を鋭くして、大剣を握り直しながら口を開いた。

「何者だ？」

おお、隙のない構え。結構やるなこいつ。

なるほど、シルビアとエコはこのオッサンにのされたんだろう。確かにＰｖＰ《プレイヤー・バーサス・プレイヤー》慣れしてるっぽいからな、ダンジョン攻略しか経験のない二人だと、力押しでは少々厳しいかもしれない。

メヴィオンはそこそこのステータス差などいとも簡単にＰＳでひっくり返るゲームである。それが二対一といえどもだ。こいつぁ一度は経験しないとわからない大きな〝差〟だな。いや、〝壁〟と言った方がいいか。誰もがいずれ突き当たる壁。ぶち破れるかどうかは、そこからどれだけ真面目《まじめ》に取り組んだかで決まる。

二人には良い薬になったことだろう。こんくらいの頃ってのは、自分が上級者にでもなったつもりで変に自信をつけて自分より弱いやつらを相手に威張ったり優越感に浸ったりと、自然に増長してしまうものだ。一度こっ酷《ぴど》くやられるのも、今後のための勉強ってなもんだな。

「あんこ、お疲れ。送還するから休んでていいぞ。それとも見ていくか？」

「主様《あるじさま》、然様《さよう》につれないことは仰らないでくださいまし。是非に主様の勇姿をこの目へ焼き付けとう存じます」

「そうか。じゃあその辺で見てろ」

えーと、あいつは大剣だから【剣術】か。よし、じゃあ俺も。

「おっ、宰相もおるやんけ！　お前も見とけよー」

誰に喧嘩《けんか》を売ったのか知らしめる良い機会だ。

俺はミスリルロングソードをインベントリから取り出して、オッサンと向かい合う。

「コインが落ちたら開始の合図だ。いいか？」

「待て。お前は何者だ。その黒衣の女は、一体誰だ？」

「どうでもいいじゃん。俺さあ、もう、久しぶり過ぎて……アー駄目、我慢できない」

ピンと、コインを弾く。瞬間、オッサンが身を引き締めたのがわかった。やはりな、切り替えが早い。流石《さすが》、俺の目に狂いはなかったな。

そして、コインが――――落ちる。


「はい終わり」

前言撤回だ。開幕でオッサンの右腕の腱《けん》を切断し、勝敗は一瞬で決した。雑魚《ざこ》だった。

初動が遅すぎる。《角行剣術》のフェイクにすら反応できていない。俺の足ばっか見てっから出遅れるんだよ。それに間合いすら正確にはかれていない。

「な、なん、なんだお前!?　な、何をした！」

「何って、歩兵剣術だろ」

「その剣は、なんだ！　剣が、伸びたぞ!?」

「そりゃこんくらい伸びるだろ。柄《つか》の先っぽを持つんだよ」

「な……！」

あー、それを知らなかったからこんなに詰めてたのか。

「基本を勉強し直せ。足を見ずに全体を見ろ。それとさあ、大剣はやめた方がいいんじゃない？　合ってないよ。全然使いこなせてないぞ」

アドバイスしてやると、オッサンは絶望するようにガクリと項垂《うなだ》れて、その場に膝をついた。自信があったんだろうなあ、ハハハ。

「エコエコー。あ、気絶してんのか？　目ぇ覚ませー」

地面にうずくまり意識を失っているエコに、状態異常回復ポーションとついでに高級ポーションを飲ませる。すると、見る見るうちに元気を取り戻した。「せかんど！」と満面の笑みでぎゅーっと絡みついてくる。

次いでシルビアの気絶を状態異常回復ポーションで解く。シルビアは「なっ⁉」と声をあげて飛び起きると、俺の方を向いて「はぇっ？」と目を点にした。寝ぼけているみたいで少し可愛《かわい》い。

「ウィンフィルド、説明頼む………あれ、ウィンフィルド？」

今どんな状況か聞こうと思い、ウィンフィルドを振り返ると、彼女はまだ泣いていた。マジかよ。どんだけショックなことがあったんだろうか。

「よか、よかったぁ、よかった、よぉ……うぇぇぇん」

ガチ泣きやんけ……仕方がないので「よしよし」と抱きしめて、泣き止《や》むのを待つ。

……背負わせすぎたのかもな、色々と。思えば、全《すべ》て任せっきりだった。ユカリに召喚させて以来、人間界は初めてだろう彼女をちょっとでも労《いたわ》ろうなんて、これっぽっちも考えたことなどなかった。特になんの根拠もなく、頭が良いというだけで「こいつなら大丈夫だろう」と思ってしまっていたが、彼女だってチームの一員だ。もっと気にかけてやるべきだったのかもしれない。

「わたっ、私、セカンドさん、来なくてもっ、上手《うま》く、解決、できるように、してたのに、それが、最善だと、思ってたけど、でも、でも、本当は、消えたくなかった！　もっと、方法、あったかも、しれないけどっ、でも、これで、いいんだって、昨日《きのう》は、納得してたのに！　でも、ダメだった！　なかなか、決断、できなかった、の！　ごめん、ね、役立たずで、ごめんっ！」

ちょっと何言ってるかわかんない。ただなんとなくニュアンスは伝わった。「役立たずでごめんなさい」と、必死に謝っている。何かミスったんだろうな多分。というか俺の服に鼻水が……まあいいや、どうせこいつのマスターが洗濯するんだし。

「誰だってミスはするぞ。俺なんかあんこの転移の汎用性《はんよう》に昨日の夜中に気が付いたからな」

「違う、違うの！　相手が、強いって、わかってたけど、慢心したの！　皆を、危ない目に、遭わせちゃった！　私が、もっと、早く、決断してたら、こんな、ことにはっ」

「冷静になれ。そもそもお前が役立たずならシルビアはどうなる」

横で「酷《ひど》くないか？」とツッコミを入れるシルビアを無視して、俺は言葉を続ける。

「なあ、半月足らずで宰相たちをここまで追い詰めたやつは誰だ？　たった半日で城を落としたのは誰だ？　被害がメチャクソ少ないのは誰のおかげだ？」

「……せ、セカンド、さん？」

「違うわッ！　てめェーだよてめェー！」

過小評価も大概だな。

「お前はついこの間までずっと完璧《かんぺき》超人で過ごしてきたんだろう。常に最善手を指し続けてきたんだ。だから一つ二つのミスでこれほどヘコむ。真っ白で綺麗《きれい》なシャツほどシミが気になるものだからな。その気持ちはわからんでもない」

「でも、最善手、じゃないと、皆の、命が」

「そう背負い込むな。次善手でもいいし、負けない手でもいい。必ずしもピッタリ終わらせる必要はない。これは〝遊戯〟なんだろ？　だったらもっと余裕を持って遊べ」

「……！」

「お前、自分一人で全てを綺麗さっぱり解決しようとしたんだろ。そんなことしてもつまらんぞ。遊戯だからって簡単に命を賭《か》けるな。遊戯だからこそ楽しんで命を賭けろ。ここぞという時にだ。そしたらきっと面白くなる。もっと楽しめる。どうだ、俺の言ってることわかったか？　わかったらもうメソメソするな」

ウィンフィルドは未《いま》だ泣いたままだが、胸の中でこくこくと頷《うなず》いている。

そうかそうか、わかったか。なら……。

「……じゃあ、お仕置きだな」

ビクッと、その肩が震えた。

「な、何故《なぜ》だ、セカンド殿？　私が言うのもなんだが、ウィンフィルドはよくやったと思うぞ？」

「そりゃ知ってる。シルビアさんよ、お前がぶっ倒れてたのはお前が一人で勝手に暴走してドジ踏んだってだけだろ？　それはよぉ〜く知ってる」

「……う、うむ。心からすまないと思っている」

「だが、エコが手酷くやられたのは気に食わん。それはウィンフィルドに監督責任が……あ？　ちょっと待てよ？　これってウィンフィルドのせいというより、勝手に気絶したシルビアの――」

「――死ねぇッ‼」

俺が真犯人へと辿《たど》り着《つ》きそうだったその瞬間、実に空気の読めない宰相が俺に何かを投げてきた。

そういえば、彼らを放置したまんまだった。

「あ、主様に向かって、刃物を投げつけるなど……！　それも、毒を！　塗って……！」

途中でキャッチしたあんこが、わなわなと怒りに震えながら言う。ナイフをクンクンしただけで毒が塗ってあるとわかるのか。流石は狼《おおかみ》、鼻が良いな。

というかどんだけ悪足掻《わるあが》きするんだ宰相。往生際が悪いったらない。最早何が目的なのかすらわからん。今も現在進行形で意味がよくわからないことをあーだこーだと喚《わめ》き散らしている。なんだこのオッサン……だんだんアワレに思えてきたな。

「さ、宰相閣下！　ににに、逃げましょうぞ、宰相閣下！」

宰相をなんとか正気に戻そうと隣で声をかけ続けるオッサンもかわいそうだ。誰《だれ》だっけこいつ。第三騎士団長だっけ？　ジュ、えーと、ジュ……ジュゲム？　いや、ジュル……あれ、ジャだったか？　ジャジャジャジャ、ジャー……。

「きえええぇッ」

……ほんの一瞬。宰相から目を離した、その瞬間だった。

俺が目にしたのは、奇声をあげながら突進する宰相が、何処から持ってきたのか細長い剣を手に持って、あんこの背中に斬りかからんとする光景。

「あっ」

――と、言う間だった。

ハウスとか、ステイとか。殺すな、とか、口に出す暇もなく。《送還》すら、する間もなく。

あんこは体をねじって振り返り、ひゅるりと、下から上へと左手を振った。

爪攻撃。歴《れっき》としたあんこのスキルである。

……だから、だろう。宰相の最期は、それはそれは、もう、酷いものだった。

「うわマジかよ……」

一言で表せば、壁にこびり付いた血肉。クレーターのようにボコリと凹んだ壁に、宰相だった肉の塊がめり込んでいる。常軌を逸した圧力で「ギュッ」となっており、あちこちから骨らしき白いものが飛び出していた。

ぼとり。何処の部位かもわからないようなぐちゃぐちゃの肉片が床に落下する。よく見ると、天井には夥《おびただ》しい量の血と肉が飛び散っていた。こりゃ掃除が大変だぁ……。

「い……ひっ……！」

第三騎士団長が短い悲鳴をあげて、カクッと尻《しり》から崩れ落ちた。数秒経《た》って、大理石の床に水たまりができる。あーあ、シェリった。

「もっ、申し訳御座いません、主様！　またしても私、勝手な振る舞いを！　手が、手が滑ってしまったのです！　嗚呼《ああ》、この手が！」

「あんこ」

「は……はい」

「今のは仕方ない」

真後ろにあんな気持ちの悪い汗だくのオッサンが迫ってきていたら、そりゃ手くらい出るわ。

「なんと寛大なご処置。頭が下がるばかりで御座います……」

俺はあんこの頭をぽんぽんとして、ついでに耳をもふもふっとして、粗相を許した。

あー……しかし、呆気《あっけ》なかった。捕まえたところで処刑は免れなかっただろうが、何か有用な情報を持っていた可能性もあるので、ここで殺すのは少しもったいなかったかもしれない。

まあ、いいや。情報を持ってそうなオッサンはもう一人いるからな。

「ひいぃぃ！」

ちらりと視線をやると、第三騎士団長はずりずりと尻を引きずって後ずさった。

「……え、あれ？　クラウス？」

キショイなぁと視線を逸《そ》らしたところで、俺は初めてクラウス第一王子の存在に気が付いた。

クラウスは、未だ絶望の表情を浮かべる大剣のオッサンの横で、ぼーっと突っ立っている。抵抗する様子は全くない。宰相とは打って変わって潔いな。良いことだ。

「よし、一件落着だな！」

晴れやかに言って、ぐぐーっと伸びをする。

カメル神国は追っ払った。カラメリアの規制も始めた。宰相と第三騎士団長と第一王子は捕まえた。第一王妃もまあ捕まっててんだろ多分。城もそろそろ落ちるだろう。なら、もう国内で憂慮すべきことは大方ない。あとは……。

「じゃ、この宰相だった肉を箱に詰めて帝国に送ろう」

「ほ、本気か？　セカンド殿」

「ああ。腐るといけないから、クール便で送ろう」

「……本気なのだな」

当然だ。

「ムカつくんだよ。自分だけ安全圏でぬくぬくと高みの見物か？　どうせ国王暗殺の指示を出したのも皇帝だろう。そのくせ援軍を送らなかったのも皇帝だ。土壇場で保身に走りやがった。腹立たしいったらない。だろ？　俺はもう決めたんだ。これから一生、皇帝には一日たりとも安眠なんてさせねえからな。クソほど嫌がらせしてやる。いつ俺が攻め込んでくるか、ビクビクしながら暮らしてりゃいい。そして願わくはストレスでくたばれ」

「よかった。私はてっきり、これから帝国と全面戦争でもおっ始めるのではないかと思ったぞ」

「まさか。そんな暇ねえよ」

「暇……？」

「ああ。だって――」

マインなら、俺との約束をしっかり守ってくれるだろう。だったら、そう、そろそろだ。

「そろそろ、冬季タイトル戦の時期だからな」

◇◇◇

ほどなくして、王城は完全に制圧された。

第一王子派の兵士はみな拘束され、肉塊となった宰相以外の重要人物たちも次々と捕まる。

クラウス第一王子は、慚悔《ざんかい》の表情で俯《うつむ》き、何一つ抵抗しなかった。ジャルム第三騎士団長は、小便まみれでガクガクと震えながら泣いていた。ホワイト第一王妃は……ちょっと見るに耐えなかった。乱心者とはああいうやつのことを言うんだろう。

まあ、そんなことは最早どうだっていい。

やっと長らく続いたゴタゴタのカタがついたんだ。俺はこの実に晴れやかな気分のままメシ食って風呂《ふろ》入って寝たい一心で、スキップしながら家路についた。

「ユカリ、どうだ、約束守っただろうが」

深夜だというのに、豪勢な晩酌。使用人には足向けて寝られないな。

酔っ払った俺は、ふと思い立ち、おもむろにユカリへと話しかける。

「はい。ご主人様は、なんとかしてくださいました」

ユカリはやはり約束を覚えていたようで、過去の俺の言葉に重ねるようにそう言うと、珍しいことに微笑を浮かべた。

「ルシア・アイシーン女公爵の仇《かたき》……バル・モロー宰相の最期は、聞いたか?」

「はい。それはそれは大層なものだったと」

「見なくて良かったぞ。今夜のハンバーグが食えなくなるところだった」

「ご主人様。しっかり完食されてからそう申されましても説得力が御座いません」

確かに。でも美味《おい》しかったんだもの。

「そうだ、キュベロはいるか?」

「は、ここに」

いた。いつでも何処でもいるなこいつ。

「仇は討てたと思うが、どうだ?」

「これ以上ない結果で御座います。義賊弾圧隊による奇襲が騙《だま》し討《う》ちであったことは国民に知れ渡り、卑怯《ひきょう》な真似《まね》をした男は死にました。亡き親分と、私のために死んでいった部下たちの無念も、晴れたことでしょう」

「あとは生き残りの捜索だな。大丈夫だ、もう弾圧はされない。きっとすぐに出てくるさ」

「……はいっ」

キュベロは声を殺し、静かに涙を流した。

それが悔しさや悲しさの涙ではないということは、すぐにわかった。

「それと、ビサイドに伝えておけ。よかったらうちで働いてくれと。新たにメンバーが見つかったら、そいつも雇い入れる準備がある」

瞬間、ギリギリ堪《こら》えられていた嗚咽《おえつ》が決壊する。キュベロは男泣きに泣いた。こいつ結構我慢強いと思っていたが、意外と涙脆《もろ》いのかもしれない。

「えーと、あとは……」

マインとの義理も、果たした。女公爵から託された王国の未来も、しばらくは明るいだろう。

そしたら、残すところは。

「ウィンフィルド」

「はい。セカンドさん」

こいつだな。彼女には、色々と世話になった。一から十まで、それはもう色々と。だが、そこに感謝や謝罪の言葉など、必要ない。俺と彼女は、ただ盤上で戯《たわむ》れていただけなのだから。

「面白かったか?」

「つまらなくして、ごめんね。私、まだ、幼かった」

「勝ちに必死だったか」

「うん。勝ち急いじゃった、かな」

偉いな。つい数時間前まで感情的になってわんわん泣いていたのに、もう自分の反省点を客観的に分析している。

「セカンドさんは、凄《すご》いよ。雑念が、全く、なかった。なのに、私、なんて……」

「あーやめろやめろ。俺のことはもっと褒めていいが、反省は自分の部屋でやってくれ」

「うん。じゃあ、褒める。セカンドさん、かっこいい！　セカンドさん、世界一位！　セカンドさん、大好きっ！」

「わはは！　今日は楽しい夜だ」

程よく酔いも回り、最高の気分である。しかし話が終わった途端、ウィンフィルドは《送還》されていった。彼女が何をしたというんだ。

「……さて」

気を取り直して、視線をシルビアへと向ける。シルビアは俺と目が合うと、すーすーと寝息を立てて眠るエコを膝《ひざ》の上に乗せたまま苦笑いした。

「らしくないことは、とりあえず全《すべ》て終わった。これからは、らしいことに戻ろうと思うんだ」

「うむ。というと？」

「手始めにメティオダンジョンでドラゴン狩りでもするか。明日」

「明日⁉」

「善は急げだ。あ、明日じゃなくてもう今日か」

「ま、待て、切り替え早すぎないか⁉　その、何か、こう、打ち上げみたいな、そういうのをやって少しゆっくりしてからでも……」

シルビアめ、政争でゴタゴタしている間にまた随分と気が緩んでいたみたいだな。よぉし、来るタイトル戦へ向けて一から叩《たた》き直してやる。

「決めた。メティオじゃなくてアイソロイスにしよう」

「こっここ甲等級ダンジョンではないかぁ！　無理、無理無理っ！　私にはとても無理だ！」

「問答無用」

「そんなぁ……」

折角休めると思ったのに、と残念そうな顔をするシルビア。うーん、ちょっとだけ不憫《ふびん》に思えてきたので、ムチだけでなくアメも用意してみる。

「帰りにショッピングでもするか。お前とエコに、ご褒美を買うって約束したもんな」

「そ、そうかっ、それは楽しみだな！」

急激な復活。なかなかに甘やかしすぎているかもしれないが、笑顔が可愛《かわい》いのでよしとする。

こうして、俺たちが首を突っ込んだ政争は幕を閉じ、また、いつも通りの生活が戻ってきた。


……と、思っていたのだが。翌朝、俺の家をマインが直々に訪れた。

「……ようこそマイン国王陛下」

「ちょ、やめてくださいよ！　まだ即位してませんし」

「じゃあマイン次期国王陛下」

「もうっ！　そういうのは一切ナシです。ボクとセカンドさんは、と、友達なんですから」

友達と口にするだけで何故か赤面するマイン。こっ恥ずかしいなら言わなけりゃいいのに。

「言ったな？　じゃあ俺も言わせてもらうが、こんな朝っぱらから来るな鬱陶《うっとう》しい。自分の立場を考えろ立場を。無視したくてもできねえんだよ」

「あっ、酷《ひど》い！　折角お礼の品の希望でも聞こうかなって思ってたのに」

「よくぞ来たマイン。俺の盟友よ！」

「調子が良いんだからもう……」

……で、わざわざ訪ねてきてどんな大事な用があんのかと思いきや、マインが最初に口にしたのはなんともつまらない話だった。

「クラウスの処罰ぅ？」

「はい……」

「俺が知ったこっちゃねえよ面倒臭い。死刑でいいだろうが。それか私刑」

「しかし、母上が反対してまして」

へえ、フロン第二王妃が。確かに、あの人メチャメチャ優しそうだもんなあ。

「ウィンフィルド、お前はどう思う？」

「私も、死刑、かなあ。副団長に、ついても、死刑で」

「副団長？」

「第二騎士団副団長のガラムですね。セカンドさんに瞬殺されたと聞きました」

「ああ、あのオッサン」

俺としては、あのオッサンは別に死刑でなくてもいいと思う。シルビアとエコの鼻っ柱をへし折ってくれた働きはデカイ。ただクラウスはなんとなく気に食わない。

「問題は、兄上が宰相に利用されていたという点なんです。兄上自身は、ずっと王国のためを思って行動していたみたいですから……」

「そりゃつまり、あいつが馬鹿だから良いように担ぎ上げられてこんな事態になったと、そういうことだろ？」

「ええ、まあ、端的に言うとそうですね」

「じゃあ駄目じゃん」

「駄目なんですけど……母上が」

なるほど。マインのやつ、王立魔術学校でマザコンって陰口叩かれていただけはあるな。

「マイン、お前が決めろ。お前が自分で考えて決めないと、お前の母親が国王になるのとなんら変わらんぞ」

「……ですよね」

あー、駄目だこりゃ。

「もういっそのこと、あいつをお前の奴隷《どれい》にしちまったらどうだ？」

「考えました。ボクもそれが良いと思ったんです。でもハイライ大臣やメンフィス団長は、王子が奴隷になるなど国の恥だと」

「だっははは！　国の恥ってオイ、帝国にこんだけ内部を食い荒らされて今更そんなこと言われても、それこそ他国のお笑い種《ぐさ》だぞ」

「身も蓋《ふた》もないですね」

「事実だろうが」

「はぁ……政治って難しいです」

なーにを当たり前のことを……。

「大丈夫だ。お前が暴君にならないように俺たちが見張っといてやるから、好きなようにやってみろ。そんで間違ってたら、反省して、またやり直しゃいい」

「セカンドさん……」

「だから、きちんと冬季タイトル戦を開催しろよ。あと四大属性の魔導書を壱ノ型から肆ノ型まで全部よこせ」

「それが本音ですよね」

「これも、本音だ」

マインは呆《あき》れたように笑って「仕方ない人だなあ」と呟《つぶや》く。オッケーってことだよな。よっしゃ、これで身内全員に全属性の【魔術】を覚えさせられる。伍ノ型の魔導書については俺が手に入れるから無問題《モウマンタイ》だ。

他にも欲しいものは数多くあったが、今回はこれで妥協しておいた。別にこのために頑張っていたわけではないのだ。手間が省けてラッキー、程度の感覚のものでいい。

「……わかりました。ボク、自分の思うようにやってみます」

俺の適切かつ妥当なアドバイスで何かを掴《つか》んだのか、マインはしっかりした眼差《まなざ》しで宣言した。

ああ、それでいい。キャスタル王国がそれなりに良い形で存続して、タイトル戦が開かれるなら、

それでいいのだ。

「では、最後にセカンドさんの処遇を伝えますね」

すると、マインが急に真面目《まじめ》な顔をしてそんなことを言い出す。何やら重要な話のようだ。

「キャスタル王国は、貴殿をキャスタル王国　駐剳《ちゅうさつ》ジパング国特命全権大使として認め、合意するものとします」

「はあ」

「……ええと。つまり、セカンドさんはこのままキャスタル王国に住んでいてもいいですよってことです。この馬鹿みたいに広い土地もジパング大使館として認めますし、まあ、色々と便宜も図りますよと」

「おお」

何か色々と無理があるような気もするが、どうにか問題にならないようにと俺の処遇を苦心して考えてくれたみたいだ。うん、実にありがたい境遇だと思う。

俺は感謝を言うのも少しおかしな気がしたので、「謹んでお受けします」とマインに倣って大真面目に書状を受け取った。ちなみにこれがなんの書状なのかはサッパリわからん。

……こうして、政争が終わり。俺は、何故か、在りもしない国の大使となった。

◇◇◇

「………っ」

皇帝ゴルド・マルベルの娘メルソン・マルベルは、戦慄《せんりつ》を覚える。

父親に呼び出され、そこで目にした光景は、彼女の想像を絶するものであった。

「これはバル・モローのペンダントであるな。余が贈与した品と同じだ」

「父上は、こ、これが、バル・モローの亡骸《なきがら》だと……そう、仰《おつしや》るので？」

「違いあるまい。はっはっは」

「笑いごとではありません！　こんな、このような……！」

メルソンは変色した肉塊から目を背ける。

こんなものが人の死体だなどと、俄《にわ》かには信じ難い。しかしながら、もし、それが本当なら。そう考えただけで、身震いするほどに恐ろしかったのだ。

「よいか。相手は、皇帝に挽肉《ひきにく》を送りつけてくるような輩《やから》である。絶対に手ぬるい真似《まね》などしてはならんぞ」

「………」

「神国は敗走したのだ。その男一人によってだ。メルソンよ、決して戦って勝とうなどと思うな。さすれば次はお前がこうなる。お前は、余の背を見て学ぶのだ。余の良きところを学び、悪《あ》しきところを学び、己の糧とせよ」

「……はい、父上」

閑話二　序列戦

ファーステスト家には序列が存在する。まず頂点にセカンドが。次に、シルビア、エコ、ユカリの三人が。ここまでは、絶対不変の序列である。

それよりも下……即《すなわ》ち、使用人たちの序列。ここに、熾烈《しれつ》な競争があった。

序列上位を占めるのは、「十四人」と呼ばれる初期のメンバー。通称、第零《ゼロ》期生。

メイド十人による〝十傑〟と、男四人による〝四天王〟、合わせて十四人である。

その下に続くは、第一期生。十四人直属の部下として入った大勢の使用人たちだ。

更にその下に第二期生が存在し、そろそろ第三期生も入ってくるのではないかと噂《うわさ》されている。

さて、彼らはその序列とやらを一体どのようにして決定しているのか。

それは――「序列戦」。希望者のみの参加で、定期的に開催されている。

最初のうちは、こっそりと、なんとなく戦って、なんとなく序列を決めていた。

しかし、ある日、ユカリにバレたのだ。お叱《しか》りを受けると、誰《だれ》もがそう思ったが……ユカリの口から出てきたのは、意外にも、序列戦という公式化の提案であった。

一位は二位と、三位は四位と、といった具合に、直近の順位の者同士で対戦し、序列を更新していく方式である。一度の開催で必ず二回対戦が行われ、それぞれに挑戦と防衛のチャンスが均等に与えられる。つまりは、二位と三位、四位と五位の対戦が行われた後、一位と二位、三位と四位の対戦も行われるというシステムだ。使用人たちはこれを偶数頭戦・奇数頭戦と呼んで区別している。特に、奇数頭戦は熱いものがあった。序列一位が入れ替わる可能性があるのだ。また、ここで二連勝する者も少なからず出てくる。盛り上がらないはずがなかった。

「今回は恐らく荒れますね……」

そして、また序列戦開催の時期が来る。政争終結後、最初の序列戦。久しぶりの開催ということもあり、キュベロの呟き通り、今回は荒れに荒れそうであった。何故《なぜ》なら、料理長ソブラがカラメリア依存症の治療で一時離脱しているため、序列三位が欠番なのだ。

序列二位　執事キュベロ
序列四位　園丁頭リリィ
序列五位　十傑エル
序列六位　十傑コスモス
序列七位　十傑シャンパーニ

関わりが深いのはこのあたりであろう。そして、序列一位……十傑イヴ。
一位から三位までは、今まで殆《ほと》ど不動であった。それが今、動こうとしているのだ。
当然、皆、上を目指す。特にリリィは気合が入っていた。ソブラに阻まれ挑戦できずにいた二位の座が、目の前にあるのだから。

「リリィ以下は序列を一つ繰り上げ、偶数頭戦から開始します。イヴはいつも通り見学です」

ユカリの監督のもと、序列戦が開始される。偶数頭戦、注目の対決は、やはりキュベロ対リリィ、エル対コスモスの二つであろう。序列一位挑戦者決定戦、そして欠番である三位に食い込む可能性を賭《か》けた一戦。それぞれ闘志が燃え上がっていた。

「キュベちゃんとやるのは、随分と久しぶりねぇ」

「何か月ぶりでしょうか……少々、楽しみなものがあります。リリィちゃん」

「嬉《うれ》しいわぁ。アタシも、滾《たぎ》っちゃう……！」

向かい合う巨漢と執事。双方、余裕の表情を浮かべつつも、隠しきれない熱気を放っていた。

序列戦非参加の使用人たちは、観戦しながらその瞳《ひとみ》をキラキラと輝かせる。自分もいつかはあんな風に――と、憧《あこが》れているのだろうか。それとも、単純にハイレベルな戦いが楽しみなのだろうか。

恐らくは、その両方の者が殆どであろう。

「行くわよ。〝オネエ〟っていう生き物が、どれだけ強いか見せてあげる」

「私の方こそ、義賊の流儀を教えて差し上げましょう」

二人が主に用いるスキルは【体術】である。ゆえに、観客はこう予想した。技のキュベロ、力のリリィ、その勝負になるだろうと。二人の体格差が、そう予想させたのだ。だが、実際は――

「良い拳《こぶし》です！」

「キュベちゃんこそっ！」

ガツンという音を立てて、二人の《銀将体術》が正面から衝突する。

どちらも、その特徴を語るならば「力」であった。拳一つで義賊R6《リームスマ・シックス》の若頭まで上り詰めたキュベロと、その大きな体躯《たいく》を存分に活《い》かしたリリィ。パワーとパワーのぶつかり合いである。

「ウフフ。ねえ、何故オネエが強いかわかるかしら？」

「失礼。浅学非才の身で御座いまして」

「それはね。男の筋力に、女の繊細さ。相反する二つを兼ね備えているからよぉんっ！」

瞬間、リリィは間合いを詰め、空を舞った。

一見して隙だらけの愚行。しかしその予想外の行動に、キュベロは一瞬たじろいだ。ソブラならば「馬鹿じゃねえの」と一笑に付すだろう行動が、クソ真面目なキュベロには効果抜群だったのだ。その舞に「何か意味があるのではないか」と考えてしまったのである。

「くっ……！」

上から押《お》し潰《つぶ》すようにして放たれたリリィの《銀将体術》がキュベロを襲う。その巨体と相まって、途轍《とてつ》もない威圧感であった。

「う、受けきるなんて、やるじゃないっ、キュベちゃん」

「……お褒めに与《あずか》り、光栄です。では、今度は私の番ですよ」

キュベロは躱《かわ》さず、あえて真正面から受け止めた。力勝負で、上を行く。でなければ意味がない。

それが彼の言う「義賊の流儀」であった。

そして、キュベロは耐えた。この時点で、リリィは負けを覚悟する。自分の拳を真正面から受け止められたのだ。自分だけ躱すことなど、できない。たとえ負けるとわかっていても、同じように真正面から受け止める。それが礼儀と知っていた。

「来てぇん！」

「参ります」

キュベロの《銀将体術》が、リリィの体を数センチ浮き上がらせる。リリィは後方へ三歩後退し、そのまま、仰向《あおむ》けに倒れた。

勝負あり――序列、変わらず。

「おう……って、今回はお前かぁ」

「いやあ、お世話になってます。エルっち」

向かい合うは、万能メイド隊〝十傑〟同士。エルとコスモスである。

エルは言わずと知れた赤毛の凸凹姉妹、その姉の方。誰もが恐れる「武闘派エル隊」の隊長だ。

一方で、コスモスというメイドは……方々で嫌がられていた。別に嫌われているわけではない。

しかし、あまり良いイメージはないのである。

「エルっち、今日も太ももが眩《まぶ》しいですねー。ぜひ匂《にお》いを嗅《か》ぎたいです」

「相変わらずブッ飛んでんなオイ……」

何故なら――彼女は、ド変態であった。

口を開けば下ネタばかり。歩く猥褻《わいせつ》物とは彼女のことを言う。趣味は絵を描くこと。芸術的センスに秀でており、屋敷の内装は殆ど彼女のセンスで決まると言っても過言ではないほどに非凡な才能の持ち主である。絵の才能も天才的で、廊下に彼女の描いた絵画を飾ることもあるとか。

しかしその実態は、なんとも変態的なものである。彼女はドぎつい下ネタを絵画の題材として抽象的に表現し、他人に公開することで、人知れず興奮しているのだ。部下のメイドを相手に、自身の描いた花の蜜《みつ》を啜《すす》る芋虫の絵画を前に「あれは女性器と男性器が云々《うんぬん》」などと懇切丁寧に解説することも多々あった。ゆえに、コスモスのそんな変態性を知っているメイドたちは、彼女のことをなんとなーく嫌がるのである。

「うっし、やるか」

「お願いしまんす」

「…………」

男勝りで「細けぇこたぁ気にしねぇ」タイプのエルでさえ呆《あき》れるような言動は、いつものことであった。そのくせ、見た目だけは黒髪ロングの正統派な美少女と、まさに清楚《せいそ》そのものである。そして……。

「おっとぉ」

やはり、強いのだ。エルの鋭い《歩兵体術》を、いとも簡単に躱す。

当然であった。でなければ、序列六位になどなれない。

彼女は自身の得物《えもの》である【杖術《じようじゆつ》】の棒を取り出し、ゆるりと構えた。

「変態のクセにやるじゃねーか」

「そんなに褒められると下着を穿《は》き替えなきゃいけなくなりそうです」

「てンめぇ、舐《な》めるのもいい加減に」

「あっ‼」

「な、なんだよ」

「大丈夫でした。今日そもそも穿いてなかったです」

「……おちょくってんのかオラァ！」

「いやーん！」

コスモスはわざとらしく体をひねり、エルのパンチを避《よ》けるフリをしてすっ転ぶ。

ロングスカートがひらりとめくれて、中身があらわとなる。実に巧妙に、エルにだけ見えるような角度で計算されていた。

「マジじゃねぇか‼」

「つるつるでしょう？　ふっふっふ、私もエルっちみたいにミニスカートのメイド服にしましょうかねー」

「ぜってぇーやめろ！　ユカリ様に言いつけるぞ」

「わあ！　それだけは勘弁してください！」

コスモスは体をビクッとさせて、遠くでキュベロとリリィの対決を観戦しているユカリの様子をちらりと見やる。いくら変態といえど、鬼のメイド長は怖かった。

その一瞬の隙を、エルは見逃さない。

「そこだァッ！」

大股《おおまた》で間合いを詰めて、すかさず《香車体術《きようしや》》を発動する。

《香車体術》は、足技。つまりは……ハイキック。

「が、眼福……！」

コスモスは何故か満足げな表情でダウンする。一瞬のできごとであった。

勝負あり——序列、変わらず。


偶数頭戦が終わり、同日午後、奇数頭戦が開催される。

「これはこれはエセお嬢様、ご機嫌よう」

「おーっほっほ！　ご機嫌よう、品性下劣さん。良い天気ですわね」

序列五位コスモスVS序列六位シャンパーニ。二人は、犬猿の仲であった。

コスモスは偶数頭戦の時とは打って変わって、本気の表情をしている。絶対に負けたくないという気持ちがにじみ出ていた。もう一方、万能メイド隊十傑の一人シャンパーニは、なんとも優雅な表情でコスモスを見下している。

ふわふわの金髪はエレガントなウェーブを描き、そこそこ高い身長にそこそこ大きな胸、つり目で高慢そうな表情。どこからどう見ても〝お嬢様〟であった。よく見ると、メイド服もところどころにアレンジが加えられていて、煌《きら》びやかに装飾が施されている。

彼女はファッションや身嗜《みだしな》みについては決して手を抜かない。毎朝一時間以上かけて髪をセットするし、メイクも非常に丁寧で、メイド服の装飾は毎日変える。立ち居振る舞いも上品で、行動に一切の隙はなく、喋《しゃべ》り方は常にお嬢様然としていて、「おーっほっほっほ！」と冗談みたいな笑い方をする。

そう、彼女は〝お嬢様〟に憧れていた。何故《なぜ》そんなにも憧れているのかは、メイドたちの誰も知らない。だが、シャンパーニがメイドでありながらお嬢様であろうと日々努力していることは、メイド全員が知っていた。

だからこそ、コスモスはシャンパーニを嫌い、シャンパーニはコスモスを嫌う。

これは、「五位と六位の対決」ではない――「下品と上品の対決」なのだ。

「早く杖《つえ》をお出しになったらいかが？」

「パニっちこそ、さっさと黒くて長くてカッチカチのものを出したらどうですか」

「……貴女《あなた》、そのあだ名で呼ぶのはやめてって何度も言わなかったかしら」

「えー、いいじゃないですかパニっちぃ。パニっちのパイっちもプニっちしてそうですよねー」

「ムキィーッ！　今日という今日は許しませんわよ！　そこに直りなさいコスモス！　わたくしが正して差し上げます！」

「うわあ。ムキィーとか口で言う人、初めて見ました……興奮しますね」

コスモスは【杖術】を使うため棒を、シャンパーニは【剣術】を使うため木剣を構える。

双方、睨《にら》み合い……そして、息を合わせたかのように同時に踏み出した。

「あ、相変わらずの、ヘンタイ杖術、ですわねっ」

「パニっちこそ、剣の扱い方、上手《うま》いですねえ。床上手なんじゃないですか？」

「減らず口を！」

「フェ◯すぐしろ？」

「〜〜っ！　んもうっ！」

「ほらほら怒ってばっかりじゃなくて。私がパンティを脱ぎ始める前に勝たないと大変なことになりますよー」

「何を言ってるんですの⁉」

執拗《しつよう》なセクハラ攻撃と、うねうねと変幻自在な【杖術】でシャンパーニを翻弄《ほんろう》するコスモス。二人の対決はいつも、序盤はこうであった。

しかし、シャンパーニも負けてはいない。偶数頭戦では七位の厩務長《きゅうむちょう》ジャストから六位の座を防衛しているのだ。その実力は紛れもなく本物であった。

「このっ……いい加減に、なさいっ！」

「わっ、とと」

シャンパーニは《桂馬《けいま》剣術》の鋭い突きを放ち、コスモスの鳩尾《みぞおち》を狙《ねら》う。コスモスは間一髪で体をひねり躱した。木剣は、コスモスの脇腹《わきばら》を掠《かす》める。

「あ痛たた」

「おーっほっほっほ！　蝶《ちょう》のように舞い蜂のように刺す。リリィちゃんを見て学びましたわっ」

「……突くのがお好きですよね、パニっち」

「ええ。今は木剣ですけれど、普段はレイピアを使っておりますのよ。おほほっ！」

「じゃあ、突かれるのも好きと見ましたっ！」

「――――っ！」

脇腹を押さえて痛がるフリをしていたコスモスが、シャンパーニの不意を突いて《香車杖術・突》を発動する。貫通効果を持つ素早い突き――――コスモスお気に入りのスキルである。完全に勝ったつもりで油断しまくり高笑いしていたシャンパーニは、コスモスの《香車杖術・突》をもろに受け、白目をむいて気絶する…………というのが、いつものパターンであった。

「そう何度も同じ手が通用すると思ったら大間違いですわっ！」

流石《さすが》に、対策していたようである。シャンパーニはひらりと身を躱して、すぐさま《歩兵剣術》を発動し、コスモスの後頭部めがけて木剣を振り下ろした。

……瞬間、積年の恨み、とでも言うべきか。これまでコスモスにされてきたセクハラの数々が脳裏にフラッシュバックし、その手に握る木剣に必要以上の力が込められる。

「おほぉ⁉」

人様に見せられないような顔で気絶するコスモス。黒髪ロングの清楚な美少女ルックは、今や見る影もなかった。

「やったー！　やりましたわ！　やりましたわっ！　勝ちましたわ～っ！」

勝負あり――――序列、変更。シャンパーニは、五位へと上がった。

本日の最終戦、序列一位イヴVS序列二位キュベロ。この対決を一言で表すならば……いつもの、であった。いつも、一位と二位は、この二人なのである。

「代わり映えせず申し訳ありません」

「…………え……に」

「いえ別に、と申しております」

執事キュベロと向かい合う十傑イヴ。その隣に、何故かもう一人メイドがいた。

彼女の名前はルナ。通称「通訳」である。美人でもなく可愛《かわい》くもなく、かといって不細工でもない、至って普通の顔。髪も普通、体型も普通、声も普通、なんら特徴のないメイド。

その正体は、ユカリ秘蔵の暗殺部隊であるイヴ隊の中で最も優秀な暗殺者。とはいえまだ暗殺したことはない。ただ、彼女の調査能力は目を見張るものがあった。義賊R6《リームスマ・シックス》の生き残りビサイドを見つけ出したのも、第三騎士団長ジャルムの持つ暗殺部隊の隊長テンダーを捕えるためのお膳立《ぜんだ》てをしたのも、実は彼女なのである。

そして、そんな彼女には一つ個性があった。それは「物怖《ものお》じしない」というもの。恐怖という感情の欠落、と言っても過言ではないほどに。

ゆえに、である。ひょんなことから、メイドたちの殆《ほとん》どから恐れられていたイヴ隊長と会話をする機会が訪れた。そこでルナは、イヴの正体が「単に無口で無表情で内気で引っ込み思案で口下手《くちべた》なだけの少女」なのだと知る。白い悪魔や操り暗殺人形などと呼ばれ恐れられている彼女も、できれば皆と仲良くしたいと思っていた。そんな隊長の健気《けなげ》さに心を打たれたルナは、以来、イヴの通訳としてできる限り傍《そば》に控え、他人とのコミュニケーションを手伝うようにしているのだ。

「…………ぃ」

「こちらこそごめんなさい、と申しております」

「は、はあ」

だが、ルナもルナで問題があった。彼女自身、相当なコミュ障なのだ。

語尾に「と申しております」と必ず付けて、通訳という仕事に徹すれば、なんとか真面《まとも》に喋れるのだが……普段の彼女は、決して人と目を合わせることなどなく、自分から他人に話しかけること
も殆どなく、その日の業務が終わればすぐさま自室に帰ってペットの蜘蛛《くも》にひたすらぶつぶつと話しかけているような、まさに日陰の人間であった。

「……ょ……す」

「よろしくお願いします、と申しております」

「……はい。よろしくお願いします」

方向性の違うコミュ障二人による実に奇妙なマッチングである。メイドの皆はもうすっかりこの光景に慣れたようだが、執事であるキュベロは未《いま》だに慣れていない。

挨拶《あいさつ》を終えた二人は互いに礼をして、距離をとり、向かい合う。役目を終えたルナは、観戦者の列へと去っていった。

キュベロは「うちの使用人は皆どうしてこう一癖も二癖もあるのでしょうか」と執事らしい悩みに嘆息しながら、ゆるりと拳《こぶし》を構えた。相も変わらず、彼が使うのは【体術】である。

一方でイヴは、両の腕をだらりと落として、棒立ちの体勢。その白魚のような指の先には、キラリと光を反射する「目に見えない何か」が垂れていた。そう、彼女はユカリも認める【糸操術】の使い手である。

「さて……」

ファイティングポーズのまま、じりじりと間合いをはかるキュベロ。イヴは、両手をふわふわと揺らすだけ。

……この二人、実に相性が悪いと言えた。【体術】は、まさに近距離タイプ。近づいて、攻撃する、ただそれだけの単純明快なスキルだ。しかし【糸操術】は、中近距離タイプ。遠くからでも攻撃可能で、広範囲攻撃も可能、近距離対応も可能というマルチなスキルである。

「これが、なかなか、躱《かわ》しにくいっ！」

二人の間合いに張り巡らされる糸——その目視の難しい攻撃を、キュベロは経験からくる直感で次々に躱し接近していく。

イヴが発動したスキルは《金将糸操術》。自身を中心とした半径約四メートルへ糸を触手のように放出し、その糸に触れた相手を拘束するスキルである。

「はっ！」

キュベロは《香車体術》を用いて体を搦《から》め捕《と》られそうになった糸を蹴《け》り千切った。糸にはパンチよりキックが勝る。何度も戦っているがゆえに、その対処の仕方もだんだんと身に付いてきていた。

「…………」

イヴは無言のまま糸を針のようにして貫通攻撃を行うスキル《香車糸操術》でキュベロを攻める。キュベロはすぐさまバックステップで回避し、詰めていた間合いをまた元の距離まで戻した。すると、イヴは再び《金将糸操術》を発動し、テリトリーを作り出す。

「いやはや……このままでは、いつも通りでつまらないですね」

この無限ループによってなかなか接近できず、焦《じ》れて無理な攻撃を仕掛けたところで糸に捕捉《ほそく》され、打つ手がなくなり投了する。いつものパターンであった。

「しかし、私とて元義賊としての矜持《きょうじ》が御座います。いつまでもやられっ放しでは、漢《おとこ》が廃るというものですよ」

キュベロは執事服の腕をまくって気合を入れ直し、再びイヴの領域へと接近していく。

今回は、無策というわけではなかった。

「……っ……」

イヴがピクリと反応を見せる。急に立ち止まったキュベロの足元で、何かが煌《きら》めいた気がしたのだ。彼女は、目が悪い。ゆえに、それがなんなのかはわからなかった。だが、何かが起きるということだけは確信していた。

そして、それは、やはり気のせいではなかった。

「な――!?」

声をあげたのは、観戦者。なんと、キュベロは【魔術】を――《風属性・弐ノ型》を発動したのだ。彼の足元で煌めいた光は、スキル準備時の魔術陣であった。

「つい最近、覚えましてね……っ」

弐ノ型は、範囲攻撃の魔術。吹きつける突風が、イヴの糸を次々と吹き飛ばしていく。

「参ります」

直後、キュベロはイヴへ向かって駆け出した。まるで、助走をつけるように。

「手荒い真似《まね》を、失礼」

二メートルほど手前で踏み切り、宙に舞う。《桂馬体術》――つまりは飛び蹴りである。

弐ノ型の風によって体勢は崩れ、躱そうにも躱せない現状、イヴは飛び蹴りを受けるよりない。

しかし、至近距離で《桂馬体術》を受けきれるような強力な【糸操術】など、イヴには使えない。

……と、キュベロは、そう思っていた。

だが、実際は。使えないわけでは、なかった。今まで、使っていないだけだったのだ。

「まさか⁉」

キュベロの飛び蹴りを、イヴは《飛車糸操術》で相殺した。何本も密集させ束ねあげた糸で鞭《むち》のように攻撃するスキルである。

それは三重の驚きであった。飛車のような高位のスキルを習得していたという驚きと、《桂馬体術》二段を相殺できるその高い威力への驚き、そして、これまでの序列戦は全《すべ》て手を抜いていたという事実への、驚き。

「参りました、完敗です」

着地したキュベロは、追撃の《金将糸操術》による糸で縛られた状態で負けを宣言する。

勝負あり――序列、変わらず。

序列一位　イヴ
序列二位　キュベロ
序列三位　リリィ
序列四位　エル
序列五位　シャンパーニ
序列六位　コスモス
序列七位　エス
序列八位　ジャスト

「今回、序列上位は荒れるかと思いましたが……あまり変化はありませんでしたね」

序列戦が終了し、発表された最新の序列。上位では、シャンパーニがコスモスに勝ち五位に、十傑エスが厩務長《きゅうむちょう》ジャストに勝ち七位に。それ以外は大して変わらず、といった具合であった。

そんなキュベロの呟《つぶや》きに、ぶすっとした顔を向ける男が一人。

「納得……いかねぇっす」

「なんだァ？　プルム。お前なんか、参加してねェじゃねーか」

厩務員のプルム。ジャストを兄貴と呼んで慕っている十四歳の少年であった。

彼は序列戦に参加していない。しかし、掲示されている序列戦の結果を見て、不満顔をする。

「兄貴の序列っすよ。八位って……これでソブラ兄さんが復帰したら、きっと九位に落ちるっす」

「あぁ？　てめェ、俺のこと馬鹿にしてんのか？」

「ち、違うっすよ！　ただ、その……」

プルムは、自身の慕う兄貴が「四天王で最下位」ということに少々の不満を抱いていた。それだけではない。その上に、更に五人もメイドがいるのである。「世界で一番恰好《かっこよ》良いオレの兄貴」がそんなに下だなんて……弟分として認められなかったのだ。

「……ケンカの強さだけで、偉さが決まるって、おかしくないっすか？」

だが、そんな恥ずかしいことは、口が裂けても言えない。

ゆえにプルムは、制度に対してごねた。

本音としては「兄貴が一番になれない制度なんて間違ってる！」であったが、それもやはり口には出せないので、遠まわしに批判する形をとったのだ。

「プルム。お前よォ、ユカリ様が決定したことに文句言うんか？」

「違いますって！　でも……やっぱ、おかしくないっすか？」

「違《ちげ》ェよ、俺が弱いだけだ。偉いやつってのは、仕事と同じようにケンカもこなす。俺にはそれができねェってだけだ。序列は正しいぜ」

「でも……兄貴ぃ……」

プルムが情けない声で更にごね続けようとした、その瞬間——場の空気が一変した。

「………ぅ」

イヴが、挙手をして、何やら喋《しゃべ》ったのだ。

その場に集っていた使用人たちは、彼女の隣の通訳へと耳を傾ける。

「私もおかしいと思う、と申しております」

ざわりと、皆がどよめく。

「……わ……い……」

「私なんか調査もできないし暗殺もしたことないのに何故か一位だし、と申しております」

説得力抜群であった。皆が「確かに」と納得する。

そして、同時に疑問が浮かぶ。「じゃあユカリ様の方が間違っているのか？」と。答えは否。全員がすぐさま自分で否定する。彼らにとって、ユカリはセカンドと等しく絶対であった。

では、この違和感はなんなのか……そんな全員の疑問を見事に解決するだろう存在が、タイミング良くその場を訪れた。

「序列戦の次回開催は未定です。追って通達します」

ユカリ本人であった。彼女は淡々と事務連絡をする。

丁度良いと、キュベロは切りの良いタイミングで質問をした。流石《さすが》は委員長と呼ばれるだけあって、常に皆の取りまとめ役だ。

「ユカリ様。対人戦闘能力のみで序列が決定される制度は不満だという意見が上がっております。如何《いかが》お考えでしょうか？」

実にスマートな物言い。ユカリは「はて」という風に一拍置いて、口を開く。

「戦闘力のみで、という部分がわかりませんね。序列戦において、戦闘力以外に何が必要だと言うのですか？」

「……？」

お互いの頭にハテナが浮かぶ。数秒後、ユカリがふと気付き、語りだした。

「なるほど理解しました。貴方《あなた》たちは、序列戦の序列が、使用人としての格そのものだと思っているのですね？」

「はい」

「違います。序列戦とは、それまで不透明であった貴方たち個人の戦闘能力について可視化するために設けたものであり、使用人としての序列を表すものではありません」

「！」

使用人に驚きが広がる。今まで勘違いしていた者の数は、相当に多そうであった。

「そもそも使用人に差などありません。貴方たちは皆等しくご主人様の奴隷《どれい》であり、ファーステスト家の一員です。強いて言うならば、零期生・一期生・二期生の間で先輩後輩の関係があるというくらいでしょうか」

「では、序列戦というものは」

「戦闘能力における序列としてはその通りですが、それ以外には特に意味のない順位ですね。ああ、しかし、評価はきちんと別でしていますから安心なさい」

つまり、ユカリが使用人の戦力を測定するための参考程度のものであり、これがそのまま使用人の序列となるわけではなかったのだ。

……なーんだ、と。使用人たちは、途端に拍子抜けした。

だからといって、特に何か変わるわけでもないのだが。

そこへ、珍客が訪れる。

「――お？　どうした、皆で集まって」

「ご主人様！　このような所までいらっしゃって、一体どうしたのですか？」

「え、いや別に、散歩だけど」

ポケットに手を突っ込みながら「このような所ってここも俺ん家《ち》なんだけど」と呆《あき》れる絶世の美男子。彼ら彼女らの主人、セカンドであった。

「ん？　なんだこれ。序列？」

「ええ。これはですね……」

掲示されている序列戦の結果を見て、セカンドは首を傾《かし》げる。

序列戦の存在をまだ知らないセカンドへ、ユカリは簡潔に説明した。使用人同士で戦って戦闘能力の序列を決めるイベントだ、と…………説明、してしまった。

「ゴォォォルァアアアアアア――ッ‼」

セカンドは激怒した。滅多に出さない大声。使用人だけでなく、ユカリまで驚き身を竦《すく》ませる。

――しまった！　瞬間、ユカリは自身の浅慮を後悔する。

セカンドの所有物である使用人を勝手に戦わせ、そこに序列をつけるなど、よくよく考えれば愚か極まりない行為なのではないだろうか、と。

……謝ろう。ユカリはそう決意し、謝罪の言葉を述べようと、口を――

「こんなクソ面白そうなこと俺にナイショでやるなよな‼　もう‼」

――開くのをやめた。

「今度から俺も出るから！　シルビアとエコも出す！　あ、ユカリも出るか？」

「いえ出ません」

「そうか！　まあとにかく今度やる時は必ず俺に知らせろよ！　必ず！」

結果、序列戦はセカンド公認の恒例行事となり、ファーステスト家の名物と化した。

この序列戦が、いずれ第二のタイトル戦と呼ばれるようになるのは、また別の話……。

エピローグ　再始動

対人戦とは、なんとまあ素敵で、心ときめくものだろうか。

タイトル戦――数あるスキルそれぞれの頂点を決めるべく、各々が人生を賭《と》して挑む熱き対戦。

俺はメヴィオンの中で、これが一番好きだと言っても過言ではないくらいだ。

何より、わかりやすいのが良い。そのスキルのタイトルを獲得すれば、そのスキルにおいての頂点、つまりは最強ということ。であれば、全《すべ》てのスキルのタイトルを獲得したのなら、全てにおいて最強。それすなわち、露骨なほどに世界一位ということだ。

勿論《もちろん》、世界一位が世界一位たる所以《ゆえん》はそれだけではない。だが、タイトルの獲得は必要条件。世界一位として決して欠かせない要素であり、この世界においては大々的な第一歩となる。

俺はもう、楽しみで楽しみで仕方がなかった。このタイトル戦が楽しみだったから、大して興味のない政争も一生懸命に頑張れた。サラリーマンが、退勤後のビールを楽しみに、週末の釣りを楽しみに、連休の旅行を楽しみに、日々の仕事を頑張れるように、俺はタイトル戦を心から楽しみに、忙《せわ》しい日々を頑張っていたのだ。

いよいよだ。いよいよ、俺はこの異世界に来て初めて、世界一位としての第一歩を踏み出す。

世界一位の男として、この世界の人々に認識される時が、刻一刻と迫っているのだ。

政争が終結したその瞬間から、俺の意識はタイトル戦に支配されていた。もう何をしても駄目だ、寝ても覚めてもタイトル戦のことを考えてしまう。どのような準備をすれば良いか、シルビアとエコの出場を含めて、既に計画も立て始めている。

キャスタル王国内のごたごたが片付き、タイトル戦が無事に開催されるとするならば、残された時間は一か月と少し。その間に全ての準備を済ませ、俺が獲得を目指すのは、【剣術】のタイトル「一閃座《いっせんざ》」と、【魔術】のタイトル「叡将《えいしょう》」、【召喚術】のタイトル「霊王」の三つだ。

第二騎士団の副団長ガラムはちょいとガッカリな実力だったが、現タイトル保持者ともなれば話は別だろう。一体どんな出場者がいるのか、考えるだけで身震いするほどに楽しみだ。前世の頃《ころ》とはまた違った意味で、期待に胸を膨らませている。

実に順調。ここまで、概《おおむ》ね予定通りの育成だ。少々、いや、かなり、前世と違う要素が存在し、その結果色々と寄り道をしてしまったが……こうして待ちに待ったタイトル戦へとようやく挑めそうなのだから、最早《もはや》どうだっていい。

世界一位だ。ああ、やっと、返り咲ける。あの栄光をもう一度この目にできる。

この地点が、ゴールであり、スタートでもある。俺はここまで辿《たど》り着《つ》き、そして、ここからまた始まるのだ。前世では得られなかった、社会的地位と、大好きな仲間と、心地《ここち》好い日常を携えて。

さあ、オープニングの、始まり始まり――。

あとがき

どうも、作者の沢村治太郎《さわむらはるたろう》です。

この度は「セカサブ」第四巻をお買い上げいただき、誠にありがとうございます！

政争の一幕、如何《いかが》でしたでしょうか？　楽しんでいただけていれば幸いです。そして、今回もやはりまろ先生のイラストが途轍《とてつ》もなく素敵でしたね。特にあの神がかり的な見開きの口絵は、何度目にしても堪《たま》らないものがあります。私はあの絵を初めて見た時、部屋で一人にもかかわらずまあまあでかい声を出しました。人間、リラックスしている時に凄《すご》いものを見ると、つい声を出したくなるようです。貴重な経験でした。嗚呼《ああ》、ありがたや、ありがたや……。

さて、本題はこの辺にして、折角ですので少々語りたいことを綴《つづ》ろうと思います。なんの話かって、そう、皆様ご存知、私の趣味であります、釣りについてですよ。

私、釣りは小学生の頃から父親に連れられてよく行っておりましたが、明確に「ハマった」と言えるのは、一年ほど前からです。何故《なぜ》ハマったのか、そもそも何故しばらく行っていなかった釣りをこのクソ忙しい日々の中で再開しようと思い立ったのか、どれだけ冷静になって考えても思い出せないのですが、ただ、今言えることは……釣りがメチャメチャに楽しいということ。

皆様は「たった一つの正解が必ずある問題」と「正解があるかどうかわからない問題」、どちらを魅力的だと思いますか？　私は後者です。正解がないからこそ、自由に考えられるので気楽に思えます。逆に正解があるものならば、そこに辿《たど》り着《つ》くまでモヤモヤしてしまうタイプです。

釣りには、基本的に正解がありません。否、正解とされていることならば多々ありますが、それは人間が勝手に正解としているだけで、真実は魚に尋ねてみるしか知る方法はないでしょう。そんな中で、知識を集め、道具を揃《そろ》え、手さぐりで魚たちとやりとりをします。目的はただ一つ、魚を釣り上げること。足繁く釣り場に通い、時には釣り場を変え、何度も何度も試行錯誤をしているうちに「こうやったら釣れる気がするぞ？」と気付くことも増え、失敗と成功の繰り返しでたくさんの経験を積み、ようやっと自分なりの正解に辿り着くわけです。しかしそれは決して正解などではなく、まだまだ研ぎ澄ますことのできる刃《やいば》。この旅に終点はありません。

こう書くと苦行のように思えるかもしれませんが、これがなかなかどうして面白いのです。一生懸命考えた予想に結果がついてきた時、逆に予想外のできごとに翻弄《ほんろう》された時、私はもう楽しくて楽しくて。自分で調べた知識で、自分で揃えた道具で、自分で釣った魚を、自分で捌《さば》いて食べる。正解があるとは限らない荒波の中で「やってやった」ような気がして、甚《いた》く気持ちが良いのです。

この気持ち良さ、何かに似ている。そう感じた私は、すぐさま思い当たりました。「小説」です。

皆様の中に泳いでいる「楽しさ」を釣り上げたいがため、私は釣りと同じように、あーでもないこーでもないと考えて、正解のない物語を書いているんだなあ……と思います。そしてこれは、メチャメチャに楽しいことだよなあと、釣りを再開して改めて、しみじみとそう感じております。

というわけで、皆様からメーター級の楽しさを釣り上げられるよう、これからも頑張ります！

お便りはこちらまで

〒102－8078
カドカワBOOKS編集部　気付
沢村治太郎（様）宛
まろ（様）宛

カドカワBOOKS

元《もと》・世界《せかい》1位《い》のサブキャラ育成日記《いくせいにっき》 4
～廃《はい》プレイヤー、異世界《いせかい》を攻略中《こうりゃくちゅう》！～

2020年2月10日　初版発行

著者／沢村治太郎《さわむらはるたろう》

発行者／三坂泰二

発行／株式会社KADOKAWA

〒102-8177
東京都千代田区富士見2-13-3
電話／0570-002-301（ナビダイヤル）

編集／カドカワBOOKS編集部

印刷所／旭印刷

製本所／本間製本

※定価（または価格）はカバーに表示してあります。

●お問い合わせ
https://www.kadokawa.co.jp/（「お問い合わせ」へお進みください）
※内容によっては、お答えできない場合があります。
※サポートは日本国内のみとさせていただきます。
※Japanese text only

Printed in Japan
ISBN 978-4-04-073486-6 C0093

新文芸宣言

かつて「知」と「美」は特権階級の所有物でした。

15世紀、グーテンベルクが発明した活版印刷技術は、特権階級から「知」と「美」を解放し、ルネサンスや宗教改革を導きました。市民革命や産業革命も、大衆に「知」と「美」が広まらなければ起こりえませんでした。人間は、本を読むことにより、自由と平等を獲得していったのです。

21世紀、インターネット技術により、第二の「知」と「美」の解放が起こりました。一部の選ばれた才能を持つ者だけが文章や絵、映像を発表できる時代は終わり、誰もがネット上で自己表現を出来る時代がやってきました。

UGC（ユーザージェネレイテッドコンテンツ）の波は、今世界を席巻しています。UGCから生まれた小説は、一般大衆からの批評を取り込みながら内容を充実させて行きます。受け手と送り手の情報の交換によって、UGCは量的な評価を獲得し、爆発的にその数を増やしているのです。

こうしたUGCから生まれた小説群を、私たちは「新文芸」と名付けました。

新文芸は、インターネットによる新しい「知」と「美」の形です。

2015年10月10日
井上伸一郎

colate
魔王《まおう》になったので、ダンジョン造って人外娘とほのぼのする
MAOU NI NATTA-NODE
DUNGEON
TSUKUTTE
JINGAI-MUSUME
TO HONO-BONO
SURU.
カドカワBOOKS

俺が魔王!?
チートな強さとカタログ通販(?)で
自由に暮らしたい!
コミックス版
発売中!!
魔王になったので
ダンジョン造って
人外娘とほのぼのする
1
ニコニコ静画の公式マンガ
「ドラドラしゃーぷ#」にて
好評連載中!!
原作:流優　作画:遠野ノオト
キャラクター原案:だぶ竜

最速無双のB級魔法使い
一発撃たれる前に
千発撃ち返す！
〔著〕CK
〔illustration〕阿倍野ちゃこ
カドカワBOOKS
伯爵家に生まれながら、魔力量も属性も底辺だったスカイ。
周りから落ちこぼれ認定されるも、ある人物との修行により
伝説の“ラグナシ”の力を得ることに！　そんなある日、王都の
学園に入学することになり……？

ガンガンONLINEにて
コミカライズ
連載中!
作画：山浦柊
©Shu Yamaura
/SQUARE ENIX
超スピードの攻撃魔法で、
どんな相手も
撃ち破る!!